Mátame

mr

PROTAGONIZADO POR
KATIE ANGEL

MÁTAME

CARMELO «OSO» GRANADO

ILUSTRACIONES DE
ÁLVARO CARDOZO

mr

Obra editada en colaboración con Editorial Planeta – Colombia

© 2022, Carmelo «Oso» Granado

© 2022, Editorial Planeta Colombiana S. A.- Bogotá, Colombia

Derechos reservados

© 2022, Editorial Planeta Mexicana, S.A. de C.V.
Bajo el sello editorial MARTÍNEZ ROCA M.R.
Avenida Presidente Masarik núm. 111,
Piso 2, Polanco V Sección, Miguel Hidalgo
C.P. 11560, Ciudad de México
www.planetadelibros.com.mx

© 2022, Ilustraciones de Álvaro Cardozo

Primera edición impresa en Colombia: junio de 2022
ISBN: 978-628-00-0187-6

Primera edición impresa en México: julio de 2022
ISBN: 978-607-07-8905-2

Impreso en los talleres de Litográfica Ingramex, S.A. de C.V.
Centeno núm. 162-1, colonia Granjas Esmeralda, Ciudad de México
Impreso en México –*Printed in Mexico*

Este libro lo dedico a Dios, que me dio tanto.
Sin su presencia, no tendría nada.

A mi amada esposa Katie Angel,
por ser mi musa y mi compañera de vida.

A mi mamá Gladys, que nunca perdió la fe en mí
y siempre fue mi motor.

A mi papá Granado, siempre te amaré y
te mantendré vivo en mis recuerdos.

A mi equipo de Oso World, por hacer de
mis sueños los suyos propios y ayudarme
incansablemente a alcanzarlos.

Para nuestra familia de seguidores, porque son
nuestros hacedores de sueños, quienes dan vida
a cada palabra y sentido a cada historia.

Y al principio no existía nada,
todo era oscuridad.
La vida y la muerte nacieron a la par,
capaces de destruir y crear.
Donde el equilibrio es lo único
que puede mantener la paz.

ÍNDICE

PRÓLOGO
En el futuro.................................15

CAPÍTULO 1
El despertar.................................17

CAPÍTULO 2
Fuera de lugar..............................23

CAPÍTULO 3
La mujer de mis sueños......................43

CAPÍTULO 4
Dentro de mí................................55

CAPÍTULO 5
Adryan......................................67

CAPÍTULO 6
Llena de mentiras...........................77

CAPÍTULO 7
Hermanos de sangre..........................87

CAPÍTULO 8
Negación....................................97

CAPÍTULO 9
Lo último que se pierde.................... 109

CAPÍTULO 10
Amor o ilusión.................. 119

CAPÍTULO 11
La entrada.................. 129

CAPÍTULO 12
La fiesta de cumpleaños.................. 141

CAPÍTULO 13
Mi primer beso.................. 153

CAPÍTULO 14
Soy el fin.................. 163

CAPÍTULO 15
Mi mejor amigo.................. 179

CAPÍTULO 16
Deséame suerte.................. 191

CAPÍTULO 17
Alan.................. 203

CAPÍTULO 18
Los instintos más básicos.................. 209

CAPÍTULO 19
La bella Clara Paul.................. 225

CAPÍTULO 20
El último beso.................. 233

CAPÍTULO 21
Roto.................. 239

CAPÍTULO 22
Eutanasia.................. 249

CAPÍTULO 23
Así es Mike Johnson.................. 259

CAPÍTULO 24
Solo tú, Rick Díaz..................................271

CAPÍTULO 25
Mátame...283

CAPÍTULO 26
El sacrificio.......................................295

CAPÍTULO 27
La reina de los serafines de Xilium............305

CAPÍTULO 28
Renacer..313

CAPÍTULO 29
La falsa calma.....................................319

CAPÍTULO 30
El hombre de la máscara.........................329

CAPÍTULO 31
Cuarentena..337

CAPÍTULO 32
Los Xilium..347

CAPÍTULO 33
El regalo..355

CAPÍTULO 34
Adiós..365

EPÍLOGO 367

BITÁCORA 369

AGRADECIMIENTOS 377

PRÓLOGO
EN EL FUTURO

El sonido de los truenos era casi instrumental para el momento. La lluvia me resbalaba por todo el cuerpo, como si tuviera permiso para formar parte de lo que estaba pasando. El cielo estaba colmado de gris y mis pies salpicaban cada vez más a medida que corría más rápido a través de las calles camino a casa. Mi respiración acelerada se iba haciendo más fuerte, buscando desesperadamente que mi conciencia no pronunciara una palabra y me permitiera seguir adelante. Mientras tanto, una parte de mí quería pausar los segundos y tardar en llegar. La otra sabía que era lo único que quedaba por hacer.

Llegué a la entrada de mi casa y abrí la puerta. A mi paso, empecé a mojar todo el suelo, llenándolo de pisadas de barro. Si mis papás hubiesen podido ver cómo estaba, seguro se habrían asustado, pero todo estaba sucediendo como debía pasar. Solo estaba él.

Subí las escaleras y entré a su cuarto. Él estaba de espaldas revisando uno de sus cuadernos. Se veía pequeño, frágil. Cuando sintió el sonido de la puerta se volteó, me miró impresionado y algo asustado y luego se quedó en silencio unos segundos que se volvieron eternos. La tensión se podía respirar.

—¿Qué haces aquí? —preguntó mi hermanito, impactado por mi aspecto.

Lo miré inexpresiva por unos segundos y después me acerqué lentamente. Las palabras que diría a continuación amenazaban con no ser capaces de salir de mi garganta, pero mi convicción me acompañó y me permitió pronunciarlas con aplomo. Casi parecía segura de lo que iba a hacer.

—Vengo a matarte, Adryan… —dije con firmeza.

Él me miró fijamente y yo le sostuve la mirada. Era el fin y ambos lo sabíamos.

CAPÍTULO
EL DESPERTAR

PUEBLO DE KENDALL
Dos meses antes

De nuevo estaba allí, en medio del oscuro y frío vacío, sintiendo cómo la luz del sol era lo único que acariciaba mi piel. Parecía tan real que casi dudaba. *¿Estoy realmente aquí? ¿Acaso un sueño puede vivirse de esta manera?*, pensé.

A lo lejos vi una esfera azul y el magnetismo era tan fuerte que, como un imán, me dejé llevar con rapidez hacia ella. Mi piel ardía por la presión del aire, me dolía, pero era inevitable porque nacer tenía que doler. Y me pregunté si, entonces, morir también debía doler. Todavía no lo sabía, pero pronto lo averiguaría. Sabía que este no era mi hogar; sin embargo, había venido para hacerlo nuestro.

Justo cuando mi cuerpo estaba a punto de chocar contra el suelo, mis ojos se abrieron de golpe. Estaba pasando otra vez…

Dormía con placidez en la cama de mi habitación, que era una de las más pequeñas de la casa. La había decorado con toques de un color rosa pálido. Si me acercaba a la cartelera de la pared opuesta a mi cama, podía ver algunas fotos con mis mejores amigos en una cartelera. Cerca de allí estaba un tocador cuyo espejo, como siempre, se cubría con una toalla blanca. Tenía también una mesita de noche, pero casi siempre la ignoraba porque ni siquiera encendía la lámpara que había allí. Me gustaba mucho más la luz de la luna que alumbraba a través de mi gran ventana.

¡Ring, ring, ring, ring! El despertador interrumpió nuevamente uno de los sueños que no paraban de repetirse en mi subconsciente y, tras el golpe de realidad, me di cuenta de que era tarde. En ese momento me levanté de un salto y miré el despertador sin poder creer la hora a la que me estaba despertando. ¿Cuántas veces había sonado esta cosa y por qué no la había escuchado antes?

—¡Mierda! ¡Otra vez no, otra vez no! —murmuré dando un salto fuera de la cama.

Corrí al baño y, sin saber qué hacer primero, me quité la pijama de manera brusca y torpe para poder meterme a la ducha. A lo lejos podía escuchar la voz de mi mamá llamándome desde abajo; seguro creía que ya estaba lista y en realidad no estaba ni cerca de estarlo.

Como de costumbre, agarré mi típica sudadera rosada gigante y me la puse mientras salía del baño. La verdad es que no era de las personas que se preocupaban mucho por cómo se vestían y cómo se veían, solo me ponía lo que encontraba a mi paso y eso solía ser mi *hoodie* rosado, desgastado, de una talla que no era la mía y con una capucha capaz de cubrir mi rostro entero, exactamente lo que necesitaba para ser invisible.

Justo antes de salir de la habitación miré el único espejo de mi cuarto, el de mi tocador, que seguía cubierto con la toalla para que el reflejo no diera conmigo… ni yo con él. Suspiré decepcionada y di unos pasos hacia el objeto que se había convertido en mi peor enemigo.

No es el momento, no puedo, pensé mientras retrocedía. A decir verdad siempre retrasaba lo inevitable; no me sentía capaz de verme en el espejo ningún día y, cuando creía que era el momento de enfrentarlo, la cobardía siempre me alcanzaba.

Ese día en particular estaba cometiendo el error de pensar que no importaba, que era solo un día común y corriente. En realidad me equivocaba porque ignoraba por completo que ese día sería el inicio de mi peor pesadilla… y tal vez la de toda la humanidad.

Cuando llegué a la cocina me di cuenta de que Josh, mi hermano mayor, estaba sentado en la mesa comiendo en cantidades industriales el desayuno que mamá preparaba. Lo miré con detenimiento y noté que estaba de buen humor, sonriente, hablándole con efusividad a mamá de algo a lo que no le di mucha importancia.

Nuestra cocina estaba bastante bien pensada. Era pequeña, pero tenía todo muy bien ubicado. Y, de hecho, lo mejor era que no se separaba de la sala por completo, pues era todo un mismo ambiente, así que si alguien estaba en la mesa del comedor podía conversar con facilidad con la persona que estuviera preparando la comida. Y eso era algo que siempre hacíamos con mamá, sobre todo mi hermano.

Josh era todo lo que cualquier chico o chica de secundaria querría ser. Era guapo, había heredado el cabello castaño claro de papá, sus ojos eran verdes como los míos, era alto y tenía una sonrisa simpática. Además, nunca podrías conocer a alguien más carismático, con tanta capacidad de liderazgo ni con más amigos que él. De vez en cuando sentía que yo tenía que ser la oveja negra de la familia porque claramente él no estaba ni cerca de serlo. Su único defecto era el desorden que dejaba por la casa, pero no lo culpaba porque, en ese momento, vivir en medio de nuestra familia se había convertido en un tremendo reto.

—Buenos días, bobita, ¿se te pegaron las sábanas? —se burló mirándome con gracia.

De inmediato lo miré mal y torcí los ojos.

—Cállate, Josh —respondí, irritada.

Josh empezó a reírse de mi respuesta y, por su parte, mi mamá se limitó a negar con la cabeza mientras presenciaba la escena. Su cabello rubio y liso, igual que el mío, le caía sobre la cara mientras preparaba el desayuno. La verdad es que era muy hermosa; siempre entendí por qué papá se había enamorado de ella. Tenía una sonrisa muy llamativa, igual que Josh, era delgada pero con buenas curvas y sus pecas del pecho resaltaban mucho.

En la encimera de la cocina ya había dejado un plato con un par de tostadas humeantes cubiertas con mantequilla para que yo las agarrara. A pesar de que había intentado cubrirlas con maquillaje, noté que sus ojeras se habían pronunciado un poco más. En realidad mi mamá era buena cubriendo los males y pretendiendo que no existían.

—Buenos días, cariño, ¿cómo amaneces? —me preguntó sin despegar su mirada del sándwich que estaba preparando.

—Hola, ma. Huele rico.

—Agarra una, están calientes todavía —respondió señalando las tostadas con la mano.

—Hoy voy a llegar tarde a la casa, mamá —informó Josh.

Como de costumbre, pensé. Y no lo culpaba.

Mamá suspiró, entristecida, pero no dijo nada. Ella también lo entendía.

Agarré una tostada y le di un mordisco, pero de inmediato sentí que faltaba algo, así que caminé hacia la cocina para servirme una taza de café. Le di un sorbo y volví a mi lugar. En vez de conversar, preferí sacar mi móvil del bolsillo del *hoodie* y revisar mis notificaciones. Tenía varios mensajes de mis dos mejores amigos. Nuestro grupo, *Pupú Team*, estaba a reventar de mensajes; seguro eran ellos discutiendo sobre alguna tontería.

Mamá me habló y ni siquiera lo noté, estaba desconectada y, para ser honesta, a la larga me di cuenta de que ella merecía mucho más de mí en una situación como la que vivíamos, pero lamentablemente en ese momento no estaba ni cerca de ser consciente de eso.

—Katie, ¿estás bien? —me preguntó mirándome con fijeza.

No respondí y seguí contestando los mensajes en mi móvil.

—Katie… —me llamó en tono de advertencia y yo hice una mueca en silencio—. Katie Angel, te estoy hablando —me reclamó, molesta.

En ese instante reaccioné, pero no tenía idea de lo que me estaba diciendo.

—Sí, ma, tienes razón… Ya me voy —respondí poniéndome de pie de un salto—. Voy tarde ya.

Mamá suspiró y no dijo nada más. Mientras tanto, busqué mi almuerzo con la mirada y me acerqué para coger la bolsa de papel donde estaba guardado. Después me detuve un instante, volteé a mirarla queriendo decirle algo, pero me contuve y salí de la casa mientras me ponía mis audífonos para desconectarme del mundo.

«**Luchemos** para que los sueños se hagan realidad, pero luchemos aún más para mantener las pesadillas en la oscuridad».

CAPÍTULO 2
FUERA DE LUGAR

Cuando salí de la casa, tomé mi bicicleta y me dirigí hacia la escuela. Puse la música a todo volumen, quería que las melodías me calmaran y que mi recorrido fuera tranquilo. Tararear y que la música inundara mis sentidos era lo único que me hacía sentir segura. Conectada conmigo misma.

Iba más rápido que de costumbre, pero bajé la velocidad cuando vi unas patrullas de policía en la entrada del bosque, justo frente a lo que era la típica gasolinera del pueblo y por la que pasaba todas las mañanas. Tenían la zona acordonada con esas cintas amarillas que utilizan para determinar la escena de un crimen. La curiosidad me ganó y me quedé distraída viendo hacia allá. ¿Qué está pasando aquí?, me pregunté.

Algunos policías estaban delimitando el lugar con más cinta amarilla para aislar por completo la escena del crimen. Se veía claramente el aviso de «NO PASE» marcado en el material. Cruzando esta cinta, y entrando un poco en el bosque, estaba tirado el cadáver de una mujer en la tierra, rodeado de oficiales tomando fotografías y recolectando evidencia de los alrededores. La víctima estaba tapada con una sábana blanca, aunque se notaba un alto nivel de descomposición en la mano derecha, que, por descuido, había quedado por fuera. Su piel estaba arrugada y se le veían tonos morados y grisáceos. Se podía ver su hermoso cabello rubio salir por los bordes de las sábanas.

Ya habían limpiado un poco la zona, pero entre los árboles quedaban aún los restos de un viscoso líquido rojo oscuro que parecía sangre coagulada. En ese instante un detective estaba caminando por la escena del crimen con el móvil pegado a la oreja, completamente alterado y contrariado, en medio de una llamada telefónica.

—Esto fue una carnicería de nuevo, Dayane, no hay mucho que hacer, es el quinto cadáver en tres meses y no tengo ninguna jodida explicación. ¿Cómo carajos sale esta mujer del trabajo a las siete de la noche de ayer y hoy aparece su cadáver podrido como si llevara dos meses de muerta? Tengo al marido llorando y diciéndome que no va a reconocerlo. Se niega a aceptar que es su esposa. Encima también hay periodistas esperando que yo tenga una explicación que darles, pero el problema es que ni yo mismo entiendo nada. Dime, ¿qué carajos hago?

—Guzmán, primero tienes que calmarte y, segundo, la explicación no importa tanto. Lo más importante es atraparlo y que no tengamos ninguna víctima más —respondió Dayane con suma serenidad al otro lado de la llamada.

—Ven a ayudar, Dayane, este departamento de policía es una mierda sin ti, son puros *boy scouts* jugando a la granjita

—respondió Guzmán mientras volteaba a ver a los policías agarrando muestras de tierra como evidencia. De inmediato, desesperado, subió la mirada al cielo.

—Estoy de vacaciones. Son las primeras en trece años, sé el niñero por esta vez. Vamos, que tú puedes —ironizó Dayane.

—¡Vacaciones mis bolas! Esto es demasiado extraño, creo que este caso es distinto —respondió Guzmán de forma confidencial.

—Sea lo que sea, vas a resolverlo —contestó Dayane con seguridad.

Seguí observando el lugar un rato. Veía al policía que parecía ser el jefe caminar de un lado a otro con el móvil en la oreja, pero estaba tan lejos por las cintas que no lograba ver ni escuchar nada útil. Los policías parecían bastante preocupados y mi instinto me hizo pensar que quizá yo también debía estarlo. La piel se me erizó y mis latidos se aceleraron. Algo me decía que no era un crimen usual.

En medio de mi concentración y en plena escena del crimen, un chico pasó a toda velocidad en bicicleta tan cerca de mí que me hizo dar un traspié hacia atrás y, con un pequeño roce, logró arrebatarme la bolsa del almuerzo. De inmediato salí de mis pensamientos, me subí en mi bicicleta de nuevo y aceleré el paso para intentar alcanzarlo. A lo lejos podía oír sus carcajadas, estaba disfrutando de la persecución.

—¡Para ya, estúpido! —grité, molesta.

Él soltó una carcajada y aceleró el ritmo.

—¡Alcánzame, pues! ¡Vas muy lento! —respondió a lo lejos.

—¡Ladrón, eres un ladrón!

—¿No te gustan los retos, Katie? —me desafió.

—¡Eres un idiota! —le contesté.

—Hoy es mi día, pequeña, tengo almuerzo doble —se burló.

Justo cuando parecía que lo iba a perder de vista por la ventaja que me había sacado, centré mi mirada sobre las ruedas de su bicicleta, cargada de molestia y adrenalina, siguiendo un instinto desconocido para mí. De golpe, la bicicleta se trabó y el ladrón salió disparado hacia adelante, cayendo contra el asfalto.

La impresión de lo que pasó hizo que frenara asustada. Luego me acerqué y lo miré con una ceja enarcada mientras él, molesto, se limpiaba los jeans tras la caída.

Mike me miró con una sonrisa pícara en los labios, pues disfrutaba hacerme bromas. Esa actitud hacía que nunca pudiera enfadarme con él, de hecho, me causaba cierta gracia. De inmediato se peinó el cabello color miel con los dedos y se me acercó negando con la cabeza.

Mike era un chico carismático y fornido, el niño que todos admiraban y querían en la escuela. Lo contrario de mí. Y la verdad es que nadie entendía cómo éramos amigos, pero así era.

Para poder mirarlo con desaprobación, tuve que echar la cabeza hacia atrás. Mike era muy alto y mi gesto solo provocó una de sus sonrisas divertidas. Desde pequeño tenía una sonrisa que era la definición de picardía, una que prometía problemas, la misma que me estaba regalando justo ahora.

—Mike, ¿hasta cuándo vas a hacerme estas tonterías? Creo que ya estamos grandecitos —apunté, molesta.

—Es que me deja sin palabras la suerte que tienes, te salvaste por poquito —respondió mientras se agachaba a revisar su bicicleta—. Se trabó la rueda de atrás, por eso no pude escapar de ti.

Mike me miró, se rio y yo lo imité.

—Igual te iba a alcanzar, ¿sabes? —aseguré, orgullosa de mí misma.

Mike alzó una ceja con gracia en su mirada. Sus ojos azules reflejaban lo divertido que se sentía haciendo todo esto.

—Yo en tu lugar no estaría tan seguro, pequeña. —Sonrió.

—Ya te lo he demostrado antes —dije cruzándome de brazos.

En ese momento, un recuerdo de años pasados envolvió mi mente.

Cuando tenía once años era un poco diferente. Por alguna razón que en realidad jamás llegué a entender, cada vez que me acercaba a un grupo de niños, ellos se alejaban, me evitaban constantemente como si yo fuera un bicho raro. Viví una infancia solitaria, y me sentía excluida y apartada... Todo hasta que conocí a Mike Johnson.

Un buen día estaba dando un paseo por el vecindario intentando divertirme sola con mi bicicleta. A veces le hacía creer a mamá que tenía muchos amigos con los que salía a montar bici a diario, pero era todo lo contrario, siempre estaba sola. Todo el tiempo intentaba acercarme a otros; el problema era que, la mayoría de las veces, cuando yo llegaba, todos se iban.

Ese día fue diferente. Encontré a un grupo de niños en la gasolinera que está a unos pocos kilómetros de mi casa y me detuve para acercarme. Sin embargo, preferí mantener una distancia considerable para mirarlos sin provocar que se fueran. Eran tres niñas acompañadas por dos niños y estaban sentados en una acera. Los vi de reojo, nerviosa, pues nunca tenía contacto con ninguno, pero esta vez me hablaron.

—¡Ey, rarita, ven acá! —gritó una niña de cabello negro.

Miré hacia atrás para ver si estaba hablando con alguien más, pero no había nadie.

—Sí, tú, ven acá —insistió.

Me acerqué poco a poco con ciertas dudas. La verdad es que en ese momento no tenía idea de qué querían, así que evité mirarlos mucho a la cara para que no se sintieran incómodos conmigo. Era la primera vez que me hablaban, no podía arruinarlo.

—Tenemos demasiada sed y calor y el estúpido de Mike dejó nuestros bolsos en su casa, ¿traes dinero? —preguntó la niña de cabello negro.

Me sorprendió notar que hablaba como una adulta, con un tono bien marcado.

—Eh... no traigo dinero... —respondí mirando al suelo avergonzada.

Si en ese momento hubiese tenido dinero, se lo habría entregado, pero no tenía nada.

La pelinegra volteó a ver a sus amigos, ellos hicieron una mueca y fruncieron el ceño, decepcionados. Cuando ella notó las expresiones, volvió a mirarme, pero esta vez con más firmeza.

—Pues ve a la tienda y roba algo de beber. Si lo haces te dejaremos pasar el día con nosotros —negoció mirándome con expectativa.

Su propuesta me confundió. Robar no era algo que yo haría porque mamá me había enseñado que esas cosas estaban mal, pero sabía que era mi única oportunidad de ser parte de algo, de tener un grupo real.

Sin pensarlo dos veces me di media vuelta y dejé mi bicicleta tirada al lado de los chicos.

Cuando entré a la tienda noté que estaba muy limpia, tenía muchas hileras de estantes que dividían los pasillos y una pared llena de neveras al fondo. Recuerdo que los dueños que solían atender la tienda eran dos hermanos con personalidades completamente diferentes: uno era el señor Nathan, un cascarrabias que daba algo de miedo y que me ignoraba cuando le pedía algo, y el otro era el señor Nicholas, que era muy amable.

Mientras caminaba empecé a rogar al universo que quien estuviera atendiendo ese día fuera el señor Nicholas, ya que mi plan era ir directo a él y pedirle que me diera un refresco grande. Sabía que si le prometía traer luego el dinero iba a entenderlo, así que caminé recto al mostrador buscándolo con la mirada.

—Hola, señor Nicholas, buenas tardes... —dije intentando ver por encima del mueble.

—¿Qué quiere? —preguntó Nathan de mala gana, sin siquiera mirarme, mientras leía una revista con unas mujeres en traje de baño en la portada.

No era mi día de suerte y lo sabía, no estaba el señor Nicholas. ¿Qué podía hacer ahora? Miré desde adentro a través del vidrio y noté que todos en el grupo de niños estaban mirándome.

—¿Puede prestarme un refresco grande? Luego le traigo el dinero, lo dejé en mi casa

29

—le dije rápidamente con miedo y evadiendo su mirada.

—¿Qué crees que es esto?, ¿la caridad? ¡Claro que no! —exclamó de manera déspota todavía sin mirarme.

Me volteé y caminé rápido por el pasillo central hasta la nevera. Ya no tenía más opción. Miré a la izquierda y tomé un boleto de lotería y un lapicero, luego me detuve un instante y miré de nuevo hacia afuera. Todos estaban pegados a la vidriera curioseando qué hacía. En ese momento sentí que no los podía decepcionar, así que tomé aire y me armé de valor. Me acerqué a la nevera, agarré un refresco grande, lo oculté debajo de mi camisa y, para mi sorpresa, quedó muy notorio: la mitad de la botella se salía de mi camiseta.

Miré otra vez hacia el grupito y noté que los niños se estaban riendo. Sin dudarlo, me dieron la espalda mientras se alejaban de la tienda. Los nervios me estaban matando, la verdad es que estaba a punto de ponerme a llorar. Miré al frente y noté que solo estaba a un pasillo de distancia de la puerta, así que reuní valor y abracé el refresco contra mi pecho. Di un paso hacia adelante, miré el mostrador y, como no logré ver al señor Nathan, supe que esa era mi única oportunidad.

Caminé encorvada, apretando el refresco contra mi pecho, y fui lo más rápido que pude directo hacia la salida. El frío de la botella quemaba mi piel, pero podía resistirlo, tenía que lograrlo. Cuando ya estaba cerca de la salida giré a la izquierda y las dos puertas eléctricas se abrieron. Salí de inmediato y sonreí victoriosa.

—¡Ey, lo tengo! —grité, emocionada.

Todos se voltearon a verme asombrados y entonces corrí directo hacia ellos, pero cuando estaba a punto de decirles algo más, todos pusieron cara de miedo absoluto. Se dieron la vuelta y salieron corriendo. No entendía qué estaba pasando hasta que escuché una voz que me congeló.

—¡Pequeña ladrona, ven acá! —vociferó Nathan mientras corría detrás de mí.

El hombre intentó agarrarme del brazo, pero di un paso rápido hacia atrás y evité que lo lograra; sin embargo, su segundo movimiento fue empujarme con la mano derecha y esa vez no falló, así que caí al piso y, por desgracia, el refresco se reventó, empapándome. Era lo más vergonzoso que me había pasado. Solo quería llorar. Estaba ahí en el piso, tirada boca abajo, llena de refresco y ahora no solo no tenía grupo de amigos, sino que había quedado como una ladrona y mamá me iba a castigar.

Intenté levantarme mientras escuchaba a Nathan decir un montón de groserías. En ese momento me limité a llorar porque no sabía cómo calmarlo y justo cuando creía que no podía ir peor, Nathan levantó su brazo para darme una bofetada. Cerré los ojos con muchísimo miedo, esperando lo peor, y de pronto escuché un golpe seco, pero no sentí dolor. Al notar que nada sucedía, abrí los ojos poco a poco.

Solté un grito, pero lo ahogué rápidamente con mis manos cuando vi frente a mí una espalda inmensa que lo eclipsaba todo y ni siquiera me permitía ver a Nathan del otro lado. Era el chico alto que estaba con los otros niños, Mike, y había recibido el golpe por mí. De pronto escuché una voz gruesa.

—¡Fui yo quien la obligó a robar ese refresco! —exclamó Mike.

De inmediato ese niño alto y fornido se giró a verme y me sonrió. Noté que le sangraba el labio inferior, pero lo extraño era que, aun así, tenía una enorme sonrisa, una que me hizo sentir protegida.

El día no terminó tan mal porque, gracias al cielo, en ese momento salió Nicholas de la tienda y él mismo calmó a Nathan y se acercó a mí enternecido.

—Recibí tu nota —dijo en un susurro—, no me debes nada. Sé que tú no harías estas cosas, así que salúdame a tu papá —me pidió con una sonrisa en su rostro.

Nicholas tenía en su mano una nota que le había dejado escrita en un boleto de lotería y que decía: **Volveré con el dinero Nicholas, lo siento.**

Ese día conocí a Mike Johnson. Ese día empezó todo. A partir de ahí nació una amistad irrompible... o por lo menos eso creía.

Salí de mi ensoñación y miré a Mike, quien levantó las manos en muestra de rendición y comenzó a caminar a mi lado sosteniendo su bicicleta entre uno de sus brazos.

Lo miré con cierta simpatía y, cuando me devolvió la mirada, noté que ese día sus ojos azules tenían una intensidad que pocas veces había notado hacia mí. Mike es una de las pocas personas, ajenas a mi familia, a las que quiero con cada fibra de mi corazón. Es uno de mis mejores amigos desde que tengo uso de razón y me entristece pensar que en ese momento no tenía ni idea de cuánto iba a extrañar un instante así junto a él.

Me di cuenta del silencio incómodo que se había impuesto, así que sacudí la cabeza.

—Bueno, ahora a ambos nos toca caminar por tu culpa —me burlé.

Mike asintió y seguimos caminando, pero, tras unos segundos, se entusiasmó al recordar algo.

—Uff, K, hoy es un día que promete. Todos los chicos del equipo van a venir a la casa y tendremos unas cervezas y mucha comida chatarra para que el día sea como tiene que ser —dijo, emocionado.

—¿Por qué es especial? ¿Van a entrenar para algún partido?

Mike frenó su caminata, ofendido, y me miró con desaprobación.

—¡Estás bromeando! —Negó con la cabeza.

—¿Qué? De verdad no sé, M —me defendí.

—K, es la tercera vez que te lo digo, ¡partido de los Lakers! —dijo señalando su camiseta—. Estoy hasta uniformado... Bah, no me prestas atención.

De inmediato empecé a reírme.

—Pensé que era algo más importante.

Mike soltó un grito ahogado, completamente herido por mis palabras. Estaba haciendo drama.

—K, nada… ¡nada en la vida es más importante que un partido de los Lakers! Y este partido promete demasiado —explicó.

—¿A tus papás no les molesta que llenes todos los fines de semana la casa con un montón de gente?

—No, nada de eso. Y la mayor parte del tiempo no están… Además, tengo una reputación que mantener —apuntó, juguetón.

—¿Cuál de todas? —pregunté entre risas.

Mike frunció el ceño.

—¿Cómo que cuál de todas? —preguntó de vuelta.

—¿La de casanova o la de estrellita de baloncesto?

—No soy ningún casanova —respondió, ofendido.

—Ajá…

Mike se quedó totalmente mudo ante mi comentario; mi incredulidad le dolía, pero él sabía que lo que había dicho se sustentaba en muchas cosas que vi a lo largo de los años que tenía nuestra amistad. Mike era la clase de chico que podía estar toda una noche con alguna chica del curso y a la semana siguiente ya ni hablarle. Y era por eso por lo que tenía la fama que tenía. Lo sorprendente es que no parecía molestarle hasta que fui yo quien lo mencionó.

En ese instante, justo cuando Mike estaba a punto de decir algo, escuchamos unos gritos a lo lejos que parecían acercarse cada vez más a nosotros.

Giré mi cabeza llena de curiosidad, imitando a Mike, y me encontré con que Rick, nuestro mejor amigo, venía a toda velocidad en su bicicleta gritándonos un montón de cosas que eran inentendibles debido a la distancia. Desde que era pequeño, Rick sufría de un leve tartamudeo que se acentuaba cuando intentaba hablar demasiado rápido o estaba en extremo eufórico, y este era uno de esos casos.

Su cabello negro despeinado se levantaba debido a la velocidad a la que se nos estaba acercando.

—¡Hay otra vi… vi… víctima! ¡K, M, hay otra víc… tima! —exclamó a lo lejos.

Normalmente Rick tenía la tez muy blanca, pero Mike y yo lo vimos más pálido de lo usual mientras se acercaba.

Rick nos alcanzó con la respiración al borde de lo que podría parecer un ataque de asma. Empezó a recuperarse a la vez que limpiaba sus lentes y Mike decidió hablarle antes de que él lo hiciera.

—¿Qué coño dices, R? No te apures tanto que tartamudeas y no entendemos nada —se quejó.

A pesar de la dificultad para explicarse, se podía decir que, entre nosotros tres, Rick era el intelectual. Cuando estábamos pequeños recuerdo que me impresionó la rapidez de su aprendizaje y desde ese momento siempre le pedí que me ayudara a estudiar… Y así, hoy en día es quien es para mí… En él confiaría hasta mi secreto más oscuro.

—¡Les estoy diciendo… que hay otra vi… vi… víctima! ¡Y es la cu… cuar… ta de este mes! ¡Lo que confir… ma mi teoría! —apuntó luchando contra su tartamudeo.

—¿Que es…? —preguntó Mike enarcando una ceja.

—Es un ase… si… si… sino serial —afirmó, orgulloso, mirando a Mike con sus ojos cafés llenos de curiosidad.

—Bah, ya empezamos… —respondió el aludido, fastidiado.

—M, n… no… son teorías aleatorias, estoy hablando con base.

—Ay, R, no seas alarmista, cálmate. Mira, pasas todo el fin de semana viendo videos de cosas raras y después el lunes llegas a clases diciendo un montón de locuras; ya lo sé, se ha vuelto costumbre —explicó Mike.

—Ah, ¿te mo… molestan mis costumbres? ¿Hablamos de las tu… tuyas? —preguntó, molesto.

—Primero, hace unas semanas saliste con el tema de que «fuiste abducido» —continuó haciendo comillas con sus dedos— y ahora ya estás armando teorías conspirativas sobre el loco ese… R, es hora de pensar en otras cosas.

—¿Como tú, que pi… pi…piensas en una mujer dife… dife… rente cada día? Bah, no lo creo… Yo soy un caba… llero. Y de los VIP, ¿me oyes? —se defendió.

Mientras Rick y Mike seguían discutiendo, yo me mantuve en silencio. Realmente había estado viviendo y lidiando con una cantidad absurda de presión todos esos meses y mi mente no procesaba un conflicto más. Y menos si se trataba de un supuesto asesino serial. No quería hablar del tema. Sabía que era importante, pero en ese instante solo quería iniciar una mañana de manera normal y libre de drama.

—No es igual, M, esta vez la vi, la vi con mis pro… pios ojos. Formé parte del suceso de manera indi… recta, ¿entiendes eso?

—¿Acaso la viste muerta, tarado? —preguntó Mike.

Rick suspiró irritado y se masajeó las sienes.

—Definitivamente a ti… ti… ti… te di… di… dieron altura y músculos; y a mí, cerebro. No, no me estás escuchando, la vi estando viva, era pre… pre… ciosa y muy joven. Me hace sentir mal pensar en ella… —se lamentó Rick.

—R, no has visto nada.

—El que no ha visto nada eres tú. Claro, co… co… como siempre estás ocupado be… be… besándote con mi prima en las fiestas no te fijas en los demás.

Mike puso los ojos como platos y miró mal a Rick.

—¿Qué? ¿Qué prima, idiota? ¿Qué estás insinuando? —increpó Mike haciéndose el desentendido.

—Insinuar nada, estoy ha… blando con base. La que tiene bigote por exceso de tes… tosterona, como dice mi tía.

Mike miró a Rick con cara de «PARA YA» y le hizo señas

con las manos para que se callara. Fue solo en ese momento que R captó la señal.

—Ah, sí, cierto… No, no, no, me equi… voqué, es verdad. Ahora que lo recuerdo, fue otro Mike… O sea, uno igua… igua… lito y con tu mismo nombre, no tú, o sea… ¡Ay, en fin, no, no importa, la cosa es que te… tenemos a un psicópata en el pueblo!

—Me caes mejor cuando no tartamudeas —dijo Mike con ironía.

—Eres un tarado, de verdad. Noto cierto pa… patrón y eso me tiene bastante alerta —explicó Rick, preocupado.

—Bah, tú y tus teorías, Rick, desconéctate de eso, no te metas en un tema que no tiene que ver contigo, esas cosas pasan todos los días y dejan de pasar. Al final es tema de la policía.

—Mike, no en… tiendes, los asesinos seriales tienen una ten… dencia a ser selectivos al escoger a sus víc… víctimas; escogen con lupa y a detalle —señaló.

Mientras Rick decía eso, se me acercó y detalló mi rostro mientras yo intentaba apartarme.

—Son bonitas, de cabello rubio, ojos claros, chiquitas…

Sentí escalofríos porque, literalmente, Rick estaba describiendo mi propio físico. Rubia, ojos verdes grandes y llamativos, estatura baja, tez blanca y delgada. Entendía por qué se preocupaba, pero solo estaba empeorando mi mañana.

En ese instante Mike decidió interrumpir a Rick.

—Bueno, no hay de qué preocuparse, Katie está a salvo porque no es para nada bonita —bromeó riéndose.

Justo allí sentí cómo la sangre me hervía. Mike siempre conseguía convertir una conversación normal en una discusión. Y lo peor era que muchas veces parecía no darse cuenta de lo que causaba. No medía sus palabras y muchas veces me lastimaba. No era que me importara lo que otros dijeran de mí, pero que mi mejor amigo señalara que no era atractiva era lo primero que mi carente autoestima y yo no necesitábamos.

Rick carraspeó, intentando romper la incomodidad, pero no lo logró porque de inmediato, impulsada por mi molestia, decidí darle un empujón a Mike y salir disparada en la bicicleta hacia la escuela.

Mientras me alejaba logré escuchar a Rick decirle a Mike que ya le enseñaría cómo tratar a las damas y, aunque sé que quizás lo decía en broma, me parecía que Mike realmente necesitaba aprenderlo.

Al entrar al salón de clases, noté que ya estaban más de la mitad de mis compañeros esperando a la profesora Linda, pero, para mi suerte, aún quedaban puestos lejos de los que Mike y Rick siempre solían escoger. Tenía que buscar otro y demostrarle a Mike que no estaba de humor para sus chistecitos cargados de falta de tacto e ironía. Me aseguré de escoger un puesto que no permitiera que ellos se sentaran cerca y me cubrí la cara con la capucha del *hoodie* mientras esperaba a que comenzara la clase.

Nuestro salón era bastante amplio, tenía un montón de ventanas a un lado y entraba una cantidad enorme de luz, cosa que a la profesora le solía molestar bastante. En realidad nos quedaba grande para la cantidad de alumnos que éramos. Solo veinte alumnos para tanto espacio a veces era más malo que bueno.

A los pocos minutos, Mike y Rick entraron aún discutiendo. Para ese momento podía parecer que tenían muchas diferencias, pero a pesar de que eran agua y aceite, su amistad siempre fue real. Ninguno juzgaba al otro y les divertía insultarse mutuamente. Además, si alguno estaba pasando por un mal momento, el otro no tardaba en ayudar e intentar solucionar el problema como si fuera suyo.

Cuando Mike me encontró con la mirada, quiso acercarse a mí, pero fue interrumpido por la profesora Linda cuando entró al salón de clases. Me miró algo dolido y yo sabía que se sentía culpable, pero estaba cansada de dejar pasar sus errores.

Rick lo tomó del brazo e intentó llevarlo a sus puestos de costumbre.

Al frente del salón, la profesora Linda empezó a acomodar todas sus cosas con el típico y detallado orden que siempre solía tener. A diario podía tardar alrededor de diez minutos solo organizando perfectamente todo lo que iría en su escritorio a lo largo del día y nadie podía decir nada porque se molestaba muchísimo. En realidad, molestarse no le costaba, era una mujer mayor, con arrugas muy marcadas, que siempre se vestía con colores llamativos y *animal print*. Era muy malhumorada, disciplinada y estricta, y su voz aguda era una tortura para nuestros oídos.

A veces me solía distraer en sus clases y pasaba horas pensando en cuánto debía tomarle por las mañanas hacerse el típico moño alto, que traía todos los días, en el que no se le despeinaba ni un solo cabello.

Volteé a ver a Mike y noté que Ámbar, la chica popular de la clase, había aprovechado mi ausencia para sentarse al lado de él, cosa que no le molestó en lo más mínimo. Ámbar era el sinónimo de mujer de oro y parecía tenerlo muy claro. De inmediato movió exageradamente su cabello largo y negro, peinado con ondas casi perfectas.

Ámbar le sonrió a Mike y se mordió el labio inferior de forma coqueta, gesto que provocó que él sonriera. Rick, por otro lado, puso los ojos en blanco y se enfocó en el libro que tenía enfrente. A Rick, Ámbar le agradaba casi tan poco como a mí. Era de los pocos hombres a los que ella no engañaba solo por su cuerpo voluminoso y bien contorneado.

—Buenos días, Maiky —dijo Ámbar sonriente.

—Buenos días —le respondió haciéndole un guiño de regreso.

Luego, tal y como lo esperaba, Ámbar me lanzó una de sus miraditas llenas de superioridad y satisfacción. Sus ojos color avellana daban la sensación de estar despreciándote todo el tiempo y yo ya me había acostumbrado. La miré fijamente unos segundos y luego desvié la mirada fastidiada. Ella no me intimidaba y lo sabía. No había lucha entre nosotras, solo la que ella se había empeñado en inventar.

Mike notó las miradas que Ámbar y yo intercambiamos y, por alguna razón, eso pareció darle cierta calma.

Suspiré y miré al frente de nuevo, pero en ese instante Mike decidió hacer uno de sus *shows* matutinos que solían molestar muchísimo a la profesora Linda. Se trepó encima de su silla y puso sus manos en forma de megáfono sobre su boca.

—¡Escuchen! Esto va para todo el equipo de *cheerleaders* y de baloncesto: ¡esta noche habrá una pequeña reunión en mi casa para ver el partido y celebrar la futura victoria de los Lakers! —anunció sonriente.

Por supuesto, todos en el salón aclamaron a Mike mientras la profesora lo veía con su mirada llena de molestia. Yo, por mi parte, puse los ojos en blanco. Mike a veces vivía de una superficialidad que no iba conmigo.

—¡Señor Johnson, siéntese ya mismo y cierre el hocico si no quiere que lo expulse del salón de clases de inmediato! —lo regañó la profesora.

—Ya voy, Linda, mi intención nunca fue molestarte, solo quería hacer un anuncio —respondió subiendo las manos en símbolo de rendición.

—¡Bochornoso! ¡Pareciera que nunca se cansara de tanta tontería! —se quejó mientras agarraba una tiza.

Dicho eso, la profesora Linda decidió respirar hondo y darse vuelta para escribir unos ejercicios matemáticos en la pizarra.

—El día de hoy vamos a hacer ejercicios para practicar para el examen de mañana, no quiero más mediocridades en este salón… —dijo con contundencia.

Por alguna extraña razón, en ese instante la voz de la profesora comenzó a perderse entre un pitido sumamente agudo que llegó a mi oído. Empecé a sentirme adormecida, como si… como si me hubiesen dado alguna pastilla para dormir. De repente sentí la fuerte necesidad de acostarme sobre el pupitre… pero la profesora Linda no me iba a dejar.

Intenté abrir los ojos para no dormirme, pero mi visión se nubló. Me desorienté y, entre lo adormecida que me sentía y la pérdida de mis sentidos, no supe cómo controlarme. ¿Qué estaba diciendo la profesora Linda? Ya no lograba escucharla… *Y tampoco verla*, pensé.

De pronto, todo se tornó negro.

«Tan difícil como ser la pieza que jamás encajará, pues quieres pertenecer a otro que no es tu lugar».

CAPÍTULO 3
LA MUJER DE MIS SUEÑOS

Mi corazón se estaba acelerando. ¿Qué me pasaba?

Logré oír un pequeño sonido a lo lejos y abrí los ojos de golpe, con la respiración agitada y mis sentidos agudizados.

Una luz grande y blanca me cegó por un instante.

¿Qué es esto?, pensé. Ya no estaba en el salón de clases. Ahora, frente a mí, distinguí un lugar majestuoso y totalmente blanco en el que con facilidad podrías desorientarte porque rompía con las limitaciones entre principio y fin. El horizonte parecía infinito. No tenía a dónde ir.

—¿Dónde estoy? —pregunté en un susurro.

• Empecé a respirar de manera agitada por el miedo y caí al suelo derrotada. De pronto sentía todo con más intensidad. Las gotas de sudor que corrían a través de mi rostro. La temperatura fría de mis manos, los latidos de mi corazón, que parecían oírse más fuertes que nunca. Ese lugar provocaba un efecto en mí que jamás había sentido.

Instintivamente miré en todas las direcciones buscando a dónde ir y, de pronto, entre el infinito horizonte, logré divisar un punto negro que con dificultad se dejaba notar entre el inmenso blanco. Fruncí el ceño, confundida.

—¿Qué es eso…?

Decidí levantarme e intentar calmar mi respiración. Poco a poco, obligué a mis piernas temblorosas a que dieran pequeños pasos hacia adelante. Me sentía intimidada por lo imponente del sitio y atraída por ese pequeño punto negro. Sentía la necesidad de avanzar.

De repente, el sonido que me había despertado se intensificó, parecía repetitivo y tenue a la vez, era como una especie de canto, un tarareo que era inevitable que te fuera hipnotizando.

—*Nara nara nara na. Nara nara nara na. Nara nara na.*

Mientras más me aproximaba, el tarareo acariciaba con más fuerza mis oídos, haciéndome entender que cada paso me acercaba más a aquel punto negro. Me daba un poco de miedo seguir, pero algo me decía que esa era la única salida de ese extraño lugar.

Cuando ya estaba mucho más cerca, el punto empezó a cambiar de forma. Ya no era un simple punto, sino que de él parecían salir unas extremidades negras bastante extrañas que se perdían en el infinito, moviéndose como tentáculos. Mis nervios aumentaron, pero ya no era yo quien manejaba mis temblorosas piernas; al contrario, parecían estar moviéndose solas y sin permiso hacia aquella extraña criatura.

¿Qué coño estaba pasando? ¿Cómo podía ser siquiera posible? ¡Alguien más estaba manejando mi propio cuerpo! Juraba estar enloqueciendo. ¿Cómo es que me encontraba en otro lugar? Yo estaba en el salón de clases hacía tan solo una fracción de segundo. El sentimiento de desagrado era indescriptible y lo que ocurría era francamente imposible. El pánico se apoderó de mí mientras iba dando paso tras paso. Sentía cada movimiento como un espasmo, estaba allí, pero era involuntario, una locura. Aún estaba intentando convencer a mi cerebro de que esto era solo un sueño, una pesadilla, una que se sentía demasiado... real.

Cuando por fin estuve lo suficientemente cerca, noté que las extremidades negras, que llevaba un tiempo intentando ver con claridad, no eran tentáculos, sino cadenas que colgaban del cielo y se perdían entre la extraña neblina blanca, lo que hacía que se volvieran imperceptibles a cierta altura. Se notaba que estaban enganchadas allí para amarrar algo... y ese algo estaba suspendido en el aire, inmóvil. Era un algo que, de hecho, parecía por completo humano, elevado y ocultando lo que debía ser su rostro entre el cabello. Por un instante me confundí, no entendía si estaba agarrada de las cadenas o amarrada, pero luego confirmé que estaba atrapada. De hecho, las cadenas estaban introducidas en partes estratégicas de su cuerpo, como si perforaran su piel para adherirse desde dentro. Sentí dolor de solo pensarlo.

El ser estaba utilizando un *hoodie* exactamente igual al mío. La diferencia era que el suyo estaba roto, sucio y desgastado, sobre todo por los agujeros que las cadenas hacían al perforarle la piel. La detallé poniéndome en un ángulo en el que pudiera verla de perfil y noté lo que parecían unas enormes cicatrices en cada lado de sus omoplatos. Se notaban a través de dos aperturas en el *hoodie* y yo cada vez entendía menos qué o quién era.

Como seguía ocultando su rostro, solo logré apreciar un largo cabello rubio muy llamativo y abundante. Me quedé paralizada sin saber cómo reaccionar. Luego el sonido, que se había tornado muy fuerte, empezó a aturdirme.

De golpe su tarareo acabó. El lugar quedó en medio de un silencio abrumador y cargado de tensión. Algo me decía que la cercanía con esta criatura era peligrosa, así que intenté mover mis piernas y noté que ya podía controlarlas de nuevo. Fui caminando lento hacia atrás, alejándome lo más posible de ella. Justo en ese instante el canto inició de nuevo y esta vez logró arropar cada una de mis emociones, haciéndome sentir absolutamente desconsolada de un segundo a otro, cargada de dolor y con unas enormes ganas de llorar.

Su canto me atrajo de nuevo, así que di algunos pasos hacia adelante, ahora más determinada a descubrir su rostro. *Quizá está sufriendo, quizá necesita mi ayuda,* pensé.

Mientras más tarareaba, más quería acercarme y, en medio del efecto que me tenía embelesada, decidí estirar mi mano hacia el rostro de aquella criatura.

De repente, por sí sola, levantó con lentitud su rostro y tras la cortina de cabello rubio finalmente dejó ver sus ojos: su pupila se fundía con su iris en un intenso rojo carmesí. Enseguida el efecto de confianza que su canto me había producido se esfumó, dejando que el terror recorriera cada fibra de mi cuerpo, que ahora se sentía más pequeño e indefenso que nunca. Caí de espaldas en *shock* cuando noté que se arrojaba sobre mí.

Grité con todas mis fuerzas y cerré mis ojos esperando el golpe, pero jamás llegó.

Abrí mis ojos de nuevo, intentando buscar a la criatura, y me encontré con que ya no estaba en el infinito e imponente espacio blanco, sino que ahora me encontraba en lo que parecían ser los pasillos de un hospital. Eran sumamente amplios y largos, tenían paredes blancas y muchas habitaciones de cada lado. Miré a mi alrededor y vi cómo corrían enfermeras, doctores y pacientes despavoridos, como si huyeran de la peor catástrofe nunca antes vista. Estaba en la zona de recepción, por donde entraban y salían personas enfermas. Las enfermeras llamaban por teléfono pidiendo auxilio. En general, todo era un caos.

Caminé totalmente desorientada, podía ver todo el panorama a mi alrededor, pero no lograba escuchar ningún sonido. Veía los labios pálidos de las personas gritar y los pies de la multitud repicar contra el suelo. Incluso veía cosas caer contra la cerámica, pero ninguna parecía estar acompañada de sonido.

De repente sentí un calor abrasador detrás de mí. Era fuego, no me hacía falta voltearme para saberlo, lo sentía, estaba incendiando todo a su paso y venía por mí. Cada vez era más fuerte y ahora era mi turno para ser devorada en medio de las llamas… Pero eso tampoco llegó a ocurrir.

Abrí los ojos y por fin estaba de regreso en el salón de clases. En ese instante todos mis sentidos se intensificaron más que nunca. Las gotas de sudor frío se sentían como paletas de hielo contra mi piel. Mi corazón iba tan rápido que amenazaba con salirse de mi pecho. Todo parecía moverse. Estaba completamente fuera de control…

La profesora Linda me estaba mirando con el ceño fruncido, como si estuviese esperando alguna respuesta de mi parte, pero yo no entendía nada.

Rick estaba a mi lado sacudiéndome e intentando que yo volviera a la realidad. Todo se veía borroso, así que solo podía ver la camisa negra de R frente a mí moviéndose a todos lados.

—¡K! ¡Katie… ¿qué tienes?, ¿me escuchas?! —preguntó, mortificado.

Todo pasaba en cámara lenta para mí, estaba tan abrumada que no emitía ningún sonido. Apenas lograba estar segura de que estaba de verdad en el salón de clases con mi mejor amigo al lado. ¿Esto era real? ¿Cómo podía distinguir cuál era la realidad y cuál era la alucinación de mi mente?

—Señorita Katie, se acabó el espectáculo, póngase de pie y

resuelva el ejercicio de una vez para sus compañeros —me pidió la profesora—. Y más le vale hacerlo bien después de tanta tontería.

Tras las palabras de la profesora Linda finalmente logré comprender lo que estaba sucediendo. Con lentitud, me puse de pie y la miré mientras mis piernas temblaban de los nervios y mi vista se desenfocaba de nuevo. Intenté centrarme en el pizarrón y, justo cuando empezaba a calmarme, el escritorio de la profesora Linda cayó haciendo un sonido demasiado fuerte contra el suelo. Una de las patas se había reventado, haciendo que todas las cosas cayeran de golpe en el piso.

El sonido podía haber sido fuerte para los demás, pero para mí había sido el ruido más fuerte que había escuchado en toda mi vida, algo capaz de dañar por completo mi audición. Y es que, por alguna razón, tras mi última alucinación, mis sentidos habían quedado muy sensibles e intensificados.

Mi capacidad de aguante llegó a su límite y eso provocó que saliera corriendo hacia el pasillo en dirección al baño de la escuela. No podía soportarlo más. Los pasillos se encogieron a medida que iba corriendo. Sentía que los casilleros de cada lado se acercaban hacia mí cada vez más. La llegada al baño parecía eterna. Sentía un constante pitido en mi oído derecho y ninguna imagen de las que veía parecía estabilizarse.

A duras penas noté que Mike y Rick venían corriendo detrás.

—¡Katie, espéranos! —gritó el primero.

—¿A dónde vas? —preguntó Rick.

Seguí corriendo.

—¡Katie, por favor, para ya! —me suplicó Mike.

Corrí haciendo una curva hacia los servicios y logré que mis amigos me perdieran de vista. Al llegar a la puerta del baño de chicas no lo dudé ni un segundo y entré, asegurándome de estar utilizando el pasador de la manilla para impedir que alguien entrara. Agradecí internamente lo amplio que era el baño. Ya de por sí sentía que me estaba asfixiando. Había al menos siete cubículos cerrados y un gran lavamanos que recorría toda una pared de cemento.

Sin embargo, cuando se trataba de mí, no había nada que detuviera a Mike y a Rick, así que intentaron abrir la puerta. Yo, por mi parte, no quería enfrentar nada más. Sentía que mi mente se nublaba por momentos, así que para evitar que entraran, miré fijamente el pasador y seguí suplicando con desespero que no pudieran entrar. Luego sentí cómo una especie de calor se apoderaba de mi cuerpo y, tras unos segundos, el pasador se oxidó, solidificándose y haciendo imposible que pudieran abrir la puerta.

A lo lejos escuché cómo Mike y Rick hablaban.

—¿Estás seguro de que entró aquí? —preguntó uno.

—No, creo que no está aquí, está cerrado —explicó Mike.

—Vamos a buscarla en los demás salones… —Escuché decir a Rick mientras oía que sus pasos se alejaban cada vez más.

A raíz de la descarga de energía que esa experiencia me había producido, mi fuerza pareció decaer de una manera demasiado rápida, haciendo que todo me diera vueltas. Tras unos segundos, mis ojos se cerraron y todo se tornó negro por un buen rato.

Cuando desperté mi cuerpo se sentía mucho menos tenso. Estaba aliviada luego del agotamiento que había sentido antes del desmayo… ¿Qué había pasado? ¿Por qué me había desmayado? Apenas quedaban algunos retazos de recuerdos en mi cabeza, pero no tenían ningún sentido para mí. ¿Qué hacía acostada en el baño de la escuela?

Saqué mi móvil del bolsillo del *hoodie* y noté que tenía más de doce llamadas perdidas de mi mamá. También tenía alrededor de doscientos mensajes de Rick, Mike y Josh, todos preocupados. Realmente me había desaparecido por mucho tiempo, pero seguía sin entender por qué.

Intenté abrir la puerta del baño y no pude. Mi mirada se fue hacia el pasador y entonces noté, molesta, que estaba oxidado. A partir de allí unos destellos de ciertos recuerdos llegaron a mi memoria. ¿Yo había hecho esto? Pero ¿cómo?

Miré hacia la ventana y cuando vi que ya era de noche entendí por qué todos estaban buscándome con tanto afán. Me había desaparecido por, quizá, más de cinco horas.

Por error posé mi mirada en el espejo y de inmediato sentí un escalofrío recorrer mi cuerpo. Desvié la vista y respiré hondo.

—No mires, Katie, no mires, no pasa nada —me dije dándome consuelo.

Nuevamente intenté abrir la puerta, pero no dio resultado. La cerradura estaba tan dañada que no giraba ni siquiera un milímetro.

—¡Mierda, estúpida puerta! —grité llena de ira.

El subidón de molestia me controló y decidí darle una patada con todas mis fuerzas. Cuando me di cuenta de que no funcionaba, me agaché, frustrada, y sostuve mi cabeza entre las manos. ¿Qué me estaba pasando?

Una lágrima salió sin permiso y me la limpié con rabia. Estaba a punto de rendirme y quedarme allí, pero escuché la voz de mi mamá gritando mi nombre desde fuera. Eso me dio el impulso que necesitaba.

Miré la ventanilla abierta del baño y suspiré.

—No me puedo lanzar por la ventana… No voy a hacer eso… —dije algo dudosa.

Miré la puerta con detenimiento y luego volví a fijarme en la ventana. No me quedaba de otra. No tenía ganas de pasar más horas durmiendo en el baño. Un desmayo había sido suficiente.

En un arrebato de valentía me subí al lavamanos, terminé de empujar la ventanilla con mis manos y, luchando con mis piernas apoyadas en la pared, logré subir la mitad de mi cuerpo, que unos segundos después ya estaba cerca de atravesar la ventanilla. Noté que era bastante alta y el golpe prometía ser doloroso, pero eso no me detuvo. Esta era la única salida.

Me balanceé sobre mi abdomen y me precipité a través de la ventana, dando una vuelta en el aire y cayendo de pie ilesa. No entendí cómo lo hice, pero no era el momento de centrarme en eso, había salido victoriosa para todo lo que podría haberme pasado.

Luego de varios quejidos y de limpiarme la ropa con las manos, caminé rápido hacia la salida de la escuela, donde mi mamá aún estaba gritando mi nombre.

En el segundo en el que me vio, su expresión cambió de preocupación a ira. Estaba verdaderamente furiosa.

—¡Katie, por el amor a Dios! ¿Se puede saber dónde estabas? ¡Llevo horas como una idiota llamándote! —me reclamó.

Para ser sincera, no tenía idea de qué explicación darle a mi mamá y, considerando lo poco que entendía todo lo que estaba pasando, tenía buenas razones para quedarme callada y caminar directo al auto.

Mi mamá me miró impresionada y sin poder creer que no le dijera ni una palabra. Siendo franca, era poco usual en mí, pero últimamente todo lo estaba siendo. Ya ni siquiera me sentía como la yo de siempre. Me desconocía aún más que cuando me miraba al espejo. A veces dábamos los pequeños detalles por sentados, pero algo tan simple como verse en el espejo era un gozo del que yo jamás había podido disfrutar. Los odiaba porque cuando veía a través de ellos no me encontraba a mí misma, sino a otra persona. Pero, ahora, ya la desconocida no era la del reflejo, ahora era yo misma...

Al sentarme en la parte de atrás del auto solo me limité a reposar mi cabeza contra el frío vidrio de la ventana. Mi mamá me miraba de reojo una y otra vez y soltaba gruñidos de molestia. Era evidente que me quería dejar claro que estaba extremadamente enojada. Ella quería discutir, pero no podía hacerlo con alguien que ni siquiera la miraba. Aun así, después de unos minutos, explotó.

—¡Qué inconsciente eres, Katie Angel! ¿Te parece justo haber desaparecido así? Creo que no necesitamos más preocupaciones… y también me da la impresión de que te he repetido hasta el infinito que no puedes sumar presión a la familia. Les pido a diario a Josh y a ti que intenten tener la mejor disposición para colaborar con tu papá y conmigo. Lo único que tenías que hacer era volver del colegio a la hora que acordamos y ni eso hiciste, ¿sabes todo lo que me pasó por la cabeza? ¡Hay un asesino suelto en Kendall, Katie! —exclamó, furiosa.

En una situación normal yo habría refutado o le habría explicado todo para que no se alterara más de lo que ya estaba, pero ese día no tenía ganas de dar explicaciones y menos porque no sabía cómo darlas.

Mi mamá siguió manejando en dirección a la casa en total silencio y luego de echarme algunas miradas de reojo, decidió volver a hablar.

—Katie, por Dios, ¿qué pasa? ¿Por qué te quedaste aquí hasta tan tarde? ¿Estás metida en algún problema, es eso? Dímelo y yo te ayudo… Es que ni siquiera hablas.

No respondí. Solo me limité a seguir mirando a través de la ventana. Justo estábamos cerca de pasar por la gasolinera, no muy lejos de donde había visto a los policías esa mañana.

—Katie, todos lo estamos pasando mal, tu papá, Josh… Todos estamos desesperados. Entiendo que tú también estés mal, todos estamos intentando aguantar esto lo mejor que podemos, pero, por favor, pon de tu parte… —continuó.

Mi mamá siguió y siguió hablando, pero poco a poco fui desconectando mis oídos y solo pude centrarme en mi mente, llena de pensamientos revueltos en medio de una guerra entre lo que creía y lo que recordaba, lo que sentía y lo que no, entre lo real y lo imposible.

De pronto, justo cuando pasamos por la gasolinera, logré ver dentro de la tienda de *snacks* a una mujer caminar por el pasillo con una bata blanca y un largo cabello rubio cubriendo su rostro. De inmediato mi corazón se aceleró y todo pareció pasar en cámara lenta. La miré paralizada. No podía ser ella.

—La mujer de mis sueños… —murmuré.

«Tú ríes y yo tiemblo, tú lloras y yo tiemblo, tú cantas y yo tiemblo, eres mi más grande amor y a la vez el mayor de mis miedos».

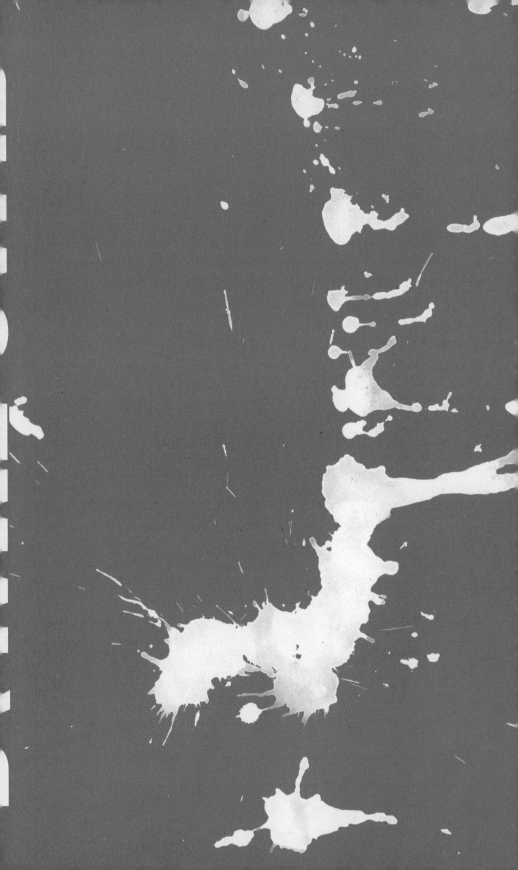

CAPÍTULO 4

DENTRO DE MÍ

Seguí mirándola y confirmé mi teoría, tenía que estar en lo cierto.

—¡Para, mamá! ¡Para el carro! —grité, alterada.

Después de esas palabras sentí cómo el auto frenó en seco y, sin pensarlo dos veces, abrí la puerta y salté fuera de él. Corrí sin detenerme atravesando la bomba de gasolina y entrando como alma que lleva el diablo en la tienda de *snacks*.

El hombre tras la caja apenas me miró. Claramente estaba acostumbrado a ver personas apuradas y yo solo era una más para él. Ni siquiera me dedicó la más mínima atención.

En medio de uno de los más fuertes ataques de desesperación que había vivido, la busqué entre los pasillos de la tienda, pero no la encontraba. Llegué al último pasillo y me encontré frente a frente con una pared repleta de grandes refrigeradores de puertas de cristal. Vi mi reflejo y algo en mí me pidió que esta vez, solo esta vez, no desviara la mirada. El magnetismo extraño influía en mis pensamientos.

Entonces el tarareo apareció confirmando mi corazonada. Estaba aquí. Ella estaba aquí.

Me acerqué al cristal, totalmente embelesada por mi reflejo, y, en consecuencia, en ese momento no noté que un vagabundo me estaba acechando a través de la vidriera de la tienda.

Observé casi hipnotizada mi reflejo e intenté acercar mi mano para tocarlo… Pero justo en el instante en el que mi piel y el vidrio entraron en contacto, la imagen de mi reflejo desapareció para dar paso a un infierno de fuego que parecía estar quemándome viva. Ni siquiera reflejaba el fondo de la tienda, mostraba otro lugar, uno completamente tenue y cargado de oscuridad. Un sentimiento de dolor recorrió mi cuerpo hasta que llegó a mis labios y la desesperación hizo que quitara la mano y soltara un grito.

Empecé a hiperventilar, el miedo que sentía era irracional. Mi corazón latía demasiado rápido, amenazando con salirse del pecho. La cruda realidad es que estaba en medio de una ola de alucinación extrema. *¿Estaré demente? Quizá tengo un grave desorden de personalidad, o tal vez es esquizofrenia, no puede ser normal lo que veo, lo que siento, estos trances… Estoy perdiendo la cabeza*, pensé.

Luego de unos segundos, respiré hondo, tragué en seco y, en un intento de calmarme, hablé conmigo misma.

—Solo fue un sueño, otra vez mi cabeza me está jugando una mala pasada —me repetí intentando convencerme, pero en el fondo sabía que solo me engañaba.

Mi respiración estaba de nuevo agitada, había perdido el control de mi realidad otra vez.

Cuando, por instinto, volví a ver el reflejo, estaba totalmente empañado. Ya no podía verme, así que suspiré aliviada creyendo

que todo había vuelto a la normalidad. Sin embargo, de golpe y demostrando que me equivocaba, vi cómo se iba formando en el vidrio del refrigerador una frase dibujada como con un dedo y que, letra a letra, decía: «DÉJAME SALIR».

Entré en un estado de *shock* que solo me permitió dar unos cuantos pasos hacia atrás aterrada por completo. Justo en ese momento mi mamá entró a la tienda llamándome por mi nombre.

—Katie, ¿hasta cuándo? Me estás haciendo perder el tiempo… No entiendo que te está pasando hoy —alzó la voz a lo lejos.

Me eché a correr completamente aterrorizada, di la vuelta hacia la salida y empujé unos botellones grandes de agua por accidente.

—Katie, hija, ¿qué haces, por Dios? —me reclamó.

El dueño de la tienda gruñó molesto y eso hizo que mi mamá se quedara recogiendo el desastre, apenada, intentando disculparse con él.

En un intento de escapar, salí disparada por la puerta de la tienda y bordeé la esquina de la derecha para buscar el baño.

Mientras iba en esa dirección, el vagabundo me alcanzó y logró envolverme entre sus brazos. Pegó mi cuerpo contra el suyo mientras bajaba su mano para darle un apretón a uno de mis muslos. Su boca estaba tan cerca que sentí su barba rozando mi rostro, era repulsiva.

—No corras, niña, vamos a jugar… —me susurró al oído.

Eso solo logró asquearme y alterarme más, así que en medio de un subidón de adrenalina logré darle un codazo en el estómago y huir de su agarre. Corrí hacia el baño y me encerré allí utilizando el pasador e intentando recuperar la noción de realidad que había perdido dentro de la tienda.

Miré a mi alrededor y solo vi suciedad. Había un solo inodoro y un lavamanos oxidado con un espejo deteriorado y lleno de unas sustancias que no quería ni reconocer. El baño estaba en el peor estado que había visto en años. El olor era sumamente nauseabundo, pero aun así no quería salir de allí. Posé mis manos en paralelo apoyándome del lavamanos mientras lloraba con desespero. Centré mi mirada en mis zapatos e hice una cuenta regresiva. 49… 48… 47… 46…

Justo cuando sentí que mi respiración empezaba a normalizarse decidí abrir el grifo y llenar mis manos de agua para enjuagarme la cara. *Todo va a estar bien, Katie,* me dije a mí misma.

Luego, y comprobando mi teoría, subí la mirada y me vi en el espejo… y en solo una mínima fracción de segundo ya había entrado en trance de nuevo.

Al abrir los ojos aparecí otra vez en el majestuoso e intimidante lugar blanco. Esta vez parecía más vulnerable que nunca, estaba inmóvil y en *shock* tras notar que esto volvía a pasarme. Tenía la esperanza de que fuera cosa de una sola vez.

Y allí estaba ella, la criatura amarrada a las cadenas, entonando su canto habitual que cada vez me aterraba más. La diferencia era que esta vez sonaba más débil, no me aturdía como en otros momentos.

Lentamente me acerqué a la criatura, sintiendo el inevitable magnetismo que siempre me causaba. Estaba muy cerca, apenas a centímetros de su cara, intentando ver qué rostro se escondía tras toda esa cascada de cabello rubio.

Al final la criatura levantó su rostro y de inmediato descubrí la primera pieza del más grande rompecabezas que afrontaría en mi vida entera. Mi corazón latía más lento que de costumbre y el tiempo pareció detenerse en ese instante en el que veía por primera vez a esa criatura cara a cara. Y es que jamás en mi vida imaginé… que su rostro sería exactamente igual al mío…

Era como ver a una Katie que intimidaba más frente a mí. Lo único que nos diferenciaba era el color de nuestros ojos, ya que los míos verdes se opacaban frente al rojo carmesí de los suyos, cargados de oscuridad, sadismo y una promesa de muerte.

El contraste entre su mirada macabra e imponente y lo insegura y pequeña que me sentía yo era abismal. Intenté decir algo, pero mi garganta parecía cerrada, incapaz de emitir palabra o sonido alguno frente a lo intimidante que era aquella criatura.

Parecía poder leerme la mente porque de inmediato se movió hacia adelante, intentando acercarse a mí, y justo cuando yo iba a imitar su movimiento, ella se arrojó sobre mí.

—¡Déjame salir! —gritó con una voz oscura, gruesa y exigente.

Desperté del trance de manera repentina, dando un traspié hacia atrás y golpeándome contra la pared del baño mientras soltaba un alarido cargado de miedo. Mi corazón amenazaba con salirse de mi pecho y las gotas de sudor bajaban con rapidez por mis sienes.

Me acerqué al lavamanos e intenté echarme de nuevo agua en la cara y respirar hondo. ¿Qué coño estaba pasándome?

—No pasa nada… No pasa nada… —me dije en medio del llanto.

Cerré los ojos y respiré hondo. Tenía que recuperar mi estabilidad. Esto no podía ser real. Todo estaba en mi mente, solo en mi mente. Cuando viera el espejo de nuevo, solo estaría mi reflejo y nada más porque esa criatura no era real.

Subí la mirada hacia el espejo, retando mi mayor miedo nuevamente. Tras unos segundos de verme sin parpadear, noté cómo mi reflejo esbozaba una sonrisa cargada de maldad. Desconcertada, toqué mi cara verificando que yo no estuviera sonriendo y justo en ese instante sentí su rostro cerca de mi oreja derecha.

—Déjame salir… —dijo susurrando

En medio de una crisis de pánico grité, tirándome contra la puerta. La abrí de golpe y corrí con el mayor afán del mundo, intentando huir de la criatura.

Crucé la calle a toda velocidad, salté la defensa que separaba el bosque de la gasolinera y me dirigí hacia el montón de árboles y la oscuridad solo iluminada por la luz de la luna.

Mientras más corría, más escuchaba el tarareo cerca de mí, era como si nunca pudiese escaparme de ella.

De pronto, en el medio del bosque y sin aviso, el vagabundo me interceptó, pero esta vez no cometió el error del principio, me cargó con más fuerza que nunca, dispuesto a no soltarme sin importar cuánto luchara.

Tenía un aspecto repulsivo, vestía unas ropas sucias que desprendían olores asquerosos y que no podía evitar percibir por lo cerca que estaba.

Me mantuvo aprisionada entre sus brazos mientras gritaba desesperadamente. Podía sentir cómo el aliento que provocaban sus carcajadas chocaba contra mi piel. Era repugnante.

De repente, abrió la boca y sacó su lengua para lamer todo mi cuello hasta llegar a mi oreja. Estaba asqueada, me sentía invadida y llena de impotencia por no poder defenderme.

—Vamos a jugar, déjate llevar… —susurró.

Seguí gritando cada vez más llena de pánico. Estaba intentando mover mis brazos, pero su agarre era muy fuerte. Miré sus manos negras de suciedad y todo me dio aún más asco. No sabía qué hacer, me sentía perdida e indefensa y me daba terror pensar en lo que me haría si no lograba zafarme.

—Te prometo que voy a ser amable contigo, no te va a doler porque lo voy a hacer rápido… —prometió con sadismo.

A duras penas logré sacar un brazo de su agarre y con rapidez le di un golpe en la cara, pero, para mi desgracia, fue demasiado débil y el hombre no me soltó. Al contrario, solo hizo que reventara en rabia y decidiera tirarme con todas sus fuerzas contra un árbol. Me golpeé la cabeza con el tronco y de inmediato perdí la conciencia.

Mi cabello rubio enmarañado cubría mi rostro, que parecía estar apagado tras el golpe. Unos segundos después, y mientras el vagabundo se abría la bragueta del pantalón, ocurrió el primer encuentro…

—Si no quieres por las buenas, vamos a hacerlo por las malas —amenazó acercándose a mí.

Justo antes de que me agarrara nuevamente, levanté la cabeza de golpe, mirando al asqueroso sujeto y revelando que ya no era yo quien tenía el poder de mi cuerpo. Dejé ver mis ojos rojo carmesí, pues tanto mi iris como mi pupila se habían tornado del mismo color, fundiéndose como una sola. Mi semblante pasó de miedo a diversión en una fracción de segundo. La criatura había tomado el control de mi cuerpo.

—Okey… —Escuché que pronunciaba a través de mis labios—. Juguemos…

La criatura empezó a hacer una especie de chasquido con la lengua que parecía ser una especie de advertencia. Sonaba a peligro y algo me decía que era una señal de guerra.

El hombre quedó atontado frente al desafío. Para él, yo había pasado de intentar escapar a prácticamente invitarlo. Estaba algo sorprendido, pero eso no lo detuvo. De inmediato avanzó hacia mí dispuesto a seguir con sus planes.

Como si fuese tomada por una fuerza ajena a mí, mi cuerpo se levantó sin siquiera tener que flexionar las rodillas o apoyarme en el tronco. El vagabundo se aterró, no entendía lo que acababa de ver y su primer instinto fue tirarse sobre mí para atraparme de nuevo.

Pensé que lo lograría, pero la criatura, con un movimiento sutil de mi mano derecha, logró levantar al vagabundo en el aire, mientras este daba varias patadas, desesperado por volver a tener contacto con el suelo. Del miedo, gritó. Sus ojos reflejaban el mismo terror que yo había sentido unos segundos antes.

De pronto, de mi garganta salieron unas carcajadas cargadas de diversión. La criatura estaba disfrutando del sufrimiento y la desesperación del vagabundo. No le tenía ni el más mínimo miedo, ella sabía que era superior por mucho.

—¡Bájame, bájame, niña estúpida, bájame o te juro que...! —amenazó.

La criatura lo miró molesta y, con mi mano derecha en el aire, apretó el puño de golpe, provocando que el vagabundo gritara por lo que parecía ser uno de los dolores más intensos que alguien podría experimentar.

—¿Qué me juras, eh? —preguntó la nueva Katie, ofendida.

Luego se rio a carcajadas de nuevo, como una niña pequeña divirtiéndose.

—No, no, no... Vamos a jugar, pero a mi manera —afirmó utilizando mi propia voz.

El vagabundo gritaba más que nunca.

—Eh... —dijo un poco pensativa, como si tratara de recordar algo—. A ver, ¿con cuál mano me tocaste? ¿Esta? —preguntó levantando la mano izquierda del hombre—. No, no, no, a ver... De tin, marín... —Jugó levantando cada una de las manos del vagabundo con rapidez. Hizo unas muecas de duda y luego sonrió victoriosa—. ¡Ya sé, era esta! —exclamó señalándole la mano derecha—. Siempre he sido buena adivinando.

La nueva Katie lo miró, enfocándose en el brazo derecho del vagabundo y, de pronto, de forma inexplicable, ese brazo envejeció, su piel se tornó arrugada, pálida, las venas se le marcaron y la piel pasó de verse gruesa y fuerte a débil y frágil. Su piel ya estaba ajada por su edad, pero todo empeoró en cuestión de segundos. Finalmente, el brazo se fue pudriendo, se podía apreciar cómo el color cambiaba de blanco pálido a verde y negro. El proceso continuó hasta que los huesos se le desprendieron del cuerpo. El vagabundo gritó de dolor a un nivel nunca antes visto y lo más sorprendente es que eso ni siquiera inmutó a la criatura.

Ella disfrutaba la escena con total sadismo y burla, riendo sin control.

En ese momento la criatura tocó mi cuello, notando los restos de baba que el vagabundo había dejado allí. Su expresión cambió de diversión a una cara inexpresiva y seria. Lo miró fijamente mientras él seguía gritando de dolor y con sus poderes telequinéticos le arrancó la lengua, la cual cayó al suelo y continuó moviéndose algunos segundos.

Allí, suspendido todavía en el aire, el hombre entró en estado de *shock* y convulsionó, demostrando que había colapsado de dolor.

—¡Grita… vamos, grita! —le pidió la criatura con una actitud malcriada y luego, como si fuese incapaz de entender su estado, puso una mueca de desaprobación—. Qué aburrido eres, así ya no tengo ganas de jugar —lo criticó haciendo un puchero.

Lo miró por última vez y, con sus ojos rojos cargados de peligro, le envejeció lo que quedaba de su cuerpo. No paró hasta que se pudrió por completo y solo quedaron a su paso un montón de huesos entre las ropas y unos pocos retazos de carne negra y podrida.

La criatura dejó caer al suelo los restos y sonrió complacida con su labor. Era sorprendente lo que había sido capaz de hacer, pero lo más preocupante era la falta de empatía que tenía. Incluso cuando el vagabundo ya no era capaz de defenderse, no paró hasta que lo volvió polvo. El dolor ajeno no le causaba compasión, al contrario, la divertía… y mientras hacía lo que hizo nunca demostró ni una gota de culpabilidad.

Solo pude ser testigo de lo que parecía ser mi primer asesinato. Aun así, yo sí me sentí culpable en todo momento. Merecido o no, de haber podido evitar esa muerte lo habría hecho sin dudarlo.

La criatura en mi cuerpo caminó con desinterés de regreso a la gasolinera y, cuando iba cruzando la calle hacia la tienda, un carro se atravesó en su camino. Se abrió la puerta trasera y salió un niño de unos ocho años, calvo, vestido con overol y una franela azul de esas que usan en los hospitales. El pequeño corrió directamente hacia ella, le agarró la mano y en ese instante de contacto todo se tornó negro y caí desmayada otra vez.

«Naciste con el final, viviste solo para acortarlo un poco más»

CAPÍTULO 5
ADRYAN

Desperté desorientada y asustada. No tenía idea de dónde me encontraba ni de lo que había sucedido. Miré a mi alrededor y noté que estaba en lo que parecía un cuarto de hospital. Era una habitación amplia con paredes azules y unos cuantos aparatos médicos alrededor. Estaba acostada sobre una camilla. La cabeza me daba vueltas y la sien derecha me latía. ¿Cómo había acabado allí?

De pronto un montón de retazos de recuerdos llegaron a mi cabeza, venían en conjunto y sin orden alguno, confundiéndome por completo. ¿Paredes en llamas? ¿El reflejo en el refrigerador? Sangre, un vagabundo… ¿Quién hizo esto?

Justo cuando estaba a punto de entrar en pánico sentí un golpe en el rostro que me hizo volver a la realidad. Pestañeé confundida y abrí mis palmas para dejar caer lo que tenía en el rostro. Lo miré con detenimiento sobre mis manos y noté que era un *slime* verde. Me acomodé sobre la camilla del hospital, apoyándome del espaldar para lograr sentarme, y en ese instante unas pequeñas manos me arrebataron el *slime* de golpe.

Subí la mirada y entonces lo vi. Sin cabello, flacucho por todos los medicamentos y mirándome con una cara particular.

—¡Ey, tú! ¿Qué haces? ¿No entiendes que yo soy el único que puede estar en el hospital? —se quejó en tono de burla.

No podía creer que lo estaba viendo despierto. Las palabras no salían de mi garganta, estaba paralizada, congelada, intentando procesar que esto era cierto.

Adryan, mi hermanito menor de tan solo ocho añitos, era un niño muy especial, desde pequeño todos en la familia notamos que era extremadamente rápido e inteligente. Con su corta edad ayudaba a Josh con sus tareas y resolvía problemas matemáticos que ni siquiera los profesores entendían del todo. En ese entonces, mamá quiso encontrar la forma de hacerle una prueba que midiera su coeficiente intelectual y fue cuando notamos que era una de las pocas personas que contaba con uno muy elevado. Era una bendición, pero una que traía una maldición a cuestas, ya que desde que nació estaba batallando con un extraño tumor que pocos doctores sabían tratar. Desde hacía un mes y medio, aproximadamente, los médicos habían inducido a Adryan en un coma para intentar extraer su extraño tumor por medio de una cirugía y esta era la primera vez que lo veía despierto desde entonces.

Ante mi silencio Adryan hizo una mueca. Se veía enorme, no parecía tan solo un niño. Su estatura engañaba.

—¿Así saludas a tu hermano después de pasar un mes descansando de sus horrendas caras? ¡Bah, pésimo servicio, siempre supe que preferías a Josh! —dijo en su clásico tono de broma.

Se le veía mucho mejor a pesar de lo delgado que estaba y de que no tenía ni rastro de cabello por todos los tratamientos. Algo me decía que se sentía mejor que antes.

De inmediato rompí en llanto y me arrojé sobre él abrazándolo. Lo apreté contra mi pecho y soltó un grito ahogado. Lo estaba aplastando demasiado.

—Adryan… —sollocé—. Estás despierto…

—No me tendrás por mucho si me sigues asfixiando así —se quejó.

Lo solté y apreté su rostro entre mis manos para verlo. Muchos días había soñado con el momento en el que pudiese volver a verlo así y jamás pensé que ese día sería hoy. Miré en detalle sus grandes ojos marrones y vi en ellos un destello de esperanza. Adryan era la luz de mi familia, era extrovertido y alegre, desenvuelto y muy astuto. Cada día sin él había sido supremamente triste.

—Ya suéltame, Pupú. No cualquier chica me puede abrazar tanto, mis abrazos son VIP —afirmó, orgulloso.

—Todavía no puedo creerlo, Dios, ¿cuándo despertaste? —pregunté entre lágrimas.

—¡Ay! No es para tanto, Pupú, fue la mejor siesta de mi vida, ¡estoy como nuevo! Es más, creo que rompí un récord Guinness y todo… —me respondió, entusiasmado, y yo solté una carcajada ante su comentario.

—¿Qué dices?

—Es verdad, es más… Tú necesitas una siesta así, mira esas ojeras. —Se rio—. Duerme más o vas a espantar a todos tus pretendientes.

Yo también me reí, divertida, y limpié mis lágrimas. Era de admirar cómo Adryan siempre conseguía ver el lado positivo en todo. A veces me daba miedo pensar que si algún día no lo hacía era porque su límite había llegado.

La verdad era que desde hacía mucho me sentía responsable del estado de salud de Adryan… No recordaba claramente qué había pasado, pero sabía que cuando mamá estaba embarazada le hicimos una fiesta para celebrar. Ese día algo pasó y sentía que tenía que ver conmigo. El problema era que aunque me esforzaba por recordar, no lo lograba y todos en mi familia evitaban decirme algo sobre ese momento. Aun cuando les preguntaba, siempre lo evadían diciéndome que eran ideas mías, pero yo lo sentía, sabía que algo había pasado.

El tan solo pensar en eso me entristeció, así que lo agarré por un brazo y lo halé para abrazarlo de nuevo. Esta vez él sí me empujó apartándome.

—¡Pupú, ¿cómo sobreviviste tanto tiempo sin mí?! —preguntó alejándose, juguetón.

—No ha sido nada fácil, tengo que luchar yo sola contra Josh —le confesé riendo.

—Tranquila, el capitán Adryan está aquí para someter al malvado Josh y hacerle pagar por todas sus fechorías —exclamó en medio de una pose heroica.

Justo en ese instante Josh entró de golpe por la puerta con el ceño fruncido. De inmediato corrió y cargó a Adryan sobre su hombro como si fuera un saco de papas.

—¿A quién vas a someter tú, enano? —preguntó.

—¡Suéltame, villano, o te aplastaré con mi *slime* mágico! —amenazó Adryan entre risas.

En ese momento entró la enfermera acompañada de mis papás y, al notar que Josh estaba cargando a Adryan, puso sus ojos como platos, alarmada por tanto movimiento.

—¡Ey, bájalo, no es seguro hacer eso! —gritó, asustada.

Mi papá miró a Josh con desaprobación mientras mamá negaba con la cabeza.

—Josh, por favor… —murmuró mi padre con tono de decepción.

Josh bajó a Adryan, incómodo y apenado al ser sorprendido por todos. Intercambió una breve mirada conmigo y ambos hicimos una mueca. Como se podía ver, todo buen momento en mi familia se esfumaba en cuestión de segundos. En esa época, sin embargo, entendía por qué todo era como era… Vivía dentro de una pesadilla constante.

—¿Qué pudo haber sido? ¿Alguna otra posibilidad? —le preguntó mi madre a la enfermera refiriéndose a mi desmayo.

—Estamos casi seguros de que deben ser principios de anemia, nada grave, realmente. Pero tienen que entender que si Katie no mejora su alimentación podría llegar a mayores... Es importante controlarlo a tiempo... —comentó la mujer en tono neutro.

Estaban hablando de mí. Eso solo confirmaba mi teoría de que, por culpa de una serie de eventos que ni siquiera lograba recordar, había terminado desmayándome. No había peor sensación que saber que no tenía ningún tipo de control sobre lo que me estaba pasando.

—Muchas gracias, enfermera —dijo mi papá estrechándole la mano.

—No olviden la consulta de Adryan en unos días, por favor. Es importante —les recordó.

Mis papás asintieron, demostrando que comprendían lo que les había dicho la enfermera. Cuando por fin salió de la habitación, ambos miraron a Adryan suspirando nostálgicos.

Ya de vuelta en casa, estaba recostada en mi cama y, abrazada a mi almohada con una sensación de inquietud por dentro que me estaba molestando, pensé en la última noche. Estaba armando las pocas piezas que tenía del rompecabezas, pero era difícil porque los detalles parecían querer quedarse escondidos en el inconsciente de mi cerebro. Lo que me inquietaba no era ser incapaz de acordarme, lo que de verdad me enloquecía era pensar que lo poco que sí lograba recordar fuera real. Tenía destellos de una piel vieja y podrida, de una lengua pasando por mi cuello e incluso de... ¿muerte?

Mi corazón se aceleró y latió fuertemente contra mi pecho, una sensación de vértigo me consumió hasta llevarme al punto de temblar y sudar. ¿Estuve en presencia de un asesinato? ¿Tuve algo que ver? Nada parecía tener respuestas. *Yo jamás le haría daño a nadie y mucho menos estaría en medio de una situación así*, pensé. Estaba a punto de entrar en un episodio de pánico cuando el sonido de una notificación de la *laptop* me hizo sobresaltar.

Corrí hacia el escritorio y decidí agarrarla. Tenía varios mensajes de un chat con Rick: me estaba enviando memes o algo por el estilo. Lo ignoré y, mientras respiraba hondo, decidí volver a mi cama para teclear en el navegador un millón de preguntas sobre trastornos de personalidad, poderes mentales y la relación entre ellos... como si un computador pudiera responderme lo que ni mi propia cabeza era capaz. *No te conoces ni tú misma y quieres que te dé respuestas un buscador en internet*, me reproché. Las manos me temblaban, apenas podía teclear y leer correctamente.

Cuando las lágrimas ya amenazaban con salir de mis ojos sin poderlas contener por la desesperación, Josh entró a mi habitación dando un portazo, seguido por Adryan, quien venía empujándolo por la espalda. De inmediato cerré la *laptop* con nerviosismo y me limpié los ojos intentando que ninguno llegase a ver lo que estaba pasando. No necesitaban más problemas. *Esto debo manejarlo yo sola*, pensé.

—¡Hoy vamos a jugar *Just Dance!* ¡Sigo siendo el mejor bailarín de la historia! —dijo Adryan a toda honra.

Los nervios se me pasaron con rapidez y fueron sustituidos por risas. No podía disimular la felicidad que me daba ver a Adryan de regreso en casa y con tanta energía.

—Okey, okey... —respondí levantándome de la cama.

—Enano, ya cállate, ni siquiera bailas —comentó Josh

mirándolo con desconfianza.

—¿Y cómo es que estoy invicto desde hace años? —preguntó, inflado de orgullo, y Josh negó con la cabeza.

—No lo sé, mi explicación y mi radar de hermano mayor me indican que es… trampa.

De inmediato Adryan estalló en risas, dejándonos ver que lo que Josh decía era cierto. La risa se volvió tan contagiosa que Josh se rio y yo terminé siguiéndolos.

Ya para ese momento, Josh y yo sabíamos que Adryan había descubierto el patrón por el que el sensor de movimiento leía a los usuarios y solo por eso era supremamente sencillo para él hacer combos de *perfect* imposibles en los bailes. Así era como mientras Josh y yo casi dejábamos cada gota de nuestra energía en el juego, él apenas se movía y aun así ganaba. Los miré reírse y me emocioné. En ese momento jamás pensé que no volvería a vivir una escena como esa y que solo me iba a quedar atesorándola para siempre… Como un recuerdo que no se repetiría jamás.

Para cuando bajamos a la cocina ya estábamos exhaustos de jugar y mientras yo me decidí a preparar unos sándwiches con queso brie, que eran los favoritos de Adryan, Josh se dispuso a enseñarle los últimos videojuegos que había estado jugando.

—¡Tonto, deberías estar haciendo *stream*, estarías ganado mucho dinero y yo sería la persona perfecta para gastarlo! —gritó a todo pulmón.

—Adryan, baja la voz. —Escuché a mi madre pedirle desde arriba.

Le saqué la lengua y él me devolvió el gesto, enojado por el regaño.

—Claro que sí, pronto voy a empezar, pero estoy muy ocupado con las prácticas por las tardes, solo me da algo de tiempo libre para ayudar en casa —apuntó Josh.

—¡Excusas, hermanito! Primero, tú nunca ayudas en nada, eres un vago —expuso haciendo reír a Josh— y, segundo, ¡hay que actuar! Es más, como veo que sin mí no reaccionas, de ahora en adelante soy tu mánager. Ya vas a ver que conmigo llegarás a la cima.

De pronto escuché las carcajadas de mis papás desde arriba. Estaba claro que habían oído todo el discurso, ya que Adryan había ignorado totalmente su reclamo sobre el tono de voz.

—¡Cállate, enano! —dijo Josh entre risas—. ¿Qué mánager vas a ser tú?

—¡Ya, par de bobos! —intervine mientras les entregaba un plato con los sándwiches—. Coman y hagan silencio un rato.

Adryan se subió encima de la mesa central que estaba en la sala y me miró con el ceño fruncido.

—¿Y tú, Pupú, cuándo vas a mostrarnos tus poderes? —preguntó.

En ese instante mi mundo se detuvo, mi corazón se aceleró golpeando con fuerza contra mi pecho una y otra vez y mis manos se pusieron heladas en un segundo.

—¿Qué… qué dijiste? —tartamudeé.

Adryan me miró extrañado y se bajó de la mesa acercándose.

—Pupú, tus habilidades… ¡Yo me acuerdo de que tú cantabas bonito! Uff, definitivamente sin mí ninguno de ustedes va a triunfar. Me están deprimiendo —dijo en tono melodramático.

De inmediato el aire regresó a mis pulmones y todo en mi cuerpo volvió a estabilizarse. *Katie, estás paranoica, ya basta,* me reclamé internamente.

—¡Bobo, puedo darte en la cabeza con uno de esos sándwiches si no te lo comes de una vez! —lo amenacé.

Adryan agarró un pedazo del pan y salió corriendo mientras se reía. Llegó hasta las escaleras y, desde la lejanía y la seguridad que su rapidez le daba, me retó.

—¡Dale, Pupú, lánzalo! Con esa puntería vas a terminar limpiando las paredes —concluyó, juguetón.

Lo miré con cara de amenaza y corrí a agarrar el resto del pan. De inmediato, gritando con diversión y algo de miedo, subió corriendo las escaleras.

—¡Josh, voy a jugar con tu computadora! —gritó unos segundos después.

—¡Cuidado con mi computadora, enano, como dañes algo te juro que te despides de tu cabezota! —exclamó Josh en forma de advertencia desde su sitio.

Solté el pan riéndome y suspiré mirando a Josh, quien me devolvió la mirada e hizo una mueca.

A esa altura podría decir que la mayor conexión que Josh y yo compartíamos era la de comunicarnos a través de la mirada; no era necesario hablar para hacerle ver al otro lo que cada uno estaba pensando.

—Luce bien, ¿verdad? —le pregunté sentándome a su lado, esperando con ilusión que creyera lo mismo que yo.

—Ojalá esté tan bien por dentro como por fuera, K —susurró mirándome nostálgico.

Asentí y ambos nos quedamos en silencio por unos largos segundos, solo haciéndonos compañía mientras cada uno se mantenía sumergido en sus pensamientos.

Ya de vuelta en mi habitación me sentía mucho más tranquila. Pasar tiempo con Adryan me había dado más paz que cualquier otra cosa en este último mes. Decidí acostarme con las luces apagadas y la *laptop* sobre mi regazo para seguir buscando información referente a lo que me estaba pasando. Me puse mis audífonos y escogí baladas para relajar mi mente. La verdad es que la música y yo teníamos una conexión especial, era de las pocas cosas que lograba emocionarme y hacerme sentir en paz… sobre todo en medio del caos.

A los pocos minutos, mis párpados se sintieron cada vez más pesados. Bostecé un par de veces y finalmente fui vencida por el sueño.

Un rato después, abrí mis ojos medio dormida y noté que el reloj indicaba que eran las 12:12 a.m. Volteé por instinto y noté que el patio detrás de mi ventana estaba en calma y silencioso. Solo podía escuchar las ramas rozándose unas con otras debido al viento y la luna era la única fuente de luz que me alumbraba mientras estaba acostada en mi cama. Me giré de nuevo y cerré los ojos, pero, justo cuando el sueño me iba dominando, un estruendo me despertó por completo. Abrí los ojos pero me dio miedo voltearme, así que me quedé inmóvil pero alerta.

Seguido de eso escuché la ventana vibrar fuertemente hasta que se abrió de golpe. Por instinto me tiré al suelo y me metí debajo de la cama intentando ocultarme de quien fuera que hubiese entrado. Estaba extremadamente asustada, pero de un segundo a otro escuché una voz familiar.

—Katie… —me llamó, confundido.

«La esperanza es como agua que se escapa entre tus dedos, intentarás atraparla sin éxito y aun así te mojará para siempre»

CAPÍTULO 6
LLENA DE MENTIRAS

De inmediato salí de debajo de la cama y me puse de pie cruzando mis brazos, molesta, para luego dedicarle una mirada llena de desaprobación.

—Mike, ¿qué haces aquí? ¡Me asustaste! —le reclamé.

Él solo se limitó a mirarme confundido.

—¿Qué hacías metida allí abajo? —preguntó riéndose.

—¡Me asustaste y me escondí!

Mike se quedó en silencio mirándome y, tras unos segundos, suspiró y dio unos pocos pasos hacia adelante, pero dejando aún un gran margen de distancia entre ambos.

—No podía dormir, K, necesitaba ver si estabas bien —dijo, nervioso.

—¿Necesitabas? —le pregunté arqueando una ceja confundida.

—Bueno… Sí, es decir… Le avisaron a la mamá de Rick que estabas en el hospital y él obviamente me contó, los dos estábamos preocupados por ti… —explicó de forma atropellada.

—Todo está en orden… Te puedes ir, Mike.

A pesar de todo lo que había vivido en un mismo día, aún no olvidaba las palabras que me había dicho esa mañana. Estaba enojada y, para ser honesta, también cansada. Lo empujé para que saliera de nuevo por la ventana y cuando ya había hecho que diera al menos dos pasos hacia atrás me miró frustrado.

—Pero K…

—Pero nada, hablamos luego… —insistí empujándolo de nuevo.

Al final Mike suspiró y volteó los ojos al notar mi enojo. Me agarró de las muñecas evitando que lo siguiera empujando y me miró fijamente.

—No, dame un minuto para hablar —exigió.

Al notar la seriedad con la que habló decidí dejar de empujarlo, así que lo miré en silencio, curiosa por saber qué iba a decirme.

Mike respiró hondo, intentando contener sus nervios. Miró en otra dirección y apretó el borde de su camisa, parecía que se estaba conteniendo.

—De verdad lamento lo que dije… —admitió.

—¿Qué fue lo que dijiste? —pregunté, orgullosa y retándolo a asumir por completo la culpa.

—Tú sabes… —murmuró, incómodo.

—La verdad es que no sé nada, Mike… ¿Sabes qué? Si no tienes más nada para decir mejor vete. Ha sido un día muy largo.

—No, no, no… Mierda —susurró, claramente frustrado—. Lo que quiero decir es que….

¿Por qué te cuesta tanto?, me pregunté en silencio mientras lo miraba. Mike estaba aferrado con sus puños a los bordes

de su camisa y tenía los hombros cargados de tensión. Se notaba a leguas que esta conversación le costaba y mucho.

—K, no quise decirte eso, me pongo idiota, digo estupideces y la embarro contigo... —explicó tras unos segundos de silencio.

—Pues vivirás siempre nervioso entonces porque nunca dices nada positivo... —Bajé el tono de la voz para decir lo que diría a continuación—. Y menos de mí...

—¿Cómo? —respondió al escucharme.

—Que tengo sueño, buenas noches, Mike —cerré la conversación.

Lo empujé de nuevo y su respuesta fue agarrarme por los brazos y acercarse a mí de golpe. Eso hizo que me sobresaltara y lo mirara extrañada.

Sus ojos me estaban mirando fijamente y yo le devolví la mirada por unos segundos. El reflejo de la luna iluminaba las paredes de mi habitación, haciendo que pudiese ver el azul de sus ojos con más detalle que nunca. Y esta vez me miraban con otro tipo de intensidad, una que no acostumbraba a ver.

—¿Qué estás haciendo? —pregunté con nerviosismo.

—¿A qué te refieres con que no digo nada bueno y menos... sobre ti? —inquirió con el ceño fruncido.

No me creía ni un poquito su confusión, así que solté una carcajada y lo miré incrédula.

—Tú sabes que te conozco... mejor que nadie. Yo sé cuáles son tus estándares. Una mujer cada fin de semana. Ámbar, Ashley, Mía... Te gusta la belleza llamativa, pero sobre todo variada. Y mueres por alguien con pensamiento hueco. Yo no soy como ellas, así que no espero que digas que soy bonita. Sé lo que crees y no necesito explicaciones sobre eso porque lo dejas claro a diario con tu actitud —dije y solté todos los pensamientos que había tenido guardados desde hacía ya un tiempo.

Mike se quedó mirándome sin palabras, congelado tras todos los golpes que había recibido en cuestión de segundos. De pronto se puso serio y me observó fijamente mientras se acercaba unos centímetros más. La cercanía ya empezaba a ponerme nerviosa, pues se había creado una tensión muy fuerte entre los dos.

En cuestión de segundos, noté que sus ojos pasaban de los míos a mis labios y eso disparó todas mis alarmas.

—Katie, no pensé lo que dije —suspiró haciendo una pausa—. No pienso que seas fea, pienso… todo… pienso diferente… —susurró.

—¿Qué piensas? —pregunté, confundida.

Mi pregunta hizo que de nuevo se quedara en silencio. Era la primera vez que estaba a tan pocos centímetros de mi rostro y eso solo me confundía cada vez más.

—Lo que de verdad pienso, K… es que eres… —dijo entrecortadamente, casi con miedo.

En ese instante, e interrumpiendo lo que Mike iba a decir, una piedra entró por la ventana, dándole un golpe en la cabeza. De inmediato me soltó y se llevó las manos al lugar donde lo había golpeado la piedra.

Yo salí de mi trance y retrocedí, alejándome apenada y confundida. De pronto una voz quejumbrosa surgió desde el patio.

—¡Ey, ya baja, idiota! ¡No pi… pienso hacer más el papel de árbol plantado aquí! —Escuché a Rick gritar desde abajo.

Por alguna razón eso me enfureció. Me asomé por la ventana y noté que R estaba abajo sentado en la grama y mirando hacia mi ventana.

—¿Venías con Rick? —le reproché a Mike.

—Se me había olvidado —explicó él, irritado.

—Pequeño detalle…

Gruñí y, sin pensarlo dos veces, salí por la ventana, trepándome por el techo. Mike no tardó en salir detrás de mí y pude ver por el rabillo del ojo cómo levantaba el dedo del medio en dirección a Rick, quien le devolvió el gesto con una sonrisa en el rostro.

Nos bajamos del techo y caminamos hacia Rick. Por costumbre, los tres nos acostamos sobre el césped uniendo nuestras cabezas en forma de estrella y con la mirada hacia el cielo para poder apreciar las estrellas y la luna, que justo ese día estaba llena.

Nos quedamos en silencio por un largo rato sin incomodidades y sin la necesidad de hablar. Desde pequeños solíamos acostarnos sobre el pasto de cualquier sitio y nos quedábamos callados solo haciéndonos compañía y viendo las estrellas.

Rick suspiró rompiendo el silencio.

—¿Recuerdan la última vez que… vimos un ovni? Fue el día más espe… pecial del mundo… De hecho, ese fue mi primer gran hallazgo —apuntó, sonriente.

Mike se cubrió el rostro avergonzado.

—Ay, por favor…

—Fue un gran momento —insistió.

—¿Qué ovni, Rick? Eso era un satélite, un avión o seguro era Superman con ropa interior de neón, cualquier cosa es más creíble —concluyó.

Inevitablemente, Mike empezó a reírse de su propio comentario, lo que provocó que yo me riera también. Rick, por el contrario, se irritó y no tardó en insultar a Mike.

—Cállate, idiota. Un día van a ve… venir a colonizarnos y te vas a acordar de este mo… mento —aseguró.

—Sí, tienes razón, me voy a acordar de que mi amigo Rick estaba obsesionado. Les voy a contar que eras su fan y soñabas con ellos todas las noches porque desarrollaste un fetiche extraño… —Mike se llevó ambas manos dramáticamente al pecho y agudizó la voz—. Ovnis… Oh, ovnis… háganme una fecundación —dramatizó en forma de burla.

Rick no perdió el tiempo y le dio un golpe en la frente con la palma de la mano.

—Solo dices estas estupi… pideces porque a ti no te abdujeron. En cambio, a mí me pasó hace meses. Así que está cla… clarísimo que yo tengo más experiencia sobre el tema que tú. Además, no tengo ningún fetiche —concluyó, molesto.

—Rick, no fuiste abducido. Lo máximo que te pudo haber pasado es que tuvieras un sueño húmedo con una extraterrestre bien explotada.

Ofendido, Rick se arrojó sobre Mike, ahorcándolo con sus manos. Estaba claro que Mike lo superaba físicamente, así que le devolvió el golpe. Ambos se reían y jugaban como dos cavernícolas mientras que yo solo pensaba en entidades desconocidas y en cómo podía existir la posibilidad de que hubiese una dentro de mí.

Las ganas de llorar me abrumaron, pero de inmediato intenté contenerlas. Si realmente había alguna posibilidad de que tuviera algo dentro de mí, o de que estuviese mal de la cabeza, eso solo significaría que quizá jamás podría volver a ser la misma, que ya no podría vivir estos momentos con ellos, ya ni siquiera sería seguro estar conmigo… Todo me daba tanto miedo… Mi cuerpo empezó a temblar y la falta de respuestas provocó que me sintiera desesperada. Ya ni podía vivir un momento en paz, no podía disfrutar de estos instantes plenamente… y lo peor es que yo no tenía idea de que jamás volverían. Todo porque ignoraba que lo peor estaba por venir.

—¿Qué eres…? —susurré, aún pensativa y con la voz quebrada.

Mike me miró extrañado, sin entender de dónde había salido esa pregunta.

—Soy Mike y, de momento, soy humano.

—¡Yo soy Rick de la ter… tercera constelación de Orión, capitán intergaláctico y líder supremo de la Tierra! —proclamó a todo pulmón.

—Lo siento, chicos —les dije, entendiendo lo confusa que había sonado la pregunta—, no me presten atención.

Los dos intercambiaron miradas.

—¿Katie, qué te pasa? —preguntó Rick con seriedad.

Los miré de reojo y sacudí mi cabeza en señal de negación.

—Todo en orden, chicos —mentí.

Rick me miró con desconfianza y algo decepcionado.

—K, ya no me hace gra… gracia todo esto. ¿Por qué estás así? En clase estabas peor, hasta te encerraste en el baño y nos dejaste fuera. Te ves ida, como si tu me… mente estuviera en otro lado todo el tiempo —me reprochó.

—¿Aún sigues molesta con nosotros? —preguntó Mike.

Rick lo miró ofendido y movió su dedo índice frente al rostro de Mike.

—No, no, no, no, no, frénate ahí, fré… frénate. Conmigo no puede estar molesta porque yo no dije nada, fue tu culpa —lo acusó.

Me levanté en silencio y caminé de vuelta a casa, dándoles la espalda a Mike y Rick. Cuando ya llevaba algo de distancia me volteé y los miré con culpabilidad.

—No, chicos, no tiene nada que ver con ustedes, discúlpenme.

—¿Es Adryan? ¿Cómo sigue? Es por el tumor, ¿verdad? —me interrogó Mike, ansioso.

Rick soltó un grito ahogado y le dio un golpe en la cabeza.

—Tema prohibido, idiota… —le recordó en un susurro.

Los miré fijamente y la escena hizo que se me escapara una pequeña risita.

—Adryan está arriba, lo dieron de alta —les conté.

Mike se paró de un salto y se me acercó conmocionado.

—K, ¡¿Adryan superó el tumor?!

Al escuchar la nueva pregunta de Mike, Rick se cubrió la cara, avergonzado, por lo imprudente del comentario.

—Aún no lo sé… pero parece que la operación fue un éxito… Lo veo… bien —dije, ilusionada.

De inmediato ambos suspiraron aliviados. Les alegraba casi tanto como a mí saber que Adryan podía haber superado el tumor porque lo querían como a un hermano y lo habían visto crecer.

Justo entonces, Adryan se asomó por la ventana de su cuarto y gritó como si no le importase despertar a todo el vecindario. Rompió la calma y el silencio de una forma que logró que Mike y Rick dieran un salto, asustados.

—¡Pupúuuuu! ¡Entra ya a la casa! ¡Vas a despertar a papá! —Le oí decir—. ¡Hola, Rick; hola, Mike, ¿cuándo jugamos?!

Lo miré con el ceño fruncido al escuchar el escándalo.

—¡Los vas a despertar tú con esos gritos! ¡Baja la voz! —le pedí.

Mike se rio, divertido, y alzó la mano para saludar a Adryan, igual que Rick. Me di vuelta y me dirigí hacia la entrada de la casa despidiendo a los chicos con una leve sonrisa.

—Los veo mañana en clase, chicos.

—Está bien, K, descansa —dijo Rick, que suspiró y se encontró con la mirada perdida de Mike, todavía viendo la puerta por la que yo había desaparecido hace segundos.

Entré y cuando me asomé por la ventana vi que Rick y Mike se marchaban. No entendía el vacío que me abrumaba ni por qué sentía que, cuando me despedía, una parte de mí lo hacía para siempre, como si nuestros momentos hubiesen caducado… Las señales ya estaban sobre la mesa. De solo pensarlo sentí una enorme presión en el pecho, jamás les había mentido a Mike y a Rick y ahora no hacía más que ocultarles cosas. Si este no era el inicio de un quiebre, no imaginaba qué más podría serlo.

«No hay silencio más amargo que aquel que se esconde dentro de una dulce mentira».

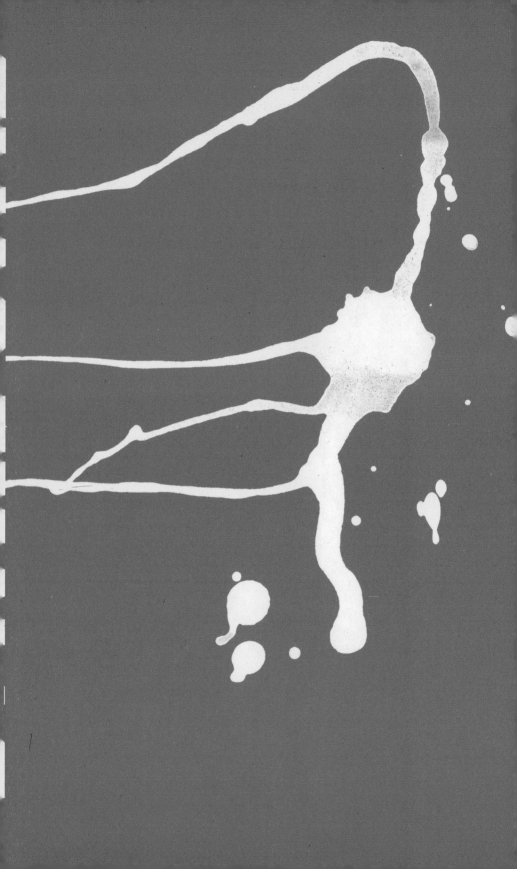

CAPÍTULO 7

HERMANOS DE SANGRE

De regreso a casa, Mike y Rick iban manejando sus bicicletas despacio y en silencio, no tenían apuro en llegar y preferían hacerse compañía un rato más.

En un punto del camino, atravesaron una urbanización poco habitada con una calle larga y varias curvas que tenían casas un poco deterioradas. Era un atajo largo que solían tomar cuando no querían llegar a casa aún. Los faroles a lo largo de las calles parpadeaban cada pocos segundos, demostrando el nulo mantenimiento que tenían. Algunos estaban apagados, otros encendidos y parpadeantes y otros sí eran más funcionales.

Se podía escuchar casi todo lo que en el día resultaba imperceptible, las ramas de los árboles moviéndose, las hojas tropezando unas con otras, el sonido de los grillos y el silbido del viento pasar.

Luego de unos segundos pensativo, Rick decidió frenar la bicicleta y romper el silencio.

—Ya... ya hablando se... seriamente, M, ¿nu... nun... nunca vas a de... decirle que te gusta? —preguntó con el ceño fruncido y tartamudeando como de costumbre.

Mike soltó una risa cargada de ironía.

—No, porque no me gusta y, por lo tanto, no hay nada que decir... —aseguró volteando los ojos.

—Sí, sí, có... có... cómo no —respondió Rick, incrédulo.

—Bueno... Quizás un poco, pero no es para tanto, Rick. Ya sabes cómo manejo las cosas, nada de sentimientos. Ellas por su lado y yo por el mío...

—Lo que dice Jack no es ci... ci... cierto, Mike, ya te lo he dicho —insistió Rick.

—Jack tiene razón, Rick; él solo me está diciendo lo que otros no dicen, la mayoría de los papás te llenan la cabeza de mierda: el amor verdadero, hijo... Bla, bla, bla. Jack, en cambio, está haciéndome ver la realidad. Por mucho que lo odie, hay que asumirlo, está siendo realista, los matrimonios terminan en divorcios. Además, ¿quién quiere realmente cederle a otra persona el poder de sus propias emociones? Nadie, eso siempre termina mal, al final se engañan, se cansan, todo se vuelve dañino, *nah*, eso no va conmigo —dijo Mike, molesto.

—Lo que has visto en tus papás no es lo ú... único que existe en el mundo, Mike —respondió R, frustrado.

—Estás hablando tonterías —gruñó Mike.

—No, estás tan a... acostumbrado a que tu papá sea tan... tan frívolo, tan di... distante y a que tu madre jamás reaccione, que te cegaste a pensar que so... solo eso es lo que puede tocarte a ti. No existen dos polos, no es la ví... víctima y el atacante, hay miles de roles y todo depende de có... cómo escojas y có... cómo los construyas —explicó, alterado.

Mike observó a R y solo pudo sentir aún más rabia. Rabia de no ser capaz de pensar así. Su familia, los maltratos de su padre Jack y la aceptación ciega de su madre lo habían roto sin que él siquiera fuera capaz de notarlo.

—Las verdades absolutas no existen, her… mano, te lo recuerdo —dijo Rick con aplomo.

—No lo sé, no me enseñaron a comprometerme… Y a Katie… —suspiró— no le haría eso.

—¿Hacerle qué?

—Hacerla pasar por el huracán que es tener algo conmigo —respondió mirando al frente.

—¡Ja! Llevas a… a… años enamorado de ella, ya basta de negaciones, M. Solo a… admite que ella se sa… salió de tus estándares y eso te explotó la cabeza… —suspiró y de repente soltó una risita burlona—. La chica que fi… finalmente no ve a Mike Johnson como un bomboncito. Eso debe atraerte.

Enojado, Mike le dio un leve empujón con el hombro a Rick.

—¡Cállate, ya te dije que no! —gruñó de nuevo.

—Bueno, hay algo que sí es cierto y es que a ti al final te gustan to… todas… —Rick se burló mientras sonreía con diversión.

—Ella no es todas —murmuró Mike.

—Eso sí es verdad, así que, to… mando eso en cuenta, solo te digo que no le des tantas vueltas, capaz es tu hora de… vivir el amor —dijo en tono dramático.

—Que no es eso… Yo no trabajo con esa palabra, *bro*. No va en mi vocabulario.

—No seas imbécil, todos caemos en esa pa… palabra alguna vez, como yo con Etna.

—Eres idiota, Rick. Los personajes femeninos de los videojuegos no son tus novias. Es hora de superarlo —le respondió Mike negando con la cabeza.

—En fin —dijo Rick ignorando su comentario—, no me

cambies el tema, lo peor que puede pasar es que K te diga qu... que no.

—Yo no estoy acostumbrado a eso.

—La primera vez siempre llega, pero no te mortifiques, ya hice mis cálculos —le informó Rick sintiéndose orgulloso.

—¿Qué cálculos?

—Mira, M, ve el lado bueno, tienes un 20% de probabilidad de que te di... diga que no siente lo mismo —indicó.

Mike frunció el ceño confundido y luego miró a Rick con un poco de ilusión.

—O sea, ¿tú crees que tengo el 80% de probabilidades de que me diga que sí?

—No, no, no —corrigió—, el otro 79% es de que no te responda y el último 1% es de que si... sienta lo mismo.

De inmediato Mike volteó los ojos, molesto ante la jugarreta que Rick le había hecho.

—Eres un verdadero idiota —le dijo, dolido.

Rick se partió de la risa. Ya llevaban bastante recorrido de la urbanización cuando, de repente, pisó algo que estaba tirado en el medio del asfalto. Cuando Rick lo sintió, subió su pie, observando la suela de su zapato, para ver qué se le había quedado pegado.

Mike no perdió el tiempo y se burló. Mientras Rick despegaba algo parecido a una tela blanca de su zapato, le lanzó una mirada de desaprobación, negando con la cabeza.

—¡Qué estúpido eres, Rick, de verdad! Ni cuando intentas burlarte de mí, ganas.

Rick miró el pedazo de tela, ignorando a Mike, y detalló la mancha viscosa y negra que tenía.

M se lo arrancó bruscamente de las manos y lo miró de cerca.

—Pisaste una venda llena de grasa, tarado.

—Mike, no —dijo arrebatándole de nuevo la venda—, eso

no es grasa. —La acercó y la olió—. Esto es… sangre.

—¿Cómo lo sabes? —preguntó mientras tocaba el líquido con sus dedos y, efectivamente, una mancha roja apareció. Sí, tenía toda la pinta de ser sangre.

—¡Mierda! —dijo intentando limpiarse, asqueado y asustado.

Rick miró hacia el frente, analizando la situación, y se encontró con que a lo largo de lo que quedaba de la ruta había varias vendas entretejidas y llenas del mismo líquido.

—¡M, hay más ha… hacia allá! —gritó llamando su atención.

Rick señaló hacia las vendas a lo lejos y Mike subió la mirada, entrecerrando los ojos para ver mejor.

De un salto se puso de pie y, luego de intercambiar miradas llenas de miedo con Mike, ambos agarraron las bicicletas entre sus manos y caminaron hacia los demás trozos de tela.

El camino los llevaba hacia una de las curvas de la calle, una por la que habían pasado algunas veces, pero que no frecuentaban tanto como las demás.

Llevado por la curiosidad, Rick caminó rápidamente hacia la última venda, quedando justo enfrente de la fachada de una casa abandonada. Era una casa grande, de dos pisos, que quizá en su momento había sido el hogar de gente adinerada. Tenía una puerta grande y cuatro ventanas, dos arriba y dos abajo. La puerta estaba abierta de par en par y eso solo consiguió despertar aún más la curiosidad de Rick y las alarmas de Mike.

—Mierda, Rick, la puerta está abierta —susurró aferrando con fuerza el hombro de Rick.

—¿Y si llegaron los ovnis? —sugirió mirando la casa.

En respuesta, Mike le dio un golpe a Rick en la cabeza.

—Pero ¿qué dices? Concéntrate, nadie ha abierto esta casa en siglos —explicó, alterado.

—Ni tampoco ha prendido las lu… ces. —Señaló mirando a la ventana del segundo piso.

91

La mirada de Mike se fue directamente hacia las ventanas que Rick señalaba y el miedo provocó que contuviera la respiración y sus hombros se llenaran de tensión. Aun así, prefirió disimular.

—M, esto no pinta na… nada bien… —dijo Rick, nervioso.

—Seguro es una broma. Vámonos a la casa. —Mike se dio vuelta e intentó halar a Rick del brazo.

—¿Eres idiota? —dijo frenándolo—. ¡Tenemos que investigar!

—No… Rick, no lo sé… —Mike se pasó una mano por el cuello en señal de nerviosismo.

—¿Tienes mi… miedo, M? —preguntó Rick burlándose.

—¡No, idiota! Lo que pasa es que… nadie entra ahí jamás… Lo sabes —explicó.

—Creo que seremos los primeros.

Sin pensarlo dos veces, Rick caminó hacia la puerta de la casa y a Mike no le quedó de otra que seguirlo.

Una vez dentro, Mike se cubrió la nariz por el mal olor que llenó sus pulmones y Rick no tardó en toser, asqueado también. El nerviosismo se vio sustituido por confusión.

El olor a putrefacción les indicó que, efectivamente, nadie había entrado en muchos años al sitio. Era una sala grande repleta de sofás, muebles de madera, alfombras y mesas. Tenía, además, una chimenea grande llena de polvo y unos cuadros de gente extraña colgados en las paredes. Había telarañas sobre cada una de las cosas que habían dejado allí. Todo estaba sucio y oscuro, excepto por el piso de arriba que, por alguna razón, parecía tener luz. Los muebles abandonados indicaban que tenían años sin que nadie los moviera y las tablas de madera chirriaban a medida que avanzaban.

Mike miró hacia el lado derecho de la casa y solo se encontró con la chimenea vieja y polvorienta. Eso de inmediato lo tranquilizó.

De repente, Rick pisó algo resbaloso y se paró en seco. Mike chocó contra su espalda y gruñó enojado.

—¿Qué haces?

—Pisé algo raro —dijo agachándose.

Cuando ambos miraron el suelo se encontraron con una especie de sustancia viscosa, parecía sangre por el color, pero tenía una textura muy distinta, una que quizá no habían podido notar en las vendas por la poca cantidad que había en comparación.

De pronto se escuchó un fuerte ruido en el piso de arriba, uno que provocó que ambos dieran un salto, llenos de miedo.

Ambos intercambiaron miradas, asustados, y, como por instinto, Mike agarró un palo que estaba sostenido al lado de la chimenea. Ya con el arma en mano, caminó hacia las escaleras con Rick pisándole los talones.

Cuando estuvieron en el piso de arriba, Mike notó que una de las puertas de los cuartos estaba abierta y que era de allí de donde provenía la luz que bañaba parte de las escaleras. Entró, cargado de miedo y tensión, y fue en ese momento cuando vio la primera parte de nuestro gran rompecabezas.

—¡Mierda…! —gritaron Mike y Rick al unísono, sorprendidos.

Una chica estaba colgada de cabeza y envuelta en un capullo negro y rojo pastoso, que parecía hecho de la misma sustancia de las vendas, coagulada y viscosa. La mujer, de piel grisácea, estaba sostenida por múltiples vendas empapadas de aquel líquido y pegadas a las esquinas de la pared y el techo. Daba la sensación de ser una gran telaraña. Era lo más irreal que habían visto en sus vidas, no se explicaban cómo una sustancia pegajosa parecida a la sangre podía formar algo tan resistente.

La chica estaba envuelta hasta el cuello como un capullo y tenía los ojos completamente en blanco. Su nariz y boca parecían ser la fuente del mayor goteo de la sustancia y su cabello rubio casi llegaba a tocar el suelo.

El impacto que causó lo que tenían enfrente hizo que Rick diera un traspié y se cayera de espaldas. Mike se quedó congelado, mirándola fijamente, inmóvil. Ninguno de los dos había visto antes un cadáver y este en particular era muy macabro. El primero de muchos más que no solo ellos, sino todos, veríamos.

—Mi… Mi… Mike, a esta chica la asesinaron hace poco, vá… váaa… vámonos de aquí… Llama a la policía… —murmuró Rick a duras penas con la voz temblorosa.

Luego se puso de pie de un salto con la intención de salir de allí, pero justo cuando iban a salir del cuarto oyeron un portazo de la puerta principal.

Ambos intercambiaron miradas aterrorizadas y gritaron con todas sus fuerzas.

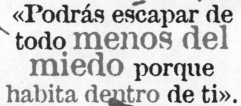

«Podrás escapar de todo menos del miedo porque habita dentro de ti».

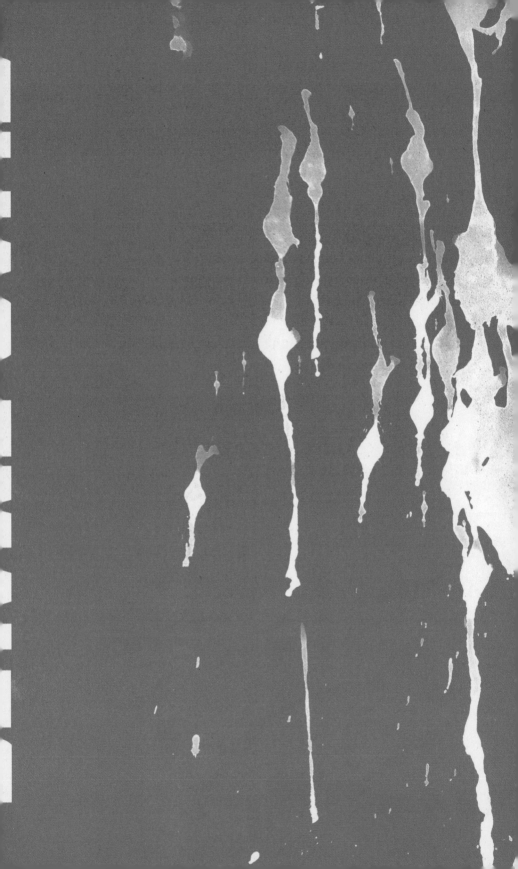

CAPÍTULO 8
NEGACIÓN

Un oficial, Rick y Mike se encontraban frente a la fachada de la casa abandonada, que ahora estaba rodeada de cinta amarilla y de cuatro patrullas de policía. Un montón de hombres uniformados entraban y salían de la casa con cara neutra y Rick no entendía cómo lo hacían. Muchas veces ambos habían visto escenas como esta en películas policíacas, de misterio y de terror, pero vivirlo en carne propia era otro tema. Mike seguía pensativo, callado y en *shock* por la imagen tan vívida de la chica muerta que seguía teniendo en la cabeza. Definitivamente había sido una experiencia que lo marcaría de por vida. El inicio de la primera grieta dentro de ambos.

Mike se pasaba la mano por el cabello con nerviosismo mientras el policía que estaba frente a ellos anotaba todo lo que Rick le decía. El hombre se identificó como el detective Guzmán y no titubeaba, de hecho, les hacía sentir que nada de lo que respondían a sus preguntas encajaba.

—Vamos de nuevo, pelado —dijo refiriéndose a Rick—. Tú y tu amigo bravucón venían de un paseo a la medianoche por una urbanización, que no es en donde viven…

—Pero es un atajo, í… í… íbamos de vuelta a casa, ya s… se lo dije —respondió Rick con mucha dificultad y tartamudeando más de lo normal por lo nervios.

—¡Estábamos haciendo deporte, no seas pesado, poli! —interrumpió Mike que, por su personalidad protectora, no quería involucrarme en todo eso. Por eso no decía que habían salido de mi casa, solo quería salir del apuro y volver a la suya.

—Eres el hijo de Jack Johnson, ¿cierto? —le preguntó Guzmán directamente a Mike.

—Sí… —le respondió él, serio.

—Tienes peores problemas que esto, hijo, aunque este se vea muy grande —dijo Guzmán mientras sacaba el móvil y leía un mensaje de Dayane:

«Me llamó el alcalde, Guzmán, me las vas a pagar».
El policía sonrió al leer el mensaje, sabía que esto significaba el fin de las vacaciones de su compañera y que por fin tendría ayuda para resolver todo este problema que cada vez se salía más de control.

—¿Ya había vi… vi… visto algo así a… antes, señor? —le preguntó Rick al oficial.

Mike lo miró de reojo y notó que, pese a los intentos de Rick de parecer tranquilo, estaba totalmente asustado. Su tartamudeo lo delataba sin falta cada vez que estaba alterado.

—¡Pues claro! ¿Acaso te parezco un cantante o un político? Viendo cosas así es como me gano el pan… —explicó Guzmán a la defensiva.

Mike resopló frente a esa respuesta y negó con la cabeza mirando hacia un lado. Todo esto le parecía demasiado irreal.

—Mejor respóndeme, ¿qué pasó luego de encontrar a la

chica? —los interrogó otra vez el oficial.

—La pu… pu… puerta se cerró de golpe, pensa… mos que había lle… lle… llegado alguien, pero cuando intentamos abrirla de nuevo… giró sin problema —narró Rick casi mecánicamente.

—Suponemos que fue el viento o algo así… —explicó Mike, irritado.

—¿Seguros de que no vieron a nadie afuera? —insistió el hombre.

—Sí, se… ñor. —Rick asintió.

—Okey, está bueno por hoy, enviaré a un agente para que los lleve a sus casas —dijo Guzmán.

Mike estuvo a punto de negarse por orgullo, pero luego vio la mano temblorosa de Rick, que había cerrado en un puño para lograr contenerse, y cedió.

Eran alrededor de las dos de la madrugada cuando Mike entró a su casa. Tenía miedo, pero ya no era por el cadáver que acababa de encontrar con Rick, sino por lo que sabía que pasaría al llegar. Luego de abrir la puerta se paró en medio del amplio recibidor y a lo lejos vio a su padre, Jack, un hombre alto, fornido y de cabello negro perfectamente peinado, que llevaba una camisa de vestir con los puños desabotonados y una de las miradas más intimidantes que alguien podría tener. Se encontraba sentado en uno de los muebles con un trago en la mano, esperándolo con su cara vacía de emociones y expresiones. Mike lo miró y notó que, bajo la luz artificial y con todo el silencio que había en la casa, su nariz perfilada, su barba y su aspecto elegante e impecable le parecieron aún más intimidantes que otros días.

La casa de Mike era una de las mansiones más grandes de todo Kendall y eso era porque su padre era uno de los empresarios más importantes de todo el estado. La sala era extremadamente lujosa, con varios muebles de cuero, mesas de mármol, alfombras costosísimas y, en sustitución de las paredes externas, estaba rodeada de grandes ventanales que daban una clara vista a la piscina.

Jack dejó el trago en la mesa junto a él y se puso de pie, cerrándose los botones de las mangas de su camisa. Acto seguido, caminó lento hacia Mike.

—¿Dónde estabas? —preguntó con voz seca, gruesa y autoritaria.

—Con Rick —respondió Mike sin mirarlo a la cara.

—¿Ah, sí? ¿Haciendo qué? —Su tono de voz aumentó.

—No es un buen momento, papá, por favor —rogó Mike subiendo la mirada para estudiar sus expresiones.

En ese instante Jack ya estaba frente a su hijo, a quien miró de forma intimidante. Y, justo cuando el chico creía que no diría nada más, explotó.

—¡Cállate! ¿Qué coño hace la policía trayendo a mi hijo a la casa? —gritó haciendo que Mike se encogiera.

—Papá, es que…

Mike miró al piso evitando todo tipo de contacto visual con su padre.

—¡Cállate! ¿Te dije que hablaras? No me interesa lo que tengas para decir. ¿Qué carajo haces tú con la policía? —preguntó, cada vez más alterado.

—Encontramos un cadáver… —intentó defenderse, pero la voz le temblaba.

Frente a su respuesta, Jack agarró la cara de su hijo y lo empujó con rudeza. Mike cayó de espaldas al suelo, golpeándose el brazo y lo miró consternado.

—¡No seas idiota! —lo insultó lleno de ira—. ¡Eso no es motivo! ¿Por qué no me llamaste a mí? ¡Yo soy quien resuelve los problemas de esta familia! ¿Acaso no te he dicho siempre que no muevas un dedo sin llamarme primero? —gritó mirando con asco a Mike, que se quedó callado, cosa que solo molestó más a Jack—. ¡Responde!

—S… Sí —balbuceó.

El hombre se acercó un poco más a Mike, que ni siquiera era capaz de mirarlo a la cara y se agachó para quedar a su altura.

—No me interesa el motivo que sea, si vuelves a llamar a la policía o a relacionarte con ellos, no voy a medirme —susurró en un tono cargado de amenaza.

Jack se puso de pie nuevamente y se arregló la corbata. Mike lloró en silencio y el hombre que se hacía llamar su padre se limitó a caminar de regreso a su habitación.

Sin embargo, justo cuando iba a mitad de camino se paró en seco y, sin darse vuelta, dijo:

—Aún a estas alturas no aprendes a guardarte los sentimentalismos… Serás débil siempre, igual que tu madre —soltó sin escrúpulos.

Jack se encerró dando un portazo y Mike se quedó solo, tirado en el suelo, llorando con desconsuelo. El chico de oro, el *golden boy*, el que siempre sonreía y hacía chistes estaba, por cuarta vez en el mes, derrumbado en casa, sintiéndose solo, frustrado y completamente abandonado por quienes deberían ser su familia. Mike sabía que su madre había escuchado todo, pero ella jamás salía. Jamás hacía nada. Por eso sentía tanto rencor hacia ambos. La acción y la inacción significaban lo mismo.

Mike se levantó a duras penas y fue al baño a verse en el espejo. Cerró la puerta y cuando se encontró con su reflejo frunció el ceño con ganas de llorar. Sus ojos azules eran una bendición para otros, pero para él eran solo el recordatorio de que podía llegar a ser tan débil como su madre, de quien los había heredado. Eran una sombra que cargaba en silencio, un color que estaba en su cuerpo, que lo hacía sentir completamente impotente.

Al día siguiente, Mike estaba como si nada, sentado en su típico lugar en el salón, rodeado de todos los del equipo de baloncesto, que hablaban con él sobre algún partido que habían visto el fin de semana. Por otro lado, Rick estaba leyendo un cómic sentado junto a M y mirando de reojo, cada ciertos segundos, al equipo de baloncesto, que no lo dejaba leer tranquilo con todos los gritos.

La profesora Linda entró, miró el escritorio aún roto y gruñó, molesta por no poder organizar sus cosas como siempre.

Todos fueron hacia sus lugares mientras la profesora hablaba.

—Buenos días, espero que hayan hecho los ejercicios porque hoy tendremos un examen sorpresa. Todo el mundo en su pupitre ya. Calladitos. Nadie habla y al primero que lo haga lo mando a la dirección. Esto va para todos, pero sobre todo para usted, señor Johnson —dijo mirando a Mike.

Todos voltearon a verlo, pero él solo se rio de la acusación de la profesora Linda.

—Saquen una hoja ya —ordenó, molesta.

Todos en el salón se quejaron en voz alta mientras sacaban bolígrafos y hojas arrancadas de los cuadernos. Mike miró hacia los lados mientras Rick buscaba en su bolso algún cuaderno para utilizar.

—Psss, psss, Katie no vino, Rick —susurró, preocupado.

—Ya sé, idiota, soy tartamudo, no ci… ciego —respondió Rick con ironía.

—A veces no lo parece —rio.

—Voy a escribirle por el grupo. —Rick rebuscó en su bolso para sacar su móvil.

—Sí, sí, sí, hazlo, hazlo —dijo Mike insistentemente.

Rick detuvo su búsqueda y lo miró con una ceja enarcada.

—Ayyyy, mira có… cómo te pones… ¿Vas a seguir con eso? Estás fastidiosito… ¿Sabes qué? Deberías escribirle tú.

Mike negó con la cabeza, irritado, y miró mal a Rick.

—No, escríbele ya, no seas idiota.

Rick suspiró.

—No cambias.

La profesora entregó uno a uno los exámenes y, mientras estaba de espaldas en otra de las filas, Mike y Rick aprovecharon para escribir escondidos en sus móviles.

«PUPÚ TEAM»

Rick: ¡Ey, K! ¿Cómo estás?

Katie: Todo bien, R, ¿y ustedes?

Rick: En clase, ¿por qué no estás acá?

Katie: Estoy en el médico, vinimos todos a traer a Adryan a su chequeo.

Rick: ¡Ah, okey! Por aquí Mike te manda besitos.

Katie: ¿Ah?

Mike: Idiota.

Rick: ¡Ah! Fíjate, ¡ahora sí escribes! Pensé que no tenías dedos... como siempre estás mandándome a mí a escribir por ti :)

Mike: Te salvas porque estamos en examen, imbécil, si no, te borraría la sonrisita.

Katie: Ya cálmense, manténganse vivos mientras no estoy, Jajaja.

Mike: :/.

En ese instante, Mike y Rick escucharon la voz de la profesora Linda al fondo de su fila y, con rapidez, escondieron los móviles para evitar que se los quitara. Cuando la profesora pasó entregándoles la hoja con las preguntas del examen, Mike le hizo un guiño y la mujer gruñó, desesperada, y pasó rápidamente hacia los siguientes puestos.

Cuando ya no había peligro cerca, ambos volvieron a sacar sus móviles para seguir escribiendo por el grupo.

Rick: Ey, lo dices en chiste, pero... tenemos mucho que contarte... Además, ¿viste las noticias? Hay otra víctima además de la que vimos... Pero esta vez es un vagabundo.

Katie: ¿De la que vieron?

Mike: No es nada, K.

Katie: Mándame el enlace, quiero verlo.

Rick: La policía reveló que todos han muerto con vendas alrededor y una sustancia viscosa que parece sangre menos el vagabundo, que murió por una extraña descomposición...

Mike: ¿Qué...? ¿Vendas de nuevo?

Katie: ¿Cómo que de nuevo?

Rick: Sí, y el líquido ya es algo característico también, están confundidos con los dos casos, pero con el del vagabundo aún más. La policía no sabe cómo lo hace, pero el cadáver tiene signos de tener mucho tiempo en descomposición, años tal vez, y no tiene mucha lógica.

Katie: ¡PÁSAME EL LINK!

Rick: Okey, aquí te va... *https://cnnespanol. cnn.com/asesino-serial_kendall.ow*

La profesora Linda se volteó y ambos guardaron con rapidez los móviles, pero una vez que se distrajo de nuevo Rick miró mal a Mike y le tiró un borrador a la cabeza.

—¿Por qué no me de… dejaste contarle a K lo que pasamos ayer? —susurró mirando de reojo cuidadosamente a la profesora.

—R, sé que quieres decirle, pero está en el hospital con Adryan. K está actuando raro y parece tener crisis nerviosas todo el tiempo, ¿quieres cargarla más de preocupaciones? —murmuró Mike con el ceño fruncido.

—Uyyyy, alguien sí se preocupa por K a fin de cuentas…
—Rick sonrió, divertido, y devolvió la mirada a su examen.

—No empieces… —Mike se sintió incómodo y vio cómo R
seguía riéndose en silencio.

Justo en ese momento la profesora Linda llegó al espacio
entre los pupitres de Mike y Rick, les agarró la cabeza y se las
empujó hacia abajo para que se centraran en los exámenes.

—¡Ustedes dos van a hacer que me retire antes de lo que
tengo previsto! —se quejó—. Soy vieja, no sorda. Los oigo desde
hace rato.

Mike y Rick se centraron en el examen, intimidados por la
profesora, no sin antes soltar una risita frente a su último
comentario.

Katie estaba sentada junto a sus papás y sus dos hermanos en
lo que parecía una sala de espera de un hospital. Abundaban el
color blanco en las paredes y el clásico olor a plástico, alcohol y
aire acondicionado que caracterizaban a los hospitales. Katie
movía sin parar la pierna, provocando un sonido constante por
el choque de su pie contra el suelo.

Estaban sentados en unas sillas frías de metal con algunas
personas alrededor que también esperaban. Los doctores iban
y venían, pero ninguno era el de Adryan.

Primera teoría derrumbada, pensé. Después de leer el
enlace que Rick me había enviado mi cerebro hizo un nuevo
click. Hasta ese momento, asumía que el vagabundo había
muerto a manos del asesino o, en el caso más remoto, quizá él
lo era. Me negaba a aceptar que los cortos e incompletos recuerdos de mi mente eran reales. Pequeños *flashes* de un vagabundo
gritando, mis manos elevadas en el aire y un cadáver descom-
poniéndose rápidamente hacían que mi estómago se revolviera.

No lograba entender lo que pasaba por mi mente en esos momentos, me sentía más como una testigo de los hechos que la protagonista. Mis manos agarraron con fuerza el iPad donde tenía abierta la noticia. Empecé a temblar sin despegar mi mirada del titular, que parecía estar escrito solo para hacerme sentir nerviosa.

—¿Era yo…? —susurré a punto de llorar, sumergida en mis pensamientos.

«Matar o morir, la única diferencia es: ¿tú o a ti?».

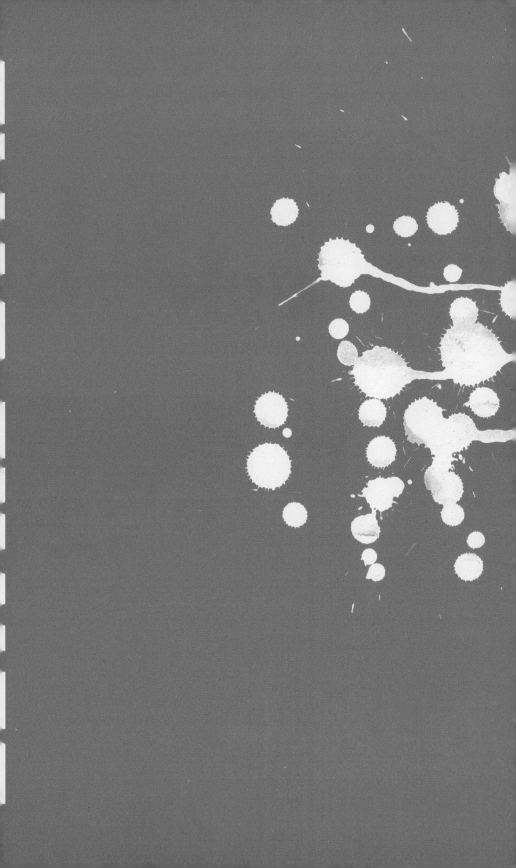

CAPÍTULO 9
LO ÚLTIMO QUE SE PIERDE

Josh, que estaba a mi izquierda, me miró algo impresionado. Claramente llevaba rato notando mi estado de nervios y tensión, así que tomó mi mano y la apretó.

—¿Qué tienes? —preguntó en voz baja.

Apagué de golpe la pantalla donde había visto los detalles de los últimos asesinatos y, maniobrando con mi mano libre, guardé el iPad con rapidez en el bolso.

—Nada, todo bien… —mentí.

—Tranquila —susurró en un tono tranquilizador—, Adryan está bien, ya vas a ver…

Asentí simulando una sonrisa y en ese momento la enfermera salió del consultorio del doctor Oliver Brown, caminó hacia nosotros y dijo:

—Ya pueden entrar, el doctor los está esperando.

Todos nos pusimos de pie y juntos caminamos hacia la sala.

El doctor nos recibió sonriente como siempre y saludó con un leve apretón de manos a mi papá. Era un hombre bien parecido, de unos 45 años y realmente sí distraía un poco con su físico, había escuchado a algunas enfermeras hablando de él en otras ocasiones.

Nos paramos alrededor de la amplia mesa de la sala de conferencias, que estaba repleta de ventanas que permitían la entrada de la luz todo el tiempo. En la pared del fondo había una pantalla apagada y una ilustración de la anatomía humana. A veces, el doctor Brown nos recibía allí por la cantidad de personas que éramos y porque no le agradaba apretarnos en su consultorio.

—¿Qué tal está, *doc*? ¡Me siento súper bien! ¡Ese sueño tan largo me dejó como nuevo! —comentó Adryan, entusiasmado.

El doctor le regaló una leve sonrisa a mi hermano, pero a mí no me convenció del todo.

—Tomen asiento, por favor —dijo con su clásica mirada de seriedad.

Todos nos sentamos y lo miramos ansiosos, intentando descifrar qué nos iba a decir. Mi mamá, por su lado, prefirió quedarse de pie. La ansiedad no le permitía quedarse en una misma posición.

El doctor dejó en la mesa las imágenes de una resonancia para que pudiéramos verlas. Eran de la última que Adryan se había hecho luego de la operación.

—¿Cómo está mi hijo? ¿Ya pasó todo? —preguntó mi mamá, impaciente.

—Bueno, hicimos la operación y, como ven, ahora Adryan salió del coma… —empezó a explicar.

—¡Qué alivio, doctor! —Saltó mi madre antes de que el hombre terminara de hablar.

Josh sonrió a la par de mi madre, pero el doctor suspiró y peinó nerviosamente su cabello castaño y canoso con sus manos.

—Un segundo, permítanme terminar de explicarles a detalle… —dijo, algo dolido.

—Cariño, por favor, ven y siéntate, vamos a dejar que el doctor hable con calma —comentó mi papá, tomándole la mano a mamá.

Ella obedeció, pero enseguida sentí que mi estómago se hundía y el corazón me latía con fuerza. Sus expresiones no me daban buenas señales y me temía que dijera…

—Logramos llegar hasta el tumor —explicó haciendo énfasis en cada palabra—. Intentamos extraerlo, pero, al hacerlo, creamos unas micro lesiones que le produjeron una inflamación intracraneal a Adryan, por eso cayó en coma… No pudimos continuar con la extracción, pues habríamos generado consecuencias peores.

Eso. Eso era lo que temía que dijera.

—Pero lograron extraerlo —insistió mamá.

—No, como le dije, no podíamos seguir con la operación en esas condiciones. La vida de Adryan corría peligro.

Mi mamá se paró de golpe, arrastrando la silla hacia atrás de manera brusca. Miró al doctor ofendida y, con la voz rota, dijo:

—¿Qué nos está intentando decir, doctor?

—¡Calma! —intervino Adryan—. Hagamos otra operación y ya, *doc*, ¡me siento fuerte! ¡Así saldremos de esto!

Mi hermanito sonrió y mi madre volteó a ver al doctor algo ilusionada.

—No, Adryan… No podemos volver a operarte. Hemos determinado que tu tumor es inoperable. Creció demasiado, es imposible removerlo sin quitar partes vitales de tu cerebro y correríamos el riesgo de dejarte parapléjico o algo peor —dijo con tristeza.

—Doctor, me siento bien, sí podemos hacerlo… Si alguien aguanta eso y más, soy yo —insistió, irritado.

—Te sientes bien porque suspendimos los medicamentos para que pudieras recuperarte y despertar del coma, pero es imposible operarte… De verdad, lo siento mucho.

Tras esas últimas palabras, el silencio absoluto invadió la habitación. Nadie decía nada, ni siquiera el doctor.

Miré a mi hermano, con las lágrimas amenazando con salir, y vi su expresión abatida. Esa fue una de las pocas veces que lo vi así. Sin sonrisa, sin ilusión, sin esperanza.

—Okey, está bien —dijo de pronto mamá—, ¿entonces qué sugiere?

—Cariño… —habló papá con cautela.

—¡John, no intervengas! —respondió ella de forma agresiva y todos se quedaron en absoluto silencio ante la reacción—. Doctor —respiró hondo—, ¿qué otras opciones tenemos? ¿Cómo va a salvar a mi hijo? ¿Quimioterapia? ¿Radioterapia? ¿Algún ensayo clínico? Díganos algo y nosotros buscamos el dinero que sea necesario —aseguró a la defensiva.

—Señora Ana, lo siento mucho —dijo el doctor Oliver con el ceño fruncido—, ya intentamos todo lo que era médicamente posible.

Las siguientes palabras que salieron de la boca de mi hermano fueron el crucifijo que cargaríamos de ahora en adelante. La pregunta que nadie hacía por miedo. La respuesta que nadie quería saber.

—Vayamos al grano, ¿cuánto tiempo me queda?

Mi mamá lo miró horrorizada y rompió a llorar recostada sobre el hombro de papá, que estaba callado, inmóvil, con la mirada perdida.

El doctor suspiró y, con dolor, miró a Adryan fijamente.

—No te voy a mentir, Adryan, no a ti… —Hizo silencio por unos segundos y, luego de otra mueca de dolor, habló de nuevo—. Después de todo… asumo que dos o tres…

Mi papá lo miró esperanzado, recuperándose de su trance.

—¿Dos o tres años…?

El doctor negó con la cabeza y nos miró, decepcionado.

—Meses. Dos o tres meses…

Mi papá envolvió con sus brazos a mi mamá, que no paraba de llorar. Y mientras todo se venía abajo miré a mi alrededor y sentí que todo era caos. Adryan se había quedado quieto y con el semblante cargado de ira, apretando sus puños y mirando hacia la pared de la habitación.

Josh, por su lado, tenía la cara inexpresiva. Se notaba que no sabía qué hacer, así que lentamente se puso de pie y salió de la habitación sin decir ni una palabra.

Mis ojos amenazaron con dejar salir un chorro de lágrimas que había ido acumulando durante meses. Me escondí tras mi cabello y, al cerrar los ojos, casi pude escuchar el quiebre en cada uno de los miembros de mi familia. Todos lo tomamos de maneras diferentes, pero al final entendimos juntos lo que era vivir sin esperanza, donde una visión a futuro con alguien no iba a existir jamás.

Rick se encontraba en su sótano, el espacio más amplio de su casa. Uno que, de hecho, se había convertido en su refugio. El lugar estaba compuesto por una gran mesa de madera justo en el centro, dos mesones a cada lado de las paredes, otra mesa con una computadora enorme con dos pantallas y grandes carteleras con información que Rick reunía en las paredes encima de los mesones. Tenía un sinfín de cómics, investigaciones, pruebas de teorías conspirativas y más. El lugar tenía su esencia en cada rincón.

Estaba sentado frente a su ordenador buscando un montón de información sobre asesinos seriales. Después de todo lo que había vivido, el caso de la chica en la telaraña lo había marcado particularmente. *¿Qué cosa no están viendo los demás?*, se preguntaba una y otra vez. Rick era el tipo de persona capaz de creer, ver y entender cosas que las personas promedio no, así que si alguien tenía que poder armar algunas piezas ese debía ser él.

Tras unos minutos de búsqueda se puso de pie y caminó hasta la pared donde tenía su cartelera central. Del cajón principal del mesón sacó la venda que consiguió con Mike y la dejó sobre la cartelera que ya estaba llena de información sobre asesinos seriales.

—Hay algo raro en todo esto… —susurró, pensativo, mientras miraba fijamente el tablero.

Y sí que lo había, mucho más de lo que él y cualquiera de nosotros podía llegar a imaginarse en ese momento.

Ámbar estaba sentada en la silla frente al escritorio de Mike, escribiendo a mano una especie de ensayo, mientras él seguía recostado en su cama mirando unas fotos que nos habíamos tomado hace un tiempo, embelesado y con la mente perdida. Su cuarto era un sitio amplio, lleno de lujos, televisor HD y pantalla plana, aros de baloncesto en los rincones, mesas con computadores costosísimos y una enorme y amplia cama. Ámbar podía ubicarse en cualquier sitio, pero, como de costumbre, prefirió estar al lado de Mike.

—Este trabajo es demasiado largo, ya me estoy aburriendo —murmuró mientras se hacía un moño alto con su cabellera brillante y negra.

Mike seguía revisando su móvil, así que Ámbar soltó el lápiz de golpe y lo miró enarcando una ceja.

—Maiky, ¿me estás prestando atención?

Ante la falta de respuesta, Ámbar se levantó y le arrancó el móvil, tirándolo a un lado, para luego agarrarle el rostro con sus manos perfectamente arregladas y acercarse quedando a centímetros de él.

—¿Por qué no aprovechamos el tiempo? Estoy aburrida de estudiar tanto… Vamos a pasar a la acción de una vez por todas —dijo subiéndose encima del regazo de Mike, quitándole la camisa y tumbándolo en la cama.

Ámbar se quitó con lentitud el top que tenía puesto y se quedó solo con su brasier de encaje negro puesto. Mike la miró lleno de tensión y sin saber cómo reaccionar, lo que permitió que ella aprovechara y le rozara la boca con sus labios. De golpe y sin aviso, Mike cambió la posición y la dejó acostada sobre la cama mientras él se ponía de pie y se alejaba.

Ámbar lo miró, ofendida, y se sentó con los brazos cruzados.

—*Excuse me?* ¿Qué crees que haces, Mike? —preguntó, irritada.

—Ámbar, no estoy de humor, de verdad, creo que hoy no es buen momento… —dijo pasándose las manos de forma incómoda por su nuca y Ámbar soltó una risa cargada de ironía.

—Eres un idiota. Termina solo el *fucking* trabajo.

Rápidamente agarró su top y salió de la habitación dando un portazo. Mike se encogió tras el golpe y luego, suspirando, se acostó, rebuscó con la mano su móvil y después miró su lista de contactos hasta que llegó a mi número, el cual parecía estarlo tentando.

Negó con la cabeza y buscó el número de Josh. Llamó y al segundo tono, él atendió.

—Hola, *bro*… —respondió Josh con el tono de voz bastante apagado.

—Hola, *bro*… Eh, quería saber cómo está K… —soltó Mike con prisa.

—Honestamente, creo que quizá deberías preguntarle a ella misma, Mike… Justo ahora es difícil saberlo…

—¿Pasó algo?

—No me corresponde a mí decirlo… Hoy ha sido un día duro, quizá quiera contártelo ella misma. —Josh suspiró, derrotado.

—Ya… Tienes razón…

—Pregúntale.

—Eso haré…

Mike colgó y suspiró frustrado. Como consuelo, pasó uno a uno los videos en su galería hasta que encontró uno en el que salíamos los dos juntos. Él lo había grabado justo en un momento en el que estaba riéndome de algo que me había dicho Rick.

Pausó el video en el instante en el que me reía y lo detalló fascinado.

—¿Qué voy a hacer contigo, K? Ya ni siquiera puedo besar a otras chicas porque te metes en mi cabeza… ¿Y si no es a ellas a quienes tengo que besar? —preguntó al aire.

Luego de mirar la imagen por unos segundos, suspiró y bloqueó la pantalla del móvil, tirándolo al suelo sin importarle el golpe que pudiese llevarse. Mike se cubrió la cara, frustrado.

—Me estoy volviendo loco… —susurró.

Y si entre la locura y el enamoramiento no había mucha diferencia, entonces quizá tenía razón…

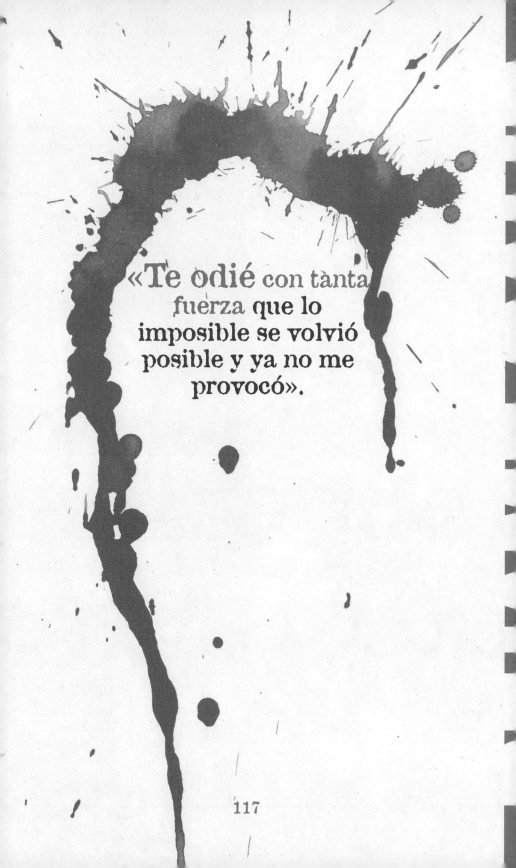

«Te odié con tanta fuerza que lo imposible se volvió posible y ya no me provocó».

AMOR o ILUSIÓN

Era tan temprano que el sol aún no había salido. Ámbar volvió trotando a su casa con el cabello recogido y sus audífonos puestos. Estaba empapada de sudor porque había corrido alrededor de tres kilómetros. Entró por la puerta del jardín de su casa y se dispuso a terminar sus ejercicios. Empezó con unas sentadillas y continuó con varios para tonificar el abdomen, apoyándose en una pelota rosada.

Ámbar era una chica muy enfocada y disciplinada, daba la sensación de que carecía de empatía y era notorio que le gustaba ser el centro de atención, por eso cuidaba muchísimo su aspecto. Entró a su casa y atravesó la sala, pasando junto a un gran mueble marrón de cuero de esos que son perfectos para ver televisión, y caminó directo a la cocina, la cual estaba repleta de gabinetes blancos. Se sirvió un vaso de agua y se recostó sobre la mesa de granito gris mientras lo bebía, se veía pensativa.

Luego de unos segundos tomó su móvil y revisó las fotos hasta que se topó con una que captó su atención. Era una en la que aparecía ella recostada sobre el pecho de Mike. Rápidamente abrió su chat con Clara y le escribió.

Ámbar: Hoy tengo que verme mejor que nunca para Mike, acompáñame a buscar mi disfraz.

Clara: Está bien, te veo en cinco.

El sol iba saliendo y bañando mi espalda mientras yo seguía acurrucada en mi cama, sumergida en un sueño profundo. Afuera se escuchaba muchísimo ruido, se notaba que mi mamá estaba preparando el desayuno por el choque de cubiertos, los utensilios de metal y la licuadora. Abrí un ojo, irritada, y luego lo volví a cerrar.

—¡Katieeeeee, es tarde, baja a desayunar! —Se escuchó a mi madre gritar desde abajo.

Volví a abrir mis ojos, cargados aún de sueño, y luego de lanzar un quejido me di la vuelta, me envolví en las cobijas e intenté seguir durmiendo.

La verdad es que mi mamá tenía una capacidad innata de pretender que el barco no se estaba hundiendo aun cuando el agua ya lo inundaba todo. Nuestra familia estaba rota y desgraciada, pero ella podía seguir cada mañana la rutina en pie y sin desfallecer. Algunas veces no sabía cómo llamarlo. *¿Será fuerza o... negación?*, me pregunté.

Después miré fijamente al techo y un dolor me invadió. Cuando te sientes lleno de tristeza, el único instante de paz que tienes es al dormir... y a veces ni eso. Abrir los ojos implicaba que una oleada de pensamientos llegara a mí de golpe: existía la posibilidad de que sufriera de algo grave, alucinaciones, esquizofrenia, síndrome de personalidad múltiple… O, peor, que algo oscuro habitara dentro de mí. Realmente ya no sabía qué creer. ¿Lo que me pasaba era un sueño? Y, si era un sueño, ¿por qué se sentía tan real? ¿De dónde venían los *flashes* de recuerdos al azar? ¿Estaba involucrada en algo malo? ¿Quién era? O, mejor dicho, ¿en qué me había convertido? ¿Es posible que me estuviera convirtiendo en una psicópata? Además, Mike… Hay algo extraño en su actitud, pero quizá debería centrarme en el caso del asesino en serie. ¡Mierda, solo quería que mi cabeza se callara por un instante!

—¡Okey, si no vas a bajar por mí, al menos hazlo por tus amigos, Mike y Rick te esperan abajo! —insistió mi mamá.

Giré otra vez en la cama, suspirando, y finalmente abrí los ojos.

—Voyyyy —grité, fastidiada.

Me paré y caminé arrastrando los pies hacia el baño, cansada por el insomnio que solo me permitía dormir algunas horas en la mañana.

Una vez abajo, encontré a Rick, Mike y Josh sentados a la mesa y conversando mientras desayunaban juntos. Por otro lado, mi mamá estaba preparando más y más panqueques. Se la veía sonriente, como si el día anterior no hubiese pasado. Entre fuerza y negación, confirmaba que era negación.

Antes de acercarme, vi que Josh se divertía con Mike y eso mejoró un poco mi malhumor. Ellos dos eran grandes amigos y, aunque Josh era mayor, Mike, por talento y habilidades, había logrado hacerse un hueco en el equipo de baloncesto del cole, donde mi hermano era el capitán.

Mike jugaba con chicos mayores que él y aun así era uno de los mejores. A mi alrededor todos tenían un futuro brillante.

A veces creo que, de no haber llegado yo a sus vidas, todo habría sido diferente.

Mientras tanto, Rick escuchaba atento la discusión de Mike y Josh mientras comía. Se notaba a kilómetros que no entendía nada, pero aun así le entretenía la efusividad con la que hablaban.

Me acerqué disimuladamente a mamá, quien ni siquiera me vio por lo concentrada que estaba en sus quehaceres en la cocina.

—¿Y Adryan…? —le pregunté con el ceño fruncido.

—Sigue dormido… No he querido despertarlo.

—¿Qué vamos a hacer, mamá? —Mi preocupación era notoria, pero ella estaba muy tranquila.

—De momento, tú irás a desayunar con tus amigos mientras yo sigo acá —respondió evadiendo mi verdadera pregunta.

Me quedé unos segundos mirándola, esperando una respuesta real con evidente preocupación, pero ella solo se limitó a seguir cocinando sin siquiera mirarme. Suspiré y caminé derrotada hasta Rick y Mike.

—Lebron seguirá haciendo lo que quiera en la cancha, asúmelo —discutió Mike. Josh lo miró, incrédulo y negó con la cabeza.

—¡Eso está por verse, espera a que jueguen contra Stephen Curry, *bro*! ¡Eso sí es talento puro!

Mike soltó una carcajada llena de ironía.

—Lebron los supera físicamente, no hay manera de que pierda.

Agarré una manzana de en medio de la mesa y los vi con una ceja enarcada.

—Chicos, ¿qué hacen aquí?

—Pues asegurándonos de que n… no faltes a clases… Además… —dijo Rick antes de que mi hermano lo interrumpiera.

—Yo llamé a Mike, teníamos que hablar de nuestro próximo juego contra Doral y se trajo a su novia —se mofó.

Josh se rio de su propio chiste y miró a Rick como por instinto, quien claramente tenía el ceño fruncido y negaba con la cabeza, molesto.

—¡No soy su novia! —se quejó.

Mike lo miró ofendido y se llevó una mano al pecho con dramatismo.

—¡Sí eres mi novia! No me niegues… —Mike se acercó a Rick—. Ven… bésame…

El aludido se alejó horrorizado con un trozo de panqueque en la boca. Josh se partió de risa ante la excelente actuación de Mike.

—¡Me orino! —gritó entre carcajadas.

Yo, por mi parte, intenté contenerme y no reír, pero Josh siempre se había caracterizado por tener una risa fuerte y graciosa. Se reía con tantas ganas que siempre terminábamos todos riéndonos a su alrededor.

Cuando solté la primera carcajada me tapé la boca por instinto, pero de inmediato Rick volteó a verme, enojado.

—¿Tú también, K? ¡Te pasas! —me reclamó.

Mike sacudió la cabeza con diversión y luego me miró.

—En fin… ¿no tienes nada que decirme, K? —preguntó, ansioso.

Josh y Rick me miraron, intrigados, pero yo seguía sin entender nada.

—Emmm, no… —admití tranquilamente.

De golpe, Rick escupió el panqueque en un ataque de risa y Josh hizo una mueca de dolor.

—¡Auch! —exclamó Rick.

—¡Noqueado, el jugador Mike ha sido noqueado! —gritó Josh mientras usaba sus manos de megáfono.

Mike miró molesto a Rick y a Josh al escuchar sus burlas, pero yo seguía sin entender nada. *¿Qué hice mal?*, me pregunté.

—En fin —dijo Mike restándole importancia—, también vine para darle a Josh la invitación a mi cumpleaños… —explicó, resignado.

De inmediato caí en cuenta de mi error. Me cubrí la boca y abrí los ojos como platos, avergonzada. Mi memoria me había traicionado de nuevo.

—No… M… —tartamudeé.

—Se te olvidó, ¿verdad? —preguntó, decepcionado.

—No… no… —intenté excusarme.

—Seguro no co… compraste ni regalo —aseguró Rick divirtiéndose con el momento.

Me dolía haberme olvidado por primera vez en la vida del cumpleaños de Mike. Eso solo era un pequeño reflejo de lo perdida que estaba mi mente. Jamás me había pasado algo así, yo solía ser la mejor amiga que siempre se acordaba semanas antes y planeaba un gran regalo para ambos, pero esta vez mi antigua yo me había abandonado.

—¡Solo estaba fingiendo, obvio que te tengo un súper regalo, Mike! —Intenté disimular fingiendo una sonrisa.

Él sonrió, divertido, sin creer ni una de mis palabras y luego de intercambiar miradas con Josh se puso de pie.

—Estoy ansioso por recibirlo esta noche en mi fiesta —dijo entregándome la invitación.

La agarré apenada y suspiré.

—M…

—Tienes que ir… Por mí —me pidió con extrema seriedad.

Lo miré por unos segundos y asentí levemente con la cabeza mientras Josh y Rick se ponían de pie. Mike sabía que no tenía ánimos de festejar nada, pero al mismo tiempo no podía fallarle otra vez.

Juntos caminamos hacia la puerta y, en medio del pasillo, Josh agarró a Mike y le dio un coscorrón de manera divertida.

—La bebé del equipo cumple añitos. Estoy ansioso por darte tu vestidito de regalo.

Mike forcejeó y logró librarse del agarre de Josh para luego adoptar una posición de boxeo frente a él, invitándolo a pelear. Como por instinto, Josh lo imitó.

—¡Podrás decirme bebita, pero soy la estrella de tu equipo! —respondió Mike con orgullo e intentando darle un puñetazo a Josh en el hombro.

—Está tan claro que es *mi* equipo, que ni intentando alardear lo dejas de decir —respondió ganando la batalla.

Mike soltó una carcajada ante la respuesta de Josh. Levantó sus manos, rindiéndose, y aceptó el golpe amistoso que Josh le dio en el hombro. Luego siguieron caminando mientras se reían de la pelea.

Rick y yo no tardamos en seguirlos hacia la salida, pero antes me di la vuelta y miré a mi mamá.

—*Bye*, ma...

—¡Nos vemos al rato! —gritó Josh.

Mi mamá asintió, despidiéndose con una sonrisa fingida. Luego de mirarla por unos segundos, me giré con tristeza y los cuatro salimos por la puerta, cerrándola tras nuestras espaldas.

Ya sentados en nuestros típicos lugares en el salón, noté que Clara, la mejor amiga de Ámbar, se había cambiado de lugar, sentándose esta vez detrás de Rick. Cuando éramos pequeñas, muchas personas se empecinaban en decirnos que éramos muy parecidas, y en su momento lo entendía. Teníamos el mismo tono de cabello rubio, el mismo color de ojos y de piel y los rasgos del rostro afinados. Sin embargo, en ese instante no veía tanto parecido, claramente ella se había vuelto mucho más llamativa. Por no mencionar que era más alta y coqueta que yo.

De un salto, Mike aprovechó que la profesora Linda no había llegado y se paró encima de su escritorio frente a todo el salón.

—¿¡Quién de ustedes está listo para mi fiesta esta noche!? —gritó, orgulloso.

Todos lo aclamaron, pues había empezado a hacer un baile de celebración allí mismo.

Todos aplaudían, pero justo cuando estaba de espaldas meneando las caderas, la profesora Linda entró, lo miró y soltó un grito ahogado, claramente horrorizada.

—¡Mike Johnson, ¿qué cree que hace?! —le gritó, enfadada.

M dio un salto y se sentó de nuevo, evitando que la profesora lo agarrara y lo sentara ella misma.

Para rematar su molestia, Linda miró hacia su escritorio y notó que aún no reparaban la pata rota.

—¡Qué ineptos!

Mike la miró con gracia y levantó la mano pidiendo la palabra. La profesora Linda volteó los ojos al verlo y negó con la cabeza.

—¿Ahora qué, Johnson?

—Linda, hoy estás más radiante que nunca. Solo quiero decirte que odiaría que esa mesa rota te borre la luz que emanas todas las mañanas… —se burló.

Todo el salón se rio con disimulo. La profesora Linda miró a Mike con odio y explotó.

—¡Linda nada! Respete. ¡Para usted, yo soy la profesora Linda! ¡Una más de sus payasadas y lo mando con el director! —Hizo una pausa y, luego de unos segundos, siguió murmurando, enojada—: Irrespetuoso… Abusador…

Tras su enfado, la profesora agarró una tiza y copió algo en la pizarra mientras todos seguían riéndose del espectáculo que Mike había hecho.

Le sonreí a M, entretenida por el buen humor que claramente tenía el día de hoy y saqué mis cuadernos. Cerca de mí, Rick ya tenía casi todo copiado. En contraste, Mike se acostó en el pupitre, echándose una siesta.

Mientras dormía, noté que las personas en el salón se pasaban de mano a mano un papelito con algo escrito. De pronto, Clara me siseó y, al captar mi atención, me pasó el papel.

«Hoy vamos todos disfrazados a la fiesta de Mike», decía.

La miré y, al notar mi confusión, escribió algo en un nuevo papel. Me lo pasó y lo abrí para leerlo.

«¿Tienes disfraz para hoy?».

Negué con timidez con la cabeza. Era la primera vez en años que Clara me hablaba. Usualmente, Ámbar no se lo permitía a ninguno de los integrantes de su selecto grupo de amigos, así que me giré para verla, intentando descifrar si este era algún tipo de plan macabro de las dos, y me encontré con que Ámbar estaba taladrando con la mirada a su amiga al notar que estaba hablando conmigo. O, bueno, en este caso, intercambiando papelitos. *¿Se habrán peleado?*, me pregunté.

—Yo te puedo ayudar —susurró sonriente.

Al notar que estábamos hablando, Rick levantó la cabeza y me hizo señas para que le prestara atención. Luego, susurró:

—Yo ya t… tengo el mío, K, vas a quedar impresionada… Es de Thor y tiene un martillote así —dijo mientras hacía un movimiento que terminó siendo bastante explícito con su brazo.

Ante el gesto, Clara miró a Rick con los ojos abiertos como platos, cosa que logró que yo soltara una carcajada. Rick no tenía ni idea del gesto que había hecho, aún tenía cierta inocencia que otros no.

Al rato, cuando sonó el timbre, Mike se despertó de su siesta y se puso de pie de un salto. Todos salimos del salón, pero la voz de la profesora Linda nos alcanzó:

—¡Y quiero todos los trabajos para este viernes sin falta!

Caminé por los pasillos de la escuela acompañada de Rick, quien iba contándome una historia que había leído en internet sobre el apocalipsis zombi. Mientras tanto, Mike estaba rodeado de todo el equipo de baloncesto con el que se había topado en la salida del salón.

Uno de los chicos se arrojó sobre Mike, envolviéndole el cuello con su brazo derecho, sonriente.

—Uff, Mike, tu fiesta promete, *bro*. Voy a llevar a Cynthia y vas a ver que será mi noche —dijo con entusiasmo.

—Bueno, *bro,* espero que mi día sea tu día también —respondió Mike, divertido.

Interrumpiendo la calma que tenía desde hace algunas horas, empecé a escuchar el típico chasquido de lengua de la criatura. La señal de caos. Mi cara se puso pálida y me frené en seco por los nervios, dejando a Rick caminando solo.

Dejé de escuchar a todos los demás, sus voces, el repiqueteo de los zapatos contra el suelo, los casilleros cerrándose y las voces mezcladas de los demás profesores. Ahora solo la escuchaba de nuevo a ella.

«Mi última esperanza de escapar se desvaneció cuando, para ti, mi mayor esfuerzo era solo un juego».

CAPÍTULO 11
LA ENTRADA

Rick se frenó y me miró confundido. Yo respiraba de forma irregular, con pánico de que este fuera otro episodio de mis trances absurdos. Era increíble el poder que esta criatura tenía sobre mí. Era solo un sonido, ¿cómo podía ser que creer escucharlo lograra descomponerme en segundos? Tardé en notarlo, pero fue justo esa la primera vez que lo pensé: *esta criatura solo está jugando conmigo.*

Corrí de regreso al salón, segura de que el sonido provenía de allí y cuando entré, con la respiración agitada, solo encontré a la profesora Linda agachada frente a una jaula con una cobaya. Estaba haciéndole ese sonido para llamar su atención.

—Profesora Linda… ¿qu… qué está haciendo? —tartamudeé.

—Estoy jugando con mi mascota, pero, ¡ey!, ni una palabra de esto, jovencita —me amenazó.

La miré sorprendida y suspiré, derrotada. Si realmente estaba jugando conmigo había algo que estaba claro: lo estaba logrando, yo era el conejillo de indias de la criatura.

Tras empujones y risas, Mike y Rick entraron en la inmensa cocina de la casa de los Johnson, donde su mamá estaba dando órdenes a diestra y siniestra. Era una de las cocinas más grandes que Rick había visto, nunca lograba acostumbrarse. Todo estaba hecho de mármol, incluyendo la inmensa mesa del medio donde estaban todos los platillos repartidos. Tenían una nevera gigante, un horno lleno de tecnología que Rick había estudiado una vez y lámparas de cristales que costaban más que su casa.

Las cocineras caminaban de un lado a otro, dando órdenes a meseros, personal de limpieza, *bartenders* y más. Las bandejas que cada uno llevaba estaban repletas de diferentes tipos de comidas que hicieron que los ojos de Rick se abrieran mucho y el estómago le gruñera.

La madre de Mike estaba supervisando con ojo crítico cada plato que salía, se notaba que se estaba tomando todo muy enserio. Era una mujer muy guapa, Rick siempre había admirado la belleza de su cabello color miel que, de hecho, era algo que la caracterizaba casi tanto como su mirada. De pronto, la mujer giró la cabeza y notó la presencia de su hijo y de Rick.

—¡Hola, cariño! —dijo sonriéndole a su hijo—. ¡Ricardo, estás más alto! —apuntó mirando con ternura a Rick con sus hermosos ojos azules.

—¡Hola, señora Johnson, qué bien huele todo! Mi est… t… tómago está más que listo para estos manjares —aseguró pasándose la mano por la barriga.

—Lo que sea por el cumpleaños de mi tesoro.

Mike volteó los ojos ante el comentario de su mamá y Rick lo miró con cara de desaprobación. De pronto, la señora Inés alisó su falda de diseñador y miró a su hijo.

—Cariño, ¿a qué hora va a llegar Katie? —preguntó, entusiasmada.

—No lo sé, dentro de unas horas, quizás… —Mike estaba tenso y se notaba.

—¡Ay, qué bueno! ¡Sabes que a mí ella me encanta! Es una

muchacha preciosa de corazón y de cara, es más… sería perfecta para ti —le sugirió a su hijo haciéndole un guiño.

De inmediato, Rick no pudo evitar intervenir en lo que parecía la oportunidad perfecta de molestar a Mike.

—Oh, señora Johnson, c… c… créame que Mike sabe lo especial que es Katie… —dijo, divertido.

—¿A qué te refieres, querido? —preguntó la mujer posando una mano en su delgada cintura.

Mike reaccionó en cuestión de segundos, dándole un golpe en la nuca a Rick, quien lo miró mal mientras le levantaba el dedo del medio aprovechando que la mamá de Mike estaba distraída.

—Está hablando babosadas, mamá —aseguró Mike.

—Ya quisieras… —murmuró Rick.

Los dos chicos intercambiaron empujones hasta que Mike logró vencer a Rick, atrapando su cabeza entre su brazo.

De pronto, en el televisor que estaba justo en frente de todos, unos policías dieron declaraciones e informaron sobre nuevas averiguaciones referentes al asesino serial. Rick se zafó con rapidez del agarre de Mike y miró atento el televisor, entusiasmado. La señora Inés, por su lado, estaba angustiada escuchando todo.

—Dios, de verdad estoy muy mortificada con este tema… —Giró la cabeza y miró a Mike, entristecida, con una arruga en su frente, la cual destacaba en medio de su piel blanca de porcelana—. Tienen que cuidarse mucho, chicos. Por eso tampoco me gusta que Jack llegue tarde, es un peligro…

—Tranquila, mamá, probablemente Jack es más peligroso que el mismo asesino —murmuró.

—¿Qué dijiste, tesoro? —preguntó, desentendida, su madre.

—Nada…

Justo cuando su mamá iba a insistir, una chica pasó con una bandeja de quesos. La señora Johnson la miró horrorizada y la frenó en seco.

—¿Qué clase de decorado es ese? ¡Está terrible! Hay que cambiarlo ya mismo —se quejó llevándola hacia un mesón.

Rick apartó a Mike del sitio y lo miró confundido.

—La policía está mal, M, s… s… siguen un rastro que no los va a llevar a donde necesitan. Ellos no enti… ti… tienden cómo actúa ese sujeto… Yo sí. He estado atando cabos, muchos de ellos.

Mike lo miró horrorizado.

—¿Cómo sabes eso de la policía?

Rick se quedó en silencio.

—¿Lo volviste a hacer? —preguntó M, alterado.

—No te enojes —susurró el otro.

—Rick, hackear los sistemas estatales es algo ilegal, te vas a meter en un lío —respondió Mike.

—No hackeé nada t… t… todavía. Solo… digamos que desvié las comunicaciones de sus radios… —admitió lentamente.

En respuesta a lo que Rick dijo, Mike apagó el televisor y lo miró mientras soltaba un suspiro.

—Rick, *bro*… Hoy es mi cumpleaños. Por lo tanto, el asesino o lo que sea es tema vetado. Si quieres hablarme de chicas, alcohol, fiesta y desmadre, pues entonces sí te escucho… Pero ya no sigas poniéndome más nervioso.

Rick suspiró y asintió llevándose la mano a la frente como un soldado.

—¡Entendido, capitán! —gritó.

Mike se rio y negó con la cabeza, divertido frente a las ocurrencias de su mejor amigo. De pronto, y relajando su pose, Rick lo miró con complicidad.

—Es más, M, para que veas que estoy en m… modo bondadoso, te diré un secreto —apuntó acercándose—. Y, ojo, me arriesgo a que t… t… todo el salón me mate, pero lo genial es que no hay reputación que empeorar.

—¿Qué secreto? —preguntó Mike, confundido.

—Todos se pusieron de acuerdo para v… venir disfrazados a tu fiesta. Tú no tienes di… di… disfraz, por lo que te quedan… —miró su reloj de muñeca— 56 minutos para conseguir uno.

—¿Qué? ¡Mierda, Rick! ¿Por qué no lo dijiste antes?

Con rapidez, Mike agarró las llaves de su moto y caminó hasta la puerta seguido por Rick, que perdió los nervios al ver las llaves que M había escogido. De inmediato, y como por instinto, la mamá de Mike se puso alerta.

—¿Irás en moto, cariño? —preguntó, asustada.

—¡Manejaré lentísimo, mamá, relájate! —dijo caminando hacia la salida.

—¡Cuidado en la calle, por favor!

Y, tras esa última petición, Mike y Rick salieron por la puerta.

Una vez frente a la moto, Mike se acomodó el casco y se subió, esperando que R hiciera lo mismo. Al final, tras unos segundos de negación, Rick se subió y, asustado, abrazó fuertemente a Mike, aferrándose a su espalda.

Él arqueó una ceja, divertido, y se burló de su actitud.

—¿Esta es la parte en la que me dices que conmigo te sientes salvaje y me besas? —preguntó entre risas y Rick gruñó.

—¡Solo arranca, ta… tarado! ¡O… odio estas má… máquinas! ¡Mientras más rápido me baje de ella, me… mejor!

Mike aceleró al máximo y Rick gritó.

Me encontraba sentada en el sofá de mi sala, escuchando música, comiéndome una chupeta y haciendo búsquedas en el navegador de mi *laptop*. Mi papá estaba en frente viendo un programa sobre modificación de carros. Lo miré de reojo y, justo cuando iba a hablarle, se oyó el sonido de una notificación de mensaje en mi móvil.

Lo agarré y revisé quién me había escrito. Me encontré con dos mensajes pendientes, uno de Rick:

¡Ey, K! ¿Ya tienes disfraz? ¡No me decepciones!

Y otro de Clara:

Hola, Katie, ¿necesitas ayuda con tu disfraz? Tengo varias ideas.

Suspiré y tiré el móvil de vuelta al sofá sin responder ninguno.

Seguía sumergida en la búsqueda de trastornos de personalidad. Llevaba horas buscando sobre eso y, aunque las características de ese trastorno no coincidían conmigo, seguía buscando con la esperanza de conseguir alguna otra explicación psicológica.

Miré a mi papá y, bajando un poco la pantalla de la *laptop*, suspiré mientras me quitaba los audífonos.

—¿Pa? —lo llamé.

—¿Katie? —respondió imitándome.

—¿Te puedo preguntar algo loco…?

Mi padre sonrió.

—Seguro que no será nada peor de lo que ya he escuchado, cariño. Escúpelo, estoy listo.

Suspiré y, un poco nerviosa, solté mi pregunta.

—¿De casualidad en nuestra familia hay antecedentes de trastornos de personalidad o algo así?

Mi papá soltó una carcajada antes de responder.

—Bueno, hija, tu tía Lucrecia está bien loca, pero a ese nivel no… Que yo sepa, nadie de la familia ha sufrido eso. Aunque a este paso puede que terminemos todos locos.

Asentí y suspiré confundida. *¿Qué es todo esto entonces?*, me pregunté.

Mi mamá entró a la sala para llevarle algo de cenar a mi papá y la ignoré hasta que escuché que dijo mi nombre.

—Katie, deberías ir a arreglarte, se te va a hacer tarde para ir a la fiesta de Mike —me recordó.

Suspiré derrotada. *Claramente no voy a conseguir más respuestas y menos de internet*, pensé.

—Sí, tienes razón…

—¿Te vas a disfrazar? —preguntó con curiosidad, acomodándose en el apoyabrazos del sofá donde estaba sentado papá.

—No lo sé…

—¿No crees a veces que deberías… saltar la barrera que te pones, hija?

La miré pensativa y, luego de unos segundos, me puse de pie para caminar hacia las escaleras. Mi mamá tenía razón y lo sabía.

Llegué a mi habitación dispuesta a hacer un disfraz que realmente me gustara. Quizá todos tenían razón, quizá tenía que salir de lo usual algunas veces para encontrarme a mí misma. *Tal vez es esta la razón por la que me sucede todo, no me conozco lo suficiente*, pensé.

Abrí mi clóset y miré todo con cuidado. Luego del primer vistazo rápido, me frustré. Mi ropa era demasiado convencional, ¿cómo iba a sacar un disfraz de allí?

Di algunas vueltas por el cuarto, pensando, y regresé al clóset. Moví cada pieza y de pronto noté que algo negro caía al suelo. Me agaché y encontré un vestido negro, uno largo, llamativo y exuberante. No recordaba tenerlo, pero me cayó de maravilla porque solo de verlo todos mis pensamientos se encendieron.

Lo dejé sobre la cama y, agarrando mi portacosméticos, corrí al baño a maquillarme. Sentía que me movían la adrenalina y una seguridad completamente nueva. Por primera vez tenía la fuerte necesidad de crear algo específico, algo intenso, y no sabía por qué.

Al entrar a mi baño me encontré con el espejo tapado por una toalla… y supe que debía enfrentarlo. Siempre había creído que me definía el miedo a mi reflejo, pero ese día, el mismo día del cumpleaños de Mike, noté que si yo no lo enfrentaba, nadie lo iba a hacer por mí. Y no era por una fiesta, era porque necesitaba sentir algo de control frente a lo que era, recordarme que era yo quien tenía el control de mi vida y mis acciones.

Suspiré y, sin pensarlo dos veces, arranqué la toalla para poder observarme. Mis ojos tenían un destello diferente que no reconocía. Estaba tan enfocada en ser capaz de crear la idea que tenía en la cabeza que no le di importancia alguna a mi miedo.

—Ya me harté de que juegues conmigo. Es lo único que has hecho desde el principio. Se acabó —dije como si supiera que ella me podía escuchar.

Agarré el maquillaje y empecé a trazar líneas negras sobre mi cara y mi pecho. No tenía idea de por qué esa era la imagen que quería lograr, pero estaba siguiendo mi instinto como hace mucho no lo hacía. No sabía en ese momento que ese impulso era una expresión de mi nueva existencia. Estaba intentando simular grietas en mi rostro y cuerpo y lo estaba consiguiendo. Les añadí profundidad con algunas sombras y me impresioné al ver el resultado tan impecable.

Me puse lentes de contacto blancos en los ojos, dándole un toque mucho más perverso a mi mirada, que ahora estaba envuelta de color negro gracias a las sombras y adornada con mis largas pestañas cubiertas de rímel.

Luego fui rápidamente a la habitación de Josh y rebusqué entre algunas cosas que su exnovia había dejado abandonadas en casa. Encontré unos tacones delicados, sin plataforma, que iban amarrados hasta la pantorrilla y los agarré. Eran justo lo que necesitaba.

Revolví entre mis gavetas hasta que encontré las medias *panty* que había usado hace años para una presentación escolar y las saqué. Me las puse y, cuando estuve lista, me observé en el espejo. Con la ropa interior de encaje, las medias y los tacones me sentía tan bien sobre mi propia piel que hasta dudé de ser yo quien se estaba admirando en el espejo. Algo había cambiado dentro de mí y no entendía qué era en ese instante.

Me detuve frente al vestido y ya no me parecía tan atractivo como lo había visto antes. Quería añadirle algo de rojo a como diera lugar. Además, era demasiado largo para lo que necesitaba, así que agarré trozos de la tela delantera y la rasgué. La adrenalina que sentí al despedazar el vestido me dio valor para sacar unas tijeras y jugar con las mangas también. Iba a convertirlo en algo totalmente diferente.

La inmensa sala de Mike se encontraba repleta de gente. Todos estaban disfrazados y alumbrados por muchísimas luces de neón de colores. Cada invitado tenía un vaso con algo en la mano. Algunos bailaban, otros hablaban y un grupo grande estaba haciendo juegos de todo tipo con alcohol de por medio. Mike miró la puerta ansioso y Rick se acercó a él. Su disfraz de Thor lo hacía ver bastante gracioso, mientras que Mike se veía más atractivo que nunca como James Bond.

—¿K ya llegó? —preguntó Rick.

—*Nah*, quizá ni siquiera venga… —asumió, derrotado.

—Bueno, amigo… —Rick sacó una botella que tenía oculta tras su espalda y se la estampó en el pecho a Mike—. Nada que mi amiga *Te… Teresa* no resuelva.

Mike agarró la botella y le sonrió con complicidad a Rick. Sin pensarlo dos veces la destapó y se la llevó a los labios para darle un largo trago.

Al terminar, volteó hacia la multitud que ahora lo miraba fijamente y gritó eufórico alzando la botella. Todos lo aclamaron y subieron sus tragos, brindando.

Un rato después, Mike estaba recostado en una pared, de espaldas a la entrada de su casa, conversando coquetamente con Ámbar, quien llevaba un disfraz de Gatúbela que se le ceñía muchísimo al cuerpo, resaltando sobremanera sus curvas. Por otro lado, Rick estaba bailando solo, cerca de Mike, desentendido de las miradas que las personas le daban al pasar por allí.

En ese momento se oyó la puerta de la entrada abrirse. Rick, que estaba enfrente, abrió sus ojos como platos y le dio unas fuertes palmadas en la espalda a Mike para que se volteara.

Él le hizo señas a Rick para que dejara de interrumpirlo, pero R insistió sin dejar de ver fijamente al frente.

De pronto, uno de los chicos del equipo de baloncesto, que estaba disfrazado de pirata, miró hacia donde Rick estaba viendo y se quedó paralizado.

—*What the fuck!* —exclamó.

El amigo que estaba conversando con él, disfrazado de doctor sangriento, se giró y reaccionó aún más impactado.

—Mierda… —murmuró.

Finalmente, Mike se volteó para ver de dónde provenía tanto escándalo y en ese instante entendió qué era lo que causaba tanto furor. Se quedó frío, inmóvil y con la boca entreabierta.

—¡Katie! —dijo, impactado, soltando por accidente la botella y dejándola caer contra el suelo.

Mike estaba impresionado. La Katie que había conocido desde hace años se había transformado por completo en una versión de ella que nadie se imaginó jamás.

«Soportarán verte caer, soportarán verte fallar, pero jamás más que ellos verte brillar».

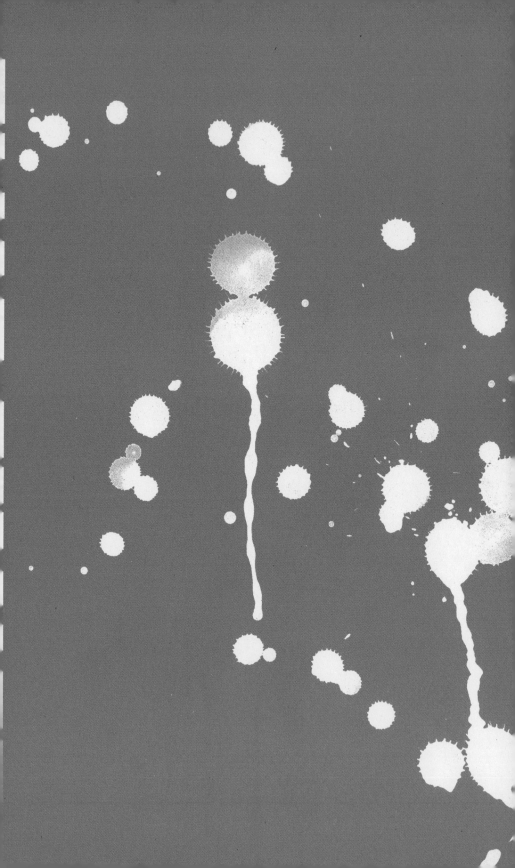

CAPÍTULO 12
LA FIESTA DE CUMPLEAÑOS

Josh entró a la casa de Mike levantando una botella y gritando eufórico. Todos voltearon a verlo y aclamaron su llegada. Mi hermano siempre era el alma de la fiesta y esta vez no era la excepción.

Detrás entré yo, sonriente, y vistiendo un disfraz que rompía los esquemas por completo, pues no era algo que yo me hubiera atrevido a usar normalmente. Sin embargo, ese vestido y el maquillaje me daban una confianza que nunca antes había sentido. Por primera vez, las miradas pasaron con rapidez del hermano estrella a la hermana invisible.

Los tacones negros me hacían ver mucho más alta y me daban un toque de rebeldía que yo jamás habría reflejado por mí misma. Por encima del vestido, estaba usando un corsé rojo que resaltaba llamativamente mi pecho y contorneaba a la perfección mi cintura. El largo de la falda caía como una cascada hacia atrás, pero la tela delantera estaba rasgada, tan corta que se podía ver parte de mi ropa interior de encaje. Tenía la mitad de mis brazos, desde la mano hasta el codo, cubiertos con unos guantes negros. Todos me estaban mirando de una manera que no lograba descifrar. Había asombro, fascinación e incluso molestia.

De pronto, se escuchó una botella estrellándose contra el suelo y se rompió el momento que, de hecho, ya se estaba tornando incómodo. Reaccionando al sonido, todos desviaron su atención de mí y yo también me fijé de dónde había venido el ruido. Era Mike. Rápidamente fui hacia un clóset, saqué una escoba y un recogedor y fui a entregárselos.

Cuando llegué hasta él, ya estaba agachado intentando recoger los trozos rotos. Miró mis pies y subió con lentitud la mirada hasta encontrarse con mi rostro. Se paró de golpe y yo aproveché el momento para arrojarme sobre él, abrazándolo y acercándome a su oído para susurrarle:

—*Happy birthday*, Mike… ¡Te quiero!

Mike parecía congelado. Solo me miró fijamente en silencio y ni siquiera cuando pensé que por fin iba a decir algo le salió una palabra de sus labios. Al final, luego de regalarle una última sonrisa, decidí caminar hacia Rick, que estaba dando brinquitos, emocionado por verme disfrazada.

—¡*Woooooow*, estás súper *hot* hoy! —exclamó.

Luego de mirarlo con un poco de vergüenza me reí. Su emoción era contagiosa, pero no estaba segura de por qué mi disfraz estaba causando tanto revuelo.

—¿Qué te pasa, Rick? —pregunté entre risas y Rick frunció el ceño ante mi pregunta,

—¿No te has visto, K? ¡Te ju… juro que yo no sabía que tenías estas cosas! —explicó haciendo un gesto como si cargara dos bolas en su pecho—. ¡Pareces una diosa oscura!

Abrí mis ojos como platos y le di un leve empujón avergonzada.

—¿Qué dices…?

—Sé que odias los espejos, pero…

De inmediato, Rick me tomó por los hombros y me hizo caminar hasta el espejo de cuerpo completo que estaba a unos metros de nosotros. Me detuvo frente a él para que pudiera ver mi reflejo.

Cuando me vi por primera vez desde que llegué a la fiesta, me sentí extraña, no recordaba haber llegado a ese resultado.

—¿Soy yo…? —murmuré, confundida.

Rick hizo una mueca y agudizó su voz para volver a hablar.

—No, soy yo… —Negó con la cabeza y volvió a su tono normal—. ¡C… claro que eres tú! ¿Quién más va a ser?

De pronto, estar en mi propia piel me resultó ajeno y extraño. Era atípico en mí usar algo así y, sin embargo, sentía cierta satisfacción viéndome con ese disfraz… como si ese *look* formara parte de mí. Como si fuera una pequeña versión de mi propia existencia que solo estaba buscando la forma de salir a través de cosas pequeñas… como esta.

Me acerqué más para detallarme en el espejo y, justo en ese instante, la criatura empezó a hablar.

Hoy… eres más yo que nunca, escuché su voz en mi cabeza.

De pronto un destello de recuerdos golpeó mi mente.

Acababa de agarrar el lápiz negro de mi maquillaje y estaba trazando líneas negras sobre mi cara y mi pecho. Durante todo ese tiempo, mis ojos lanzaban un destello rojo una y otra vez, como si parte de la criatura estuviera manejando mis acciones sin que yo lo notase. Ella siempre había estado presente, solo que estaba tan controlada por mis propias acciones y la clara imagen mental que se había clavado en mi cerebro que la ignoré por completo.

Con un grito ahogado di un traspié hacia atrás, asustada, y desvié la mirada de mi reflejo.

—Ey, ¿todo bien, K? —preguntó R y yo asentí alejándome del espejo.

—Sí, sí, todo bien…

Rick me miró confundido y yo solo me limité a suspirar, intentando no perder la cordura enfrente de todos.

Tras un último intercambio de palabras cargadas de sarcasmo, Ámbar se alejó de Mike, furiosa, y fue hacia donde sus amigos bebían y se reían de algún chiste malo. Eric estaba levantando los brazos mientras les contaba alguna anécdota de manera efusiva a Clara y Ross.

Eric era un chico fornido de actitud ególatra y la verdad es que nunca me había caído bien. Prácticamente era la versión masculina de Ámbar. Ross, por otro lado tenía una mirada color miel llena de amabilidad, una que te hacía creer que su actitud era un poco más noble; sin embargo, Ámbar ya lo había envenenado lo suficiente como para que tampoco me agradara.

Al llegar a donde estaban reunidos, Ámbar se quejó con ellos sin importarle que estuviera interrumpiendo su conversación anterior.

—¿Quién se cree Katie? ¿La mosquita muerta llega mostrando las nalgas y ya cree que todos van a babear? ¡Patética! —dijo cruzándose de brazos.

Ross soltó una carcajada e intercambió miradas cómplices con Eric, que enarcó una ceja en la que tenía un corte muy peculiar. Se notaba que sentía gracia ante la molestia de Ámbar.

—Déjame decirte que yo sí creo que podría babear un poquito —admitió acomodando su cabello castaño claro.

Eric soltó una carcajada y, victorioso, chocó su puño con

Ross, no sin antes dar su opinión. Parecía que Ross, por ser de contextura más gruesa podía ser más fuerte que Eric, pero era todo lo contrario.

—Yo estoy incluso pensando en invitarla a mi casa luego de esto... —confesó—. Nunca pensé que tras ese *hoodie* rosado hubiera tanto que explorar.

Inmediatamente Clara reaccionó ofendida, dándole un fuerte empujón a Eric mientras negaba con la cabeza.

—No seas grosero, las mujeres no somos objetos —refutó y Eric alzó las manos como símbolo de paz.

—¡Ya, Clarita, nadie ha dicho eso!

Ámbar los miró aún más enojada de lo que había llegado, casi taladrando sus cabezas con la mirada.

—¡Ustedes dos son patéticos, igual que Katie!

Clara puso los ojos en blanco, fastidiada ante el escándalo de Ámbar. Llevaban un tiempo teniendo demasiadas diferencias y, aunque habían sido mejores amigas desde que tenía uso de razón, eventualmente se había dado cuenta de que Ámbar no encajaba con lo que ella quería ser y tener en su vida.

—A mí me gusta su disfraz, se ve increíble, más que todas las chicas de la fiesta —dijo con toda la intención de echarle más leña al fuego.

Ámbar la miró ofendida y Clara se limitó a beber de su vaso, evadiendo cualquier tipo de contacto visual. Ross notó la incomodidad que se había creado y empezó a quejarse.

—¡Ay, Ámbar, deja los celos! Igual Mike no va a sentar cabeza contigo ni con nadie. Ha sido un casanova como nosotros desde que recuerdo... No vale la pena —dijo restándole importancia.

—¡Cállate, Ross! Tenemos que ponerla en su sitio. Y si ustedes deciden no ayudarme, lo haré yo sola. No va a ser la primera ni la última mosquita muerta que ponga en su lugar —aseguró, orgullosa.

Ante la evasiva de sus amigos, Ámbar se cruzó de brazos y se giró para verme mientras yo aún seguía conversando con Rick. Me analizó por unos segundos y luego volvió a mirar a sus amigos, pero esta vez con una sonrisita llena de peligrosas promesas.

Rick había seguido hablando y ahora me miraba fijamente, pero yo llevaba un rato tan sumida en mis pensamientos que no había escuchado nada de lo que me decía.

—¡En fin! —continuó casi gritando para llamar mi atención—. ¿Qué opinas de mis mú... músculos? Pasé un buen tiempo escogiendo este disfraz para verme como un papacito. Aunque, a ver... ya n... naturalmente lo soy. El disfraz es solo un complemento.

De inmediato me reí con ganas y Rick sonrió, orgulloso de haber logrado que le prestara atención. Luego hizo una pose ridícula mostrándome sus músculos rellenos de material sintético.

—Me gusta mucho en realidad. —Asentí aprobando su disfraz y R se entusiasmó.

—A mí igual, a v... veces incluso dudo de si cuando miran para acá es a ti o a mí, p... p... porque, ey, tú luces increíble, pero yo no me quedo atrás.

Lo miré y, al ver que lo decía totalmente en serio, me dio aún más risa. Rick me miró, contento por poder hacerme reír.

En ese momento me giré hacia la mesa de las comidas y bebidas y vi que uno de los meseros estaba sirviendo una tanda de vasos de ponche rojo. Y el color fue mi perdición porque dio paso a que ella apareciera de nuevo en mi mente.

Deja de hablar con el insecto, quiero probar el líquido rojo, me dijo la imponente voz en mi cabeza.

Miré la bebida fijamente y negué con la cabeza irritada.

—No quiero alcohol —me quejé en voz alta.

Rick me miró como si estuviera loca y negó con la cabeza, confundido.

—¡Yo sé que no tomas alcohol, Katie, n… n… no te estoy ofreciendo nada! —se defendió.

De pronto, sentí unos extraños hormigueos en las piernas, como si quisieran moverse en contra de mi voluntad. Me alarmé al entender que ella estaba tomando el control de mi propio cuerpo. No podía dejarla.

Luché contra el impulso, pero no logré ganarles a sus órdenes, así que caminé como poseída hacia la mesa, lo que dejó a Rick desconcertado.

¡LO QUIERO YA!, insistió la voz en mi cabeza.

Empecé a susurrar, intentando negociar con ella. Estábamos delante de cientos de personas y lo que menos quería era generar un espectáculo que hiciera que me etiquetaran como loca.

—Okey, okey, ya basta. Te voy a dar un poquito del ponche y me dejas en paz.

Terminé de acercarme a la mesa y agarré un vaso para que el hombre que estaba organizando todo me sirviera un poco de ponche.

Cuando vi que había caído un chorrito, quise quitar la mano, pero sentí cómo hormigueaba. La criatura luchaba contra mi cuerpo para quedarse allí y que le sirvieran alcohol hasta que el vaso se rebosara. Batallé con mi propia mano: la apartaba y la acercaba una y otra vez. El hombre del bar me miraba desconcertado con el cucharón del ponche en la mano.

Me reí disimuladamente, intentando que el hombre creyera que le estaba jugando algún tipo de broma. Al final dejé que ella terminara de acercar mi mano al ponche, así que el mesero solo sirvió más y me arqueó una ceja intentando descifrar qué me pasaba.

Cuando decidí probar el ponche, la criatura me tomó por sorpresa e hizo que alzáramos aún más la mano y bebiéramos el líquido de un solo golpe. Tosí, casi ahogándome, y luego me limpié desesperadamente la comisura de la boca, molesta ante todo lo que estaba haciendo.

Miré a mi alrededor y noté que varias personas me estaban viendo extrañadas, juzgándome. De pronto, Clara apareció desde la mitad de la sala, mirándome con preocupación.

—¿Katie, qué te pasa? —preguntó.

—Nada... Es que tenía sed —mentí sonriendo para inspirarle tranquilidad.

El efecto que mi sonrisa había logrado se esfumó en cuestión de segundos cuando eructé involuntariamente. En ese instante todos voltearon a verme horrorizados y a lo lejos noté que Ross se reía con Eric. Las mejillas se me encendieron de la vergüenza.

—¡Ya para! —susurré volteando la cabeza hacia un lado para que nadie me viera hablando sola.

La criatura no dejaba de beber todo lo que se le cruzaba y yo no podía dejar de sentir el vértigo que me daba pensar que mi cuerpo había cedido a su mando. Era un nuevo tipo de ansiedad que creo que nadie había experimentado jamás, la peor sensación de descontrol que había sentido en mi vida. Estaba a punto de entrar en un colapso de nervios cuando Rick me agarró del brazo y me llevó escaleras arriba.

Llegamos al amplio balcón del segundo piso de la casa de Mike e internamente agradecí que me llevara a ese lugar. Estar rodeada de gente no había sido buena idea y necesitaba un poco de aire para aclarar mis ideas revueltas.

Me recosté en el barandal del balcón y detallé la hermosa vista que Mike tenía desde allí. Su piscina se veía quieta, azul y serena en medio del sonido del viento. Rick me sonrió y aplaudió entusiasmado.

—Tengo algo que mostrarte —dijo sacando de su bolsillo unos boletos para un partido de baloncesto—. ¡Mira mi regalo para Mike!

Lo miré y me congelé al notar que había olvidado el regalo. Me llevé las manos a la cara y negué con la cabeza desesperada.

—Ay, no…

Rick soltó una carcajada y se cruzó de brazos divertido.

—Se te olvidó, ¿v… verdad? —preguntó.

Asentí angustiada y suspiré desviando la mirada. Al notar lo triste que estaba, Rick me miró con seriedad y se acercó a mí tocándome el hombro y consolándome.

—¿Qué pasa, K?

Me quedé en silencio. No era que no quisiera desahogarme de todo lo que tenía en la mente, era que no sabía cómo hacerlo. Y tampoco quería que Rick se alejara de mí si le contaba la verdad.

—Te sientes fuera de lugar, ¿verdad? —preguntó con tristeza y asentí ante lo acertado de sus palabras.

—Mi cabeza está en otro sitio, Rick…

—Lo sé, K, pero ¿sabes qué sé también? —insistió mirándome fijamente.

—¿Qué? —murmuré.

—Que somos un equipo especial. A p… pesar de todo lo que te está pasando con tu familia estás aquí y eso lo v… valoro muchísimo —confesó.

Lo miré con cariño, agradecida de que reconociera mi esfuerzo. Rick me conocía a un nivel emocional que nadie lograba jamás. Por eso era mi mejor amigo. Por eso y millones de razones más.

—Gracias, R. Eres un buen amigo —aseguré.

Rick acomodó su pose e infló el pecho, orgulloso.

—Y te pareceré aún mejor después de esto…

R sacó una cajita y la abrió, dejándola delante de mí para que pudiera verla de cerca. Dentro había una cadenita con un dije de la letra K. Me sorprendió ver eso y de inmediato mis ojos se aguaron. Un gesto así, en un momento en el que me sentía tan sola, me hacía entender que tenía personas a mi alrededor que valían mucho más de lo que entendía.

—¿Y esto…?

—¡Es para ti! Y adivina qué… —dijo, emocionado, sacando de su pecho una cadena igual pero con la letra R. Yo no pude evitar reír al ver su intención de que combináramos—. Y, ahora… última sorpresa.

—¿Hay más? —pregunté, genuinamente sorprendida.

—Tengo tu regalo para Mike.

Rick sacó una segunda cajita y me mostró otra cadenita igual a la nuestra, pero con un dije de la letra M. Lo miré congelada, con la boca entreabierta y, luego de no saber qué hacer por unos segundos, me tiré sobre él abrazándolo con fuerza.

—A veces el mejor regalo es so… solamente estar ahí aun cuando todo pareciera no permitírtelo… —me explicó abrazándome—. Sin embargo, a Mike le gustan los regalos —bromeó.

—Gracias, Rick —susurré, conmovida.

—Bueno, bueno —dijo apartándose—. ¡Basta de cursilerías, mis admiradoras p… podrían ponerse celosas! —Se rio—. ¡Ve a dárselo!

Sonreí y, luego de mirarlo agradecida por última vez, corrí en busca de Mike.

«No hay nada más caro que una amistad y más cuando es de verdad. No olvides que todo lo que tiene precio se puede comprar».

CAPÍTULO 13
MI PRIMER BESO

Busqué a Mike entre toda la gente que había en el primer piso y, mientras caminaba, noté que varios chicos me miraban detalladamente, lo que solo hizo que acelerara aún más mi búsqueda. No quería tener que detenerme a hablar con nadie.

Tu raza es muy básica, ¿no? Todos están desesperados por aparearse contigo, soltó de pronto la voz en mi cabeza.

—¿Qué? ¡Nadie quiere aparearse! —respondí, ofendida, en voz alta.

De repente, entre el montón de gente me encontré con Josh, que estaba sentado en uno de los sofás conversando con una chica de rasgos asiáticos. Tenía el cabello negro, largo y brillante, Y labios voluminosos. Su piel parecía de porcelana. Era muy bella.

Ambos parecían muy cercanos, más de lo que acostumbraba a ver entre mi hermano y sus amigas.

Cuando estaba lo suficientemente cerca, Josh me vio y dio un salto, asustado.

—¡Mierda! —dijo mirándome—. Se me olvida que vas disfrazada…

—¡Tampoco doy tanto miedo, Josh!

—No, no es eso… Es que… —Hizo una pausa y se retractó—. En fin, te presento a Yun —comentó señalando a la chica.

Ella me tendió la mano, permitiéndome estrecharla con una sonrisa. La miré de cerca y confirmé lo bonita y exótica que era.

—¡Es un placer conocerte! —dije alzando la voz debido a la música.

—Muy… encantado de conocerte… Me nombre Yun —respondió atropelladamente.

Fruncí el ceño y la miré extrañada. No hablaba muy bien el castellano, lo cual solo me indicó que sus rasgos no eran solo heredados.

—¿Puedes venir un segundo? —le pregunté sin rodeos a mi hermano.

Josh se puso de pie de un salto y se acercó a mí.

—¿Es mi impresión o no habla muy bien español? —pregunté, curiosa.

—No te preocupes —dijo restándole importancia—. Para lo que me interesa manejamos el mismo lenguaje…

En ese momento, Josh se rio de sus propias palabras mientras yo le daba un empujón y lo miraba horrorizada.

—Eres un asqueroso —le reproché—. Ya me voy… ¿Has visto a Mike?

—La última vez lo vi por los cuartos del fondo —dijo señalando en esa dirección.

Seguí sus indicaciones y caminé hacia allí.

¿Qué significan este tipo de encuentros para ustedes? ¿Son encuentros de apareamiento? Si es así, creo

que tardan mucho en llegar al punto, apareció de nuevo la voz en mi cabeza.

—¡Ya basta! ¿De qué hablas? —respondí, irritada.

En ese instante, Eric se atravesó en mi camino, acercándose con una sonrisa coqueta en su rostro.

—Hola, Katie…

Era la primera vez que me hablaba en años, así que lo miré con extrañeza. Aparentemente todo el grupo de Ámbar había decidido romper su regla de oro esta última semana, pero lo que quería entender era el porqué.

—Hola, Eric, ¿qué necesitas? —inquirí, tajante.

Él se acercó a mí y empezó a alternar su mirada entre mis senos y mi cara. Por supuesto, la criatura no perdió la oportunidad de hacer una acotación.

Creo que es obvio que el cachorro tiene hambre porque solo mira tus tetas, dijo con su molesta voz retumbando en mi cabeza.

Por instinto me tapé, cosa que hizo que Eric enarcara una ceja. Obviamente otra chica habría estado encantada de tener su atención, pero no era ni sería jamás mi caso.

¿No crees que…?, dijo la voz en mi cabeza.

—¡Ya cállate! —respondí, molesta, subiendo la voz.

Eric no entendía por qué había dicho eso y estaba confundido.

—No he dicho nada aún… —se defendió.

—No, no era contigo —dije, irritada.

—Pero somos los únicos aquí…

—¿Qué quieres, Eric?

—Quisiera…

Cuando noté que Eric se acercaba aún más, retrocedí.

—Disculpa, tengo algo que hacer… —lo interrumpí apartándome.

No le di oportunidad de decir nada y caminé hacia uno de los cuartos. Justo cuando estaba a punto de llegar, noté que Clara estaba conversando con un chico, uno que torpemente acababa de derramar todo el ponche de su vaso en el vestido de Clara. Me frené en seco para estudiar qué iba a hacer él para ayudarla y me sentí ofendida al ver que se había limitado a salir corriendo, dejándola sola y con el disfraz destruido.

Sentí lástima al verla intentando remediar el desastre con las manos. Clara llevaba un disfraz de Hiedra Venenosa, la villana de Batman, y se había puesto un vestido verde repleto de hojas y ramificaciones que se le ceñía al cuerpo y la hacía ver muy hermosa. Definitivamente no se merecía que ningún idiota se lo dañara.

Caminé hacia ella y de forma decidida tomé su brazo.

—Vamos al baño, yo te ayudo, seguro tiene arreglo… —le dije sonriendo.

Clara asintió, agradecida, y me siguió hacia el baño de Mike.

Cerré la puerta a mis espaldas y noté que Clara estaba detallando la mancha roja en su vestido, así que agarré un trozo de papel higiénico, lo humedecí un poco e intenté pasarlo con delicadeza por la mancha. Clara me sonrió.

—Gracias, Katie.

—Ese chico se portó como un idiota contigo —aseguré.

—No sé ni qué hacía hablando con él —admitió, decepcionada.

Me concentré en sacar la mancha del vestido y me alegré al notar que el agua estaba ayudando. Aún se veía de otro tono, pero ya no estaba tan rojo como antes. De pronto Clara rompió el silencio.

—Katie… —dijo, algo avergonzada—, no sé en qué

momento nos alejamos tanto. Estando aquí... tú y yo... recuerdo que siempre disfruté de tu compañía...

—No, no te preocupes, no siento que nos hayamos alejado... —comenté excusándola.

Pero la verdad es que estaba mintiendo. De niñas, Clara y yo éramos muy amigas, incluso creía que Ámbar lo era, pero algo pasó y fue entonces cuando me di cuenta de que jamás podríamos serlo. Aun así, ella tenía razón, Ámbar le había prohibido el contacto conmigo y ella se había dejado llevar. Por eso, finalmente asumí que los varones eran más leales, cosa en la que no creía haberme equivocado; sin embargo, extrañaba tener una mejor amiga.

Hablar con Clara en ese instante revivió recuerdos que estaban guardados en mi memoria y que no solía rememorar muy a menudo. Muchos años atrás, Clara solía ir a mi casa con frecuencia porque mi mamá la cuidaba cuando sus papás tenían grandes jornadas de trabajo. Fue hace tanto que me sorprende que aún recuerde claramente algunos detalles. Adryan no había nacido para ese entonces, así que siempre estábamos jugando en el jardín o haciendo pijamadas en mi cuarto. También hacíamos refugios con las sábanas imitando una tienda de campaña y nos quedábamos dormidas adentro, acostadas en unas camas improvisadas hechas de almohadas apiladas. Luego, cuando yo despertaba en la mañana, Clara no estaba porque su mamá la recogía siempre muy tarde por las noches, cuando salía del trabajo.

Lamenté haber perdido esa amistad.

De pronto, las palabras de Clara me trajeron de vuelta a la realidad.

—Bueno, no importa el pasado, pero quiero que sepas que me encantaría que pasáramos más tiempo juntas. No sé, pero... siempre he sentido mucha afinidad contigo —dijo con honestidad.

Le sonreí, agradecida por sus palabras.

—Claro que sí... Y lo primero que vamos a hacer es terminar de arreglar tu vestido —aseguré.

Luego de unos segundos de silencio Clara empezó a hablar de nuevo.

—Katie... Siempre he querido preguntarte esto. ¿A ti te gusta Mike? —preguntó, curiosa.

—¿Mike? No, no, no —me reí—, Mike y yo somos de esos mejores amigos que duran toda una vida.

—No sé —dijo, dudosa—, es que a veces lo noto tan extraño contigo...

Suspiré y la miré. Me estaba irritando.

—Dios, todos me están molestando con lo mismo... Mike se enamora de una chica distinta cada semana, no se preocupen por eso... —concluí.

—Es verdad... —admitió—. En realidad, ahora que lo pienso, nunca te he visto con novio.

—Tampoco es porque me gusten las chicas, pero sencillamente ahora no tengo cabeza para eso. —Suspiré.

—Es entendible... Los chicos a veces destrozan más de lo que reparan —dijo como si estuviese recordando algo.

Clara se quedó en silencio y luego recuperó la compostura, emocionada por algo que se le ocurrió.

—¡Ey! ¿Viste que la semana que viene estrenan la nueva película de superhéroes? ¿Te parece si el miércoles vamos al cine?

Sonreí, entusiasmada.

—¡Claro! Pero ¿te molesta si le digo a Rick?

—No, no, no, me fascina la idea, avísales a Rick y a Mike, estaría divertido pasar tiempo con ellos también —aceptó, encantada.

La miré con cierto atisbo de ilusión. Era lindo sentir que existía la posibilidad de tener de nuevo una amiga. Rara vez confiaba en alguien, pero mi intuición me decía que Clara solo era una buena chica con malas amistades.

Justo cuando iba a decir algo, ella notó que había dejado la cajita de regalo sobre el lavamanos. La agarró emocionada y me miró boquiabierta

—¿Ese es el regalo de Mike? ¡Ve a dárselo! Yo sigo con el vestido.

—¿Segura?

—¡Obvio! Corre, lo vi por la piscina hace un rato.

Asentí, agarré la cajita y salí del baño.

Al llegar a la piscina, caminé alrededor de ella, buscando a Mike con la mirada. Apenas había unas tres personas allí, pero ninguna era él. Su piscina era enorme y estaba repleta de luces de colores que le daban aún más vida. La rodeaban unas cuantas sombrillas y sillas de playa, donde estaba sentada una pareja.

Viene por ti, no te fíes, dijo de pronto la voz en mi cabeza y me paralicé. Había olvidado que seguía allí.

—¿Qué…? —murmuré.

De pronto, y dándole sentido a lo que la criatura me había dicho, Ámbar llegó a mi espalda, sonriente y acompañada de sus dos secuaces: Ross y Eric.

—Katie, hace rato que te estaba buscando…

—Necesitaba un poco de aire —expliqué, desconfiada.

Eric y Ross comenzaron a caminar a mi alrededor, lo cual me puso alerta esperando cualquier golpe bajo. Me sentía completamente intimidada. De los tres, al que consideraba menos peligroso era a Ross. Pero luego estaba Eric, que era una de las peores personas que conocía hasta el momento. Guapo, manipulador y malintencionado.

La criatura sintió toda la energía que ellos emanaban al acorralarme y empezó a hacer su característico chasquido de lengua. Sabía que iba a pelear y ella estaba aún más alerta que yo.

Yo sudaba de los nervios. Ellos creían que les temía, pero la verdad es que me daba terror pensar en que la criatura pudiese controlarme y hacerles daño.

Tranquila, por favor... Cálmate, pensé con la esperanza de que oyera mis palabras sin tener que decirlas en voz alta.

—¿Por qué estás tan nerviosa? —preguntó Eric, divertido.

Estaba tan concentrada en el chasquido de la criatura que no llegué a escuchar las palabras de Ross.

En medio de mi distracción, Ámbar notó la cajita que tenía en la mano y me la arrancó de golpe. La miré molesta e intenté quitársela.

—¿Qué estás haciendo? ¡Dámela! —grité.

Ámbar se apartó, demostrando sus buenos reflejos y evitándome. Al darse cuenta de lo que era, la pelinegra se irritó muchísimo más.

—¿No me digas que es un regalito para mi Maiky? —dijo en tono de burla.

—¿Para quién...? —pregunté al oír el estúpido apodo.

Ámbar se acercó al borde de la piscina y extendió la mano dejándola sobre la superficie del agua.

—¿Qué pasaría si se me cayera a la piscina este regalito? —me amenazó.

La miré asustada y, casi rogando, empecé a hablar:

—No hagas eso. Ya basta, Ámbar.

Al notar mis nervios soltó una carcajada.

—¿Parar por ti? Pfff, ¡ya quisieras!

Llena de rabia ante su soberbia me lancé sobre ella, intentando quitarle el regalo, pero Ámbar era muy rápida. Le tiró a Ross la cajita y él la atrapó con agilidad. Me acerqué a él, pero se la lanzó a Eric.

Estaban jugando entre los tres a la pelota con el regalo mientras se reían de mis ridículos intentos por recuperarlo.

De pronto, en uno de los intercambios logré rozar la cajita con mi mano en el aire, cosa que provocó que se cayera a la piscina. Grité horrorizada y me agaché intentando meter la mano y alcanzarla, pero ya se había hundido demasiado.

Ámbar se rio y no perdió la oportunidad de burlarse de mí.

—¡Ups! ¡Cosas que pasan! ¡Suerte buscándolo, princesa! —dijo mientras se daba media vuelta y caminaba de regreso a la casa seguida por sus secuaces.

La miré con rabia y luego giré mi cabeza de regreso a la piscina. No lograba divisar la cajita y eso solo me hacía perder aún más la calma. No podía dejar que se dañara lo que Rick había comprado para ayudarme.

Me agaché aún más, pero no venía nada. De repente, Mike llegó y se agachó a mi lado sin que yo lo notara.

—Hola… —susurró en mi oído.

Di un salto, asustada, al verlo tan cerca de mí.

—¡Mike, me asustaste! —me quejé llevándome la mano al pecho.

—Te estaba buscando, K.

—Será que estabas buscando a Ámbar, lo cual es increíble porque ella es ridícula y, aun así, te encanta… Escoges fatal a las chicas —apunté, molesta por todo lo que había hecho.

Me puse de pie cruzando los brazos y Mike me imitó. Dio unos pasos más hacia mí y acortó la poca distancia que quedaba entre su rostro y el mío.

—¿Sabes qué pasa? —dijo mirándome fijamente—. Que la que me importa no me presta atención…

Este es un buen espécimen para aparearse, comentó la voz en mi cabeza.

De inmediato mi corazón empezó a latir muy rápido.

—¿La que te importa?

Mike siguió acortando la distancia y yo solo me limité a

mirarlo paralizada.

—Sí... Ella... Es una chica muy bella, que tiene... —dijo llevando su mano a mi cara y acariciándola con el dedo pulgar— los ojos súper grandes y llamativos, una sonrisa preciosa que te hace querer mirarla todo el día. Y además me conoce mejor que nadie en el mundo...

De pronto sentí cómo deslizaba la mano libre por mi cintura y se acercaba para besarme. Yo di pasos hacia atrás mientras él avanzaba hasta que noté que estaba al borde de la piscina.

—Y que no se parece a ninguna otra en el mundo entero... —susurró a punto de tocar mis labios.

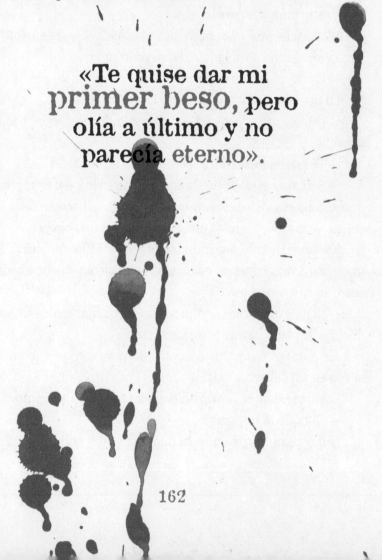

«Te quise dar mi primer beso, pero olía a último y no parecía eterno».

SOY EL FIN

CAPÍTULO 14

Justo en ese instante entré en pánico y, desesperada, me tiré a la piscina y nadé, buscando la cajita. Finalmente logré divisar el regalo, así que nadé hasta el fondo para recuperarlo.

Pocos segundos después, saqué mi cabeza del agua y le señalé a Mike la cajita con mi dedo índice.

—¡Rescaté tu regalo de cumpleaños! —exclamé con fingida emoción.

Mike se agachó en el borde de la piscina y me miró con una ceja enarcada. Se notaba que estaba conteniendo la risa.

—¿De verdad te tiraste a la piscina por eso? —preguntó, incrédulo.

Asentí sonriendo y nadé hacia la salida con todo mi maquillaje corrido por el agua.

—No, tranquila, no te salgas… —me interrumpió.

Mike se quitó la camisa y los pantalones con una mirada retadora. Me quedé paralizada dentro de la piscina y, unos segundos después, tomó impulso para saltar.

—Yo me meto —dijo haciéndome un guiño.

Se tiró a la piscina y, luego de salpicarme, lo perdí de vista bajo el agua. Pasaron varios segundos y me alarmé al ver que no salía. Mi corazón se aceleró y lo busqué, preocupada.

—¿¡Mike!? —lo llamé.

De pronto, M salió del agua a centímetros de mi rostro, agarrándome por la cintura y haciendo que instintivamente yo apoyara mis manos en su pecho. Estaba intentando mantener algunos centímetros de distancia entre nosotros.

—Está rica, ¿no? —susurró.

—¿Có... cómo? —pregunté, nerviosa.

—El agua... —aclaró con una sonrisa pícara.

Me hice la desentendida y esquivé su mirada.

—No tanto, hace mucho frío...

—Estás nerviosa, Katie. Tú nunca me evades la mirada —apuntó con curiosidad y gracia al mismo tiempo.

Mike se acercó más a mí y, cuando estaba otra vez a pocos centímetros de mis labios, le puse la cajita en la boca, interrumpiendo sus intenciones.

—¡Feliz cumple! —grité con más entusiasmo del normal.

Él quitó sus manos de mi cintura y miró el regalo sonriendo. Abrió la cajita y, cuando vio la medallita, se le iluminaron los ojos.

—Me encanta... ¿Me la pones? —me pidió.

Me acerqué para enganchar la cadenita alrededor de su cuello y Mike aprovechó para detallar mi rostro. Bajo su mirada mis nervios se dispararon de nuevo y, de un segundo a otro, el miedo se transformó en molestia absoluta.

—¡Ya basta! —grité, enojada—. Yo no soy uno más de tus caprichos, Mike; creí que al menos sabías eso.

Mike sonrió y negó con la cabeza.

—¿Todavía no lo has entendido? —preguntó con total seriedad—. Para mí no eres un capricho, contigo quiero hacer todo lo que nunca hice por otra chica, contigo lo quiero todo.

Miré a Mike fijamente sin poder creer lo que me estaba diciendo. ¿En qué momento había pasado esto?

En ese instante y sin que ninguno la notara, Ámbar llegó con una cámara instantánea en sus manos. Yo estaba distraída mirando a Mike y él esperaba que le dijera algo. Desde el ángulo en el que estaba ella parecía que nos estábamos besando, ya que la distancia entre nosotros casi no existía, y eso solo logró enfurecer a Ámbar.

De pronto, ambos escuchamos el *click* de la cámara y volteamos a verla.

—¡Uff, fotaza para la portada del periódico del colegio mañana! —aseguró mirando la foto y sonriendo con malicia.

Me alarmé inmediatamente y aparté a Mike de golpe.

—¡Ámbar, no! —grité.

—¿No qué, mojigata? —preguntó, molesta—. ¿Tienes miedo de que todos sepan la clase de loca que eres?

—¡No estaba pasando nada! —intenté explicarle.

Un montón de personas salieron al patio al escuchar nuestros gritos.

—¿Quién te va a creer eso? Solo mira la foto —dijo mostrándomela a lo lejos—. Parece una foto sacada de una *sex tape*. Solo imagínate el titular mañana: «La mojigata se suelta y es protagonista de una *sex tape* en el cumpleaños de Maiky».

—Ámbar… —intervino entonces Mike en tono de advertencia.

—Tú no te metas —le espetó ella.

—No puedes decir eso de mí, ¡no es lo que pasó! —seguí convenciéndola.

Entonces nadé hacia las escaleras de la piscina, quería salirme cuanto antes de allí.

—¡Una foto en una piscina, cerquita, acurrucada con Mike y, encima, parece que… ninguno de los dos tuviera ropa inte-

La criatura entonces liberó a Mike de su parálisis y él se tardó unos segundos en reponerse. Sin importarle nada, la criatura arregló mi cabello mientras Mike corría hacia nosotras.

—¡Katie! ¿Estás bien? No sé qué me pasó, no podía moverme… —intentó explicarme.

—Mejor que nunca… Pero, cuéntame —dijo acercándose a él de forma dominante—, ¿en qué estábamos?

De pronto, agarró a Mike del cuello de la camisa que acababa de ponerse de nuevo y lo acercó a mi rostro. Justo cuando estaba a punto de besarlo, logré que la criatura desviara el rostro hacia su oreja. Luchaba con todas mis fuerzas contra sus movimientos.

—Íbamos a tener sexo toda la noche, ¿no? —susurró la criatura intencionalmente para probarlo.

Mike intentaba sobreponerse a su nerviosismo y, antes de que pudiera decir nada, Rick llegó corriendo desde dentro de la casa.

—¡K! ¿Qu… qué demonios pasó? ¡Acabo de ver a Ámbar corriendo con una foto tuya!

—Ay, ya llegaste, pequeño insecto —le dijo la criatura con fastidio.

Al escuchar mis palabras Rick frunció el ceño y me miró como si estuviera diciéndole una locura.

—¿Me acabas de llamar insec… to? —preguntó, incrédulo.

—Eres una cucarachita muy divertida, me haces reír con tus estupideces —explicó.

Cuando R iba a defenderse, la criatura levantó mi dedo índice, posándolo sobre el rostro de Rick e interrumpiendo sus intenciones de hablarme. Miró hacia la entrada de la casa y caminó.

—Tengo algo que terminar —concluyó, dejando a M y R en la zona de la piscina.

rior! ¿Crees que van a creer tu versión barata? —preguntó, orgullosa—. La monja resultó ser una loquita.

Rápidamente salí de la piscina e, histérica, corrí hacia
Ámbar con toda la intención de arrebatarle de una vez la foto
de las manos.

Mike salió por el otro lado y nos miró alarmado al notar
que estaba por empezar una pelea.

—¡Ámbar, ya basta! —gritó él.

—¡¿Basta qué?!

Justo cuando iba a arrojarme sobre ella para quitarle la foto,
Ámbar me dio un empujón y me tiró de golpe a la piscina.

Todos se rieron a carcajadas, excepto por Clara, que acababa de llegar del baño y estaba mirando toda la situación preocupada por mí.

En el momento en el que mi cuerpo se sumergió en el agua,
sentí como si todo pasara en cámara lenta. Mi piel sentía intensamente cada molécula. Mantuve los ojos cerrados mientras
percibía cómo me adormecía de espaldas a la multitud, hun-
diéndome hasta el fondo de la piscina. La sensación de estar
desconectándome de mi propio cuerpo se intensificó y fue
entonces cuando abrí los ojos.

El verde se vio sustituido por un intenso rojo. Mi mirada bajo
el agua casi brillaba. Otra vez había perdido el control total de mi
cuerpo. Mis emociones exacerbadas me habían dejado en un
estado tan vulnerable que le habían dado paso a ella, a la criatura.

De pronto escuché la voz de Ámbar a lo lejos, fuera del agua,
discutiendo con alguien de la multitud.

—¡Ay, dejen el *show*! ¡La mojigata estaba nadando con Mike
ahí! ¡Ella sabe nadar! ¡Termina de salir, princesita, nadie se cree
tu cuento!

Cuando se calló, la criatura salió del agua con lentitud, dándole la espalda y moviéndose con completa seguridad. Una que

claramente no me pertenecía. Ahora no era yo, sino la criatura.

Mike me miró confundido y cuando iba a acercarse hacia mí, ella lo congeló. Estaba inmóvil. Todos lo miraron y murmuraron. Sus teorías eran absurdas y poco acertadas, pero se notaba que a la criatura no le interesaba.

Se peinó el cabello hacia atrás con las manos, evitando que le cubriera el rostro. Lentamente, salió de la piscina con una sonrisa de satisfacción muy grande en el rostro, una que prometía problemas. Los movimientos de mi cuerpo habían pasado de ser meditados, lentos y cohibidos a ser sueltos, seguros y sensuales.

La criatura en mi cuerpo se giró para encarar a Ámbar y, mientras daba pequeños pasos hacia ella, empezó a chasquear la lengua como solía hacerlo al prepararse para un enfrentamiento.

Ámbar me miró extrañada, era evidente mi cambio radical de comportamiento y hasta ella sentía que provenía de algo peligroso.

—¡Ey, loquita! Ahora sí vamos a jugar… —dijo la criatura utilizando mi voz.

Yo intentaba hablar desde dentro, quería mediar con ella, pero nada surgía. Estaba aterrada, no quería ser culpable de ninguna muerte, ni siquiera de la de Ámbar.

¡No la mates, por favor, dame mi cuerpo de vuelta!, le supliqué.

—No exageres —dijo en voz alta y cansada de mi actitud débil—, solo voy a divertirme un rato.

Con sus ojos intensos miró a Ámbar y la retó.

—Ahora, cuéntame, ¿qué es lo que vas a hacer con esa foto? —preguntó la criatura.

Ámbar me miró como si estuviera completamente enloquecida y se limitó a correr hacia la casa.

Fue decidida hasta la entrada de la casa y mis amigos no tardaron en seguirme, anonadados con «mi nueva actitud».

Cuando entró, buscó a Ámbar, pero se distrajo inmediatamente al ver una mesa repleta de comida, pastel, ponche y diferentes *snacks*. La criatura fue directo hacia allá y, sin pensarlo dos veces, arrancó un trozo de pastel con la mano y se lo comió de forma grotesca y ensuciándolo todo.

Mike me miró horrorizado.

—¡Katie, la torta! ¿Qué estás haciendo? ¡Yo te podía haber servido un pedazo antes, no tenías que…! —exclamó, alterado, hasta que la criatura lo interrumpió y le metió un pedazo de torta a la boca de golpe.

—¡Prueba, perrito, está buenísimo!

Mike masticó obligado y luego se limpió la cara, quitándose los restos de torta de las mejillas. Rick estaba partido de risas al ver lo que le había hecho a Mike, pero él estaba genuinamente molesto.

Por primera vez, me sentí embriagada con la seguridad y el poder que la criatura me daba al tomar el control de mi cuerpo y atreverse a hacer lo que yo jamás habría hecho.

Se acercó a la bandeja de quesos, los agarró con las manos llenas de chocolate y torta y se lo llevó a la boca. Al probarlos, hizo un bailecito ridículo; la criatura estaba fascinada.

Rick se acercó y estiró la mano para coger uno, pero la criatura lo golpeó en la mano, como si quisiera proteger la comida.

—No toques, insecto. Tu suprema no te lo ha permitido —dijo burlándose de él.

Rick apartó el brazo, adolorido y sorprendido del golpe que le había dado. El ser siguió comiendo y, cuando vio que había un lado de la mesa lleno de pan y salsas, decidió agarrar uno de los cuencos y levantarlo para tomarse la salsa como una bebida.

Rick me miró impresionado.

—¡K, ¿qué haces?!

Los ojos de la criatura lo miraron con odio y Rick, intimidado, retrocedió y decidió buscar a Josh.

Cuando entró al baño, encontró a mi hermano con una chica sentada encima de él. La estaba besando con ganas mientras le subía la falda con las manos.

Rick se cubrió los ojos, avergonzado, y Josh lo miró con gracia.

—¡*Bro*, llévala a un hotel!

Mi hermano soltó una carcajada ante las palabras llenas de vergüenza de Rick.

—¡Claro que vamos, pero estamos calentando motores aquí! —explicó, orgulloso.

La chica miró a Josh confundida.

—¿Qué estás *dijendo*? —habló atropelladamente.

—Nada, *baby, just kiss me* toda la *night* —dijo Josh intentando hablar múltiples idiomas para ella.

La chica volvió a besarlo y Rick quiso llamar de nuevo su atención.

—Josh, Katie está mal, ti... tienes que venir... ¡Está enloquecida! —procuró explicarle.

Pero mi hermano siguió besando a la chica y le hizo una seña a Rick para que los dejara en paz. R suspiró y cerró la puerta, derrotado. Si Josh no lo ayudaba, todo iba a quedar en sus manos.

Luego de un rato devorándose todo lo que se le atravesaba en las mesas, la criatura giró mi cabeza y vio a Ámbar caminando hacia la salida de la casa para irse de la fiesta.

El ser la miró con desprecio y alzó la voz desde el otro lado de la sala.

—Perrita, ¿a dónde crees que vas? No hemos terminado —le dijo.

Todos me miraron y los murmullos empezaron, aunque a la criatura no le importaba en lo absoluto.

—¿Estás loca? —dijo Ámbar viéndome con desprecio—. ¡Claro que ya terminamos! ¡Ya tengo todo lo que quería! La foto que te convertirá en el hazmerreír de la escuela.

Ámbar sacó la foto de entre sus senos, la levantó para mostrarla a todos los que la rodeaban y, en una fracción de segundos, la foto se pudrió en su mano dejando un leve rastro de polvillo en sus dedos.

La criatura se acercó lentamente a ella sin dejar de mirarla.

—¿Una foto? ¡Muéstranos cuál foto! —insistió con cinismo.

Ámbar miró boquiabierta su mano, donde antes había una foto, una que la criatura había desintegrado sin que hubiera tenido la oportunidad de detenerla. Las gotas de sudor bajaban por sus sienes; claramente había logrado ponerla nerviosa.

—No puede ser… —murmuró—. Eres…

Y, tal como había congelado a Mike una vez, logró congelar a Ámbar. No podía moverse, ni hablar, y eso empezó a generarle una crisis nerviosa. Sus ojos cristalizados se habían convertido en la única parte de su cuerpo que era capaz de mover.

La criatura fijó mis ojos cargados de amenaza en Ámbar y chasqueó la lengua a medida que se acercaba. Mis oídos alcanzaban a escuchar los fuertes latidos del corazón de Ámbar. La criatura la tenía aterrada por completo.

De pronto, cuando ya estaba a centímetros de ella, se acercó a su oído y le susurró:

—Niña, hoy desollaré tu piel y la comeré aunque sepa asquerosa…

Dicho eso, sonrió y volteó a ver a Rick y Mike, que estaban detrás de mí, vigilando sus acciones de cerca.

—Solo era un chiste, no como humanos —dijo la criatura entre risas apartándose de la multitud.

En ese instante, Ámbar se orinó encima, muerta del miedo gracias al efecto mental que la criatura había causado en ella. Mientras salía del lugar, escuché que todos explotaban en risas y murmuraban sobre Ámbar. También escuché a lo lejos el sonido de unos tacones corriendo, así que asumí que finalmente se había ido.

Tras eso, mi cuerpo se dirigió al patio y caminó alrededor de la piscina. Después del espectáculo, ya no quedaba ni un alma allí.

Los humanos son divertidos para jugar, pero se rompen con mucha facilidad. Son patéticos, me dijo la criatura comunicándose con su voz dentro de mi cabeza.

Fuiste muy dura..., le respondí internamente.

Antes de contestarme, se rio con ironía.

¿Dura? Niña, para mí eso fue solo un juego.

Vuelve adentro, ya basta, le pedí, ya cansada.

Mis ojos se tornaron blancos por un segundo y, al volver a su lugar, ya eran verdes como siempre. Me llevé la mano a la cabeza y, justo cuando sentía que mis piernas ya no podían sostenerme más, empecé a desvanecerme. Todo me daba vueltas, estaba completamente desorientada.

Josh llegó corriendo cuando estaba a punto de tocar el suelo. Me atajó y gritó, alterado.

—¡K! ¿Qué tienes? Te pusieron algo en la bebida, ¿verdad? —preguntó, furioso.

Tras él llegaron Rick y Mike corriendo.

—Me siento muy mal, es demasiado estrés... Llévame a casa, Josh, por favor —le supliqué.

Mi hermano me cargó entre sus brazos con una de las más grandes expresiones de molestia que le había visto jamás.

Escondí mi cara en su hombro, exhausta de todo lo que había pasado, y Rick y Mike me miraron confundidos.

—K, pero… tenemos que hablar —dijo Mike.

Lo miré débilmente, negué con la cabeza y volví a ocultar mi cara en el hombro de Josh.

—Pero…

—No vas a hablar con mi hermana hoy, Mike —lo interrumpió Josh hablando con severidad.

Mike asintió y se quedó en silencio. Si había alguien a quien jamás contradiría, ese era Josh. Lo respetaba demasiado y sabía que, cuando se trataba de mí, lo que él dijera era la última palabra.

Josh caminó hacia la salida de la casa a través de la sala. Me tenía cargada entre sus brazos y eso hizo que todos se apartaran con respeto, evitando molestarlo.

Mi hermano divisó a Yun, la chica con la que estuvo toda la fiesta, entre el tumulto de gente y le hizo señas con la cabeza.

—Yun, vámonos a la casa —la llamó, y ella obedeció.

Todos se quedaron en silencio mientras Josh salía seguido por su chica.

Una vez en el carro, yo iba recostada en el asiento de la parte de atrás. Despierta, pero sin decir ni una sola palabra.

—¿A dónde voy? —preguntó de pronto Yun.

—*Party, baby, party* hoy toda la noche —explicó Josh.

Yun sonrió y asintió emocionada. Él le siguió el juego hasta que me miró de reojo y vio lo apagada que estaba. Me sentía terriblemente agotada, confundida y agobiada. Hoy más que nunca había quedado claro que era un peligro para todos a mi alrededor.

—¿Estás bien, K?

—Sí, Josh, estoy bien —respondí sin ganas.

Mi hermano me miró, muy preocupado y sin creerme ni una sola palabra.

Cuando sentí que nos estacionamos frente a casa, intenté abrir la puerta, pero Josh no me dejó bajarme, me agarró la mano desde el asiento de adelante y me miró fijamente.

—Acuérdate de que puedes confiar en mí siempre… —me dijo haciendo énfasis en cada palabra.

Lo miré y suspiré entristecida. *Yo en ti sí, hermano, pero tú en mí no*, pensé.

El tiempo, los sucesos y la vida me habían demostrado que para las buenas, las malas y las peores mi hermano siempre iba a estar ahí para defenderme y entenderme… Y hoy sé que jamás merecí a alguien como él en mi vida.

Al final me bajé del auto y caminé hacia la entrada acompañada de Yun y Josh.

Rick llegó a su sótano con el disfraz aún puesto. De inmediato se acercó a la mesa central y empezó a escribir sobre un montón de *sticky notes* recordando todo lo que había visto en la fiesta.

> Hubo un momento en el que estaba mirando desde el balcón de Mike la discusión entre Ámbar y Katie. Justo en el instante en el que Ámbar empujó a Katie a la piscina, yo estaba a punto de correr hacia ellas e intervenir, pero vi algo raro que me paralizó por completo y me detuvo: sus ojos rojos, brillantes, malévolos y corruptos.

¿Qué demonios vi en esa fiesta? ¿Me estaré volviendo loco?, pensó leyendo sus propias anotaciones.

> De pronto vi a Mike inmóvil, como si estuviera congelado, y fruncí el ceño. Algo muy extraño

estaba pasando y nadie más lo estaba notando. Todos estaban tan atontados por la pelea entre las dos chicas que no veían los detalles de la situación.

En ese momento escuché a Ross al lado de mí decirle algo a Eric.

—¿Bro, viste que el disfraz de Katie trae lentes de contacto que cambian de color? —comentó, fascinado.
—Se ve sexy... —le respondió Eric.

Rick negó con la cabeza mientras recordaba detalles de la noche.
—Esos no eran lentes de contacto —murmuró mirando el papel donde acababa de escribir.
Luego anotó datos sobre mis ojos, pero no se detuvo ahí porque otro recuerdo golpeó su cabeza.

Vi a Katie caminar hacia una Ámbar que, como Mike, lucía congelada y que, de pronto, se orinó encima. En ese momento, los ojos de Katie seguían rojos como nunca. Y aunque nadie lo notó, yo sí lo hice.

Rick terminó de escribir y pegó las notas adhesivas en su cartelera. Las miró mortificado y suspiró.
—Aquí hay más... Mu... cho más... Y voy a averiguar qué es —murmuró para sí mismo y escribió una última línea en sus notas.

¿Katie tiene que ver con los asesinatos?

Llegué a mi habitación acompañada de Josh, me acosté en mi cama y él me arropó cuidadosamente.

—K —dijo, divertido—, debo pedirte que, pase lo que pase, no salgas de tu cuarto… Esta noche esa japonesita va a pasarlo como nunca.

Ni siquiera le respondí. Estaba demasiado ocupada pensando en todo lo que había vivido ese día. Quedaba más que claro que la criatura no era solo parte de mi reflejo, sino que era parte de mí misma… y eso lo complicaba todo.

Josh salió del cuarto y miré el espejo tapado con una toalla. Llena de furia, me puse de pie para quitarla de golpe.

Enojada y con una actitud desafiante, miré mi reflejo.

—¿Qué es lo que quieres? ¡Dime ya mismo por qué me estás haciendo esto! —le reclamé y nada pasó, pero yo insistí—: ¿Qué es esto? ¿Qué me está pasando? ¡Dime qué quieres! —le pedí al borde del llanto.

Tras mis últimas palabras, mi reflejo se transformó en algo macabro. Una sonrisa brotó de sus labios, sus ojos se tornaron rojos como ya era usual y, de repente, escuché esa canción tarareada que se había vuelto una tortura para mí.

La criatura del reflejo soltó una carcajada y no respondió ninguna de mis preguntas.

—¿Quién eres? —pregunté, pero solo me respondió con su característico chasquido.

—Ven… —me llamó en un susurro.

De pronto sentí una ligera brisa en el oído derecho, como si alguien estuviera a punto de hablarme y su aliento chocara contra mi piel.

—Haces la pregunta incorrecta…

En ese punto mis nervios ya se habían disparado. La miré en el reflejo y detallé sus ojos rojos, que emanaban todo lo que yo jamás era ni querría ser.

—¿Qué eres? —pregunté sin aliento.

Tras mi pregunta, todo en mi habitación empezó a temblar. Las luces parpadeaban como si se avecinara un tornado y todo se cayó al suelo. Los sonidos eran ensordecedores.

—Yo soy el fin… —respondió de la manera más aterradora que había escuchado en mi vida.

La miré con espanto y me perdí en sus ojos, hipnotizada por el fuerte rojo que los envolvía. Todos los sentimientos de miedo que alguna vez había albergado se intensificaron, sentí que la respiración me faltaba y utilicé la última gota de energía que me quedaba para gritar con todas mis fuerzas.

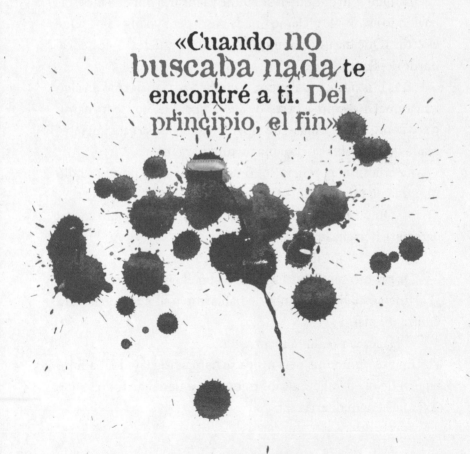

«Cuando no buscaba nada te encontré a ti. Del principio, el fin»

CAPÍTULO 15

MI MEJOR AMIGO

Me quedé inmóvil, impactada por las palabras cargadas de oscuridad que acababa de escuchar. Solo podía llorar sin siquiera mover mi rostro. Estaba aterrada.

Fijé mi mirada en la imagen del reflejo, pues noté que lentamente salía del espejo, acercándose a mí lo suficiente como para subirse en mi cama y gatear hacia mí. Yo seguía sin moverme, llorando, aferrada a mis rodillas encogidas contra mi pecho. Todo mi cuerpo estaba temblando ante su presencia. Sus movimientos daban a entender que ella era la cazadora y yo una simple presa en medio de la oscuridad.

Cuando estaba lo suficientemente cerca, levantó un poco su mano y acarició mi rostro, uno que hacía tan solo horas había estado bajo su control y me pertenecía.

—¿Qué eres tú...? —me preguntó en un susurro.

—Soy… Soy… Esto… —contesté atropelladamente entre lágrimas.

Podía moverme, pero la idea de hacerlo me aterraba tanto que no quería siquiera intentarlo.

—Eres nada. Tú eres insignificante y patética, te intimidan personas repletas de inseguridades, te da miedo lo que no puedes controlar, pero lo que no terminas de entender es que nadie con miedo puede tener control de nada. No deberías existir —dijo asqueada y sollocé.

—Yo…

—¡Déjame salir! —ordenó de forma imponente.

—¿Salir…? ¿Salir de dónde? —pregunté, confundida y frustrada.

—Salir de ti —explicó, tajante.

Los sollozos se apoderaron otra vez de mí, estaba dominada por el miedo. Nunca la había tenido tan cerca. Nunca había imaginado tener a una versión de mí misma hablándome de esa manera, pidiéndome algo que no alcanzaba siquiera a entender. Todo me tenía muy agobiada.

Sin aviso, grité con todas mis fuerzas, llena de impotencia y con ganas de que todo esto terminara

—¡Sal, vete! —le dije.

La criatura me vio con mala cara, completamente irritada. Para ella yo no entendía nada, era inútil.

—Entonces muere… —susurró.

Sus palabras me congelaron.

—¿Q… qué?

—Tú mueres, yo vivo… Así debe ser.

La criatura sonrió sádicamente. Era una sonrisa que prometía cientos de problemas.

Me alejé, arrastrándome hacia atrás, asustada, sin entender por qué debía morir.

—¡No!

El ser empezó a tararear esa canción tétrica que siempre cantaba, mientras yo seguía alejándome poco a poco de ella.

—Solo recuerda —dijo mirándome fijamente—, tú vendrás… y suplicarás morir… —Casi sonó como una promesa.

Soltó una risita burlona y eso fue todo lo que necesité para explotar. Cubrí mis oídos y, con los ojos cerrados, grité con todas mis energías.

—¡Noooo! —chillé de manera desgarradora—. ¡Déjame en paz! ¡Noooo!

De repente Josh entró al cuarto, asustado, usando solo su ropa interior. Me encontró arrinconada sobre la cama, con los oídos tapados y gritando a todo pulmón. Me miró impresionado y, al notar que mi espejo no estaba cubierto, corrió a buscar la toalla y se la tiró encima.

Luego se acercó a mí y me apretó los brazos intentando que reaccionara.

—¡K! ¿Qué coño pasa? ¿Estás bien? —me preguntó, alarmado.

Abrí los ojos con la respiración acelerada. Miré a Josh y luego giré la cabeza sin parar, buscando a la criatura que, aparentemente, ya no estaba.

Mi hermano suspiró molesto y negó con la cabeza.

—¡Otra vez tu fobia a los espejos, Katie! ¡Por favor! ¿No ves que estoy en algo con Yun? ¡Ayúdame a parecer normal por una vez! —me reclamó, decepcionado, y yo seguí inmóvil, con las rodillas pegadas al pecho y pasando por una crisis de nervios—. Mañana sacaremos estos espejos de aquí, ya fue suficiente —decidió, mirándome y esperando a que yo dijera que sí.

—Lo siento… —dije sollozando.

—¿Por qué lo destapaste? —insistió—. Katie, vamos a sacarlo todo, ya basta de esto.

—¡No! —grité, molesta.

Josh me miró impresionado y preocupado. Para él, mis reacciones no tenían sentido alguno. Si realmente me aterraba el espejo, ¿por qué querría mantenerlo en mi habitación?

—Más adelante enfrentas esto, hermanita —dijo, mortificado ante mi estado de nervios—. Ahorita estamos pasando por situaciones muy duras, es suficiente con eso nada más.

—¡Vete… fuera! —grité sintiendo ira hacia él.

Lo empujé fuera de la habitación, llorando con desespero, y le tiré la puerta en la cara.

—¡Okey, okey, ya basta, carajo! —Lo escuché gritar desde fuera.

Entonces le puse el pasador a la puerta y seguí llorando.

Josh miró la puerta en sus narices con indignación. Estaba intentando ayudarme y así era como le había pagado.

—¡Excelente, Katie! ¡Así eres tú siempre! ¡Contigo no se puede lograr nada por las buenas! ¿Sabes qué? ¡Okey, vuélvete loca tú sola! —exclamó, furioso.

Mi hermano regresó a su habitación y se encontró con que Yun estaba parada en el umbral de la puerta, asombrada por su arranque de ira.

—¿Todo okey, Josh? ¿Está todo bueno? —preguntó, dudosa.

Josh la miró y de inmediato su cara cambió de molestia a diversión.

—¿Bueno? ¡Ahora es que se va a poner buenísimo! —dijo cargándola sobre su hombro y entrando con ella a su habitación.

Por mi parte, decidí acostarme, aún llorando. Me sentía superada emocionalmente por todo lo que estaba pasando.

Lloré por horas hasta que mi cerebro, exhausto de un día tan intenso como este, cayó dormido.

Temprano, a primera hora de la mañana, Mike estaba practicando sus lanzamientos frente al aro de baloncesto de la cancha de la escuela. Era inmensa, con la zona de juego en el medio y gradas a cada lado para los que quisiéramos ver los partidos. Había varios bancos para los jugadores que tuvieran que quedarse allí y, además, teníamos unas mallas de pelotas atadas en los extremos de las paredes para que los chicos no pudieran bajarlas fácilmente. Solo el entrenador tenía acceso a ellas.

Las gotas de sudor recorrían sus sienes, su pecho y sus brazos. Era evidente que llevaba horas practicando.

Luego de unos segundos, se sentó en las gradas con la respiración agitada para tomar agua y secarse el sudor con una toalla. En ese momento Josh entró a la cancha con una pelota entre sus manos y sonrió al ver a Mike allí.

—¡Wow! —dijo arqueando una ceja—. Y pensar que yo siempre era el primero en llegar al gimnasio hasta que apareciste tú…

—Bueno, pues vete acostumbrando a ser el segundo —le respondió Mike, sonriente.

—Ayyy —se burló—. ¿Qué pasó, Mike? ¿El partido de hoy te tiene nervioso?

—Bah, yo no soy de esos.

—¿La resaca te dio duro?

—No, en ninguna de las dos cosas soy inexperto —dijo y se rio.

Josh llegó a las gradas y le dio un empujón amistoso a Mike.

—Bueno, entonces te reto a un versus —le propuso rebotando la pelota contra el suelo.

Mike se puso de pie de un salto y sonrió seguro de sí mismo.

—Si pides que te haga morder el polvo, pues te hago los honores… —le dijo rodeándolo y buscando el modo de quitarle la pelota.

Cuando Mike logró arrebatarle a Josh el balón, este corrió tras él, sintiéndose feliz de tener a un buen contrincante para practicar. Segundos después, Josh se lo arrebató de vuelta y no perdió el tiempo en encestar.

Mike lo miró irritado y le dio un leve empujón.

—Solo te dejé por lástima —aseguró.

—Sí, claro… —dijo Josh entre risas.

Mi hermano se detuvo y, pensativo, caminó con el balón entre las manos. Mike notó que su vibra había cambiado radicalmente y decidió preguntar lo que sabía que estaba cruzando su cabeza.

—¡Ey! ¿Qué tal va la cosa con Adryan? —preguntó.

Josh dribló casi con rabia y, luego de unos segundos, levantó la mirada.

—Es una mierda, Mike, de verdad es una mierda —suspiró—. Intentamos hacer como que no pasa nada, pero todos los días tenemos un día menos con mi hermano. Es un asco de situación.

Josh le pasó el balón a Mike, quien logró atajarlo sin problema.

—¿Y… Katie? ¿Cómo lo lleva ella? —preguntó Mike, tenso.

—Es una mierda en general, Mike —respondió Josh evitando hablar de mí.

Justo cuando parecía que Mike iba a decir algo más, mi hermano cambió radicalmente el tema de conversación.

—¿Qué tal quedó tu casa ayer?

—Un fiasco —admitió—, mi mamá se fue de la casa esta mañana sin pensarlo dos veces. No quiere llegar hasta que la limpien por completo, pero sospecho que las de limpieza van a necesitar un arma secreta para resolverlo. Me siento un poco culpable.

—Lo bueno es que fue un fiestón —comentó Josh riéndose.

184

—¡Hablando de armas secretas, Josh! Rick me contó que estabas ayer usando la tuya —bromeó Mike enarcando una ceja.

Josh se rio al ver esa expresión en la cara de M.

—¡Claro que sí! ¡Esa japonesita me vuelve loco! —dijo con emoción.

—Pero ni siquiera habla bien español —señaló Mike.

—El idioma que me importa lo habla de maravilla —aclaró Josh con orgullo.

Mike lo miró con gracia y le arrancó el balón de las manos mientras estaba desprevenido. Josh, aceptando el reto que implícitamente le había puesto, corrió detrás de él.

Estaba medio soñolienta con la *tablet* entre mis manos. Me había despertado con la inquietud del día anterior más latente que nunca, así que intenté seguir buscando explicaciones en el explorador de internet. Estaba sumergida en un artículo sobre los problemas que conllevaba un desorden de personalidad múltiple, aunque también tenía como tres pestañas más en las que veía temas como esquizofrenia, alucinaciones y… posesiones diabólicas. Esa era la posibilidad que más me aterraba y, cuanto más leía, menos me tranquilizaba.

—Hay muchos síntomas que encajan, pero a la que no le encaja esta explicación es a mí… —murmuré mirando la pantalla.

Suspiré y solté la *tablet*, frustrada. Me puse de pie y di vueltas de un lado a otro, estaba mortificada. ¿Qué se suponía que debía hacer? En ese momento todo estaba empeorando y cada día me volvía más nociva para todos. Era hora de aceptar que ya no podía con eso sola.

Suspiré y me vestí. Tenía un lugar al cual ir antes de asistir a clases.

Rick tenía un café en la mano y seguía vestido con un extraño pijama de Star Wars mientras, de espaldas a las escaleras, estaba leyendo papeles impresos con información sobre múltiples temas que podrían explicar el extraño comportamiento que yo tenía últimamente.

—Rick, piensa, *crack*, t… t… tú puedes. ¿Por qué Katie está actuando así? No parecía ella la otra noche, ti… tiene que estar pasando algo malo… —murmuró sumergido en su investigación.

Estaba tan concentrado que no me escuchó bajar por las escaleras de su sótano.

Justo cuando iba a decirle algo, noté que tenía fotos mías alrededor de toda su cartelera central. Había palabras, investigaciones psicológicas, hilos que me conectaban con la parte del asesino serial y un montón de cosas más. Mi corazón se aceleró. Rick estaba empezando a atar cabos de la peor forma y sospeché que, si en ese instante no le decía nada, acabaría pensando que yo era una psicópata encubierta… *¿Lo soy?*, me pregunté por un segundo.

—Hola, Rick… —dije suspirando, entristecida.

R dio un brinco y derramó todo su café sobre los papeles que tenía en frente. Se volteó de golpe y me miró alarmado. Claramente no se esperaba que lo visitara.

—¡K! ¿Qué haces aquí? —preguntó, nervioso.

—Nada —suspiré—, lo de siempre… Tu mamá me dejó entrar. —Le dije todo sin mirarlo, mi mente divagaba entre lo que era correcto y el dolor que sentía.

Rick dudaba de mí… y no lo culpaba.

Él miró hacia la cartelera, avergonzado. Ahora que había dado unos pasos más hacia adelante podía leer de cerca varias de las notas.

«K: actitud diferente, mirada cargada de maldad, exceso de hambre y efusividad. ¿Por qué Mike no se podía mover? ¿Lo que le pasó a Ámbar lo hizo K?».

—K... Disculpa, yo... —tartamudeó, avergonzado.

—Te faltan apuntes importantes, Rick... —dije desviando la mirada para no tener que ver su expresión.

Rick me miró asustado, creyendo que hablaba con ironía.

—No, K... Escu... cucha... —intentó justificarse.

Sabía que yo no tenía el control y por un instante pensé que sería peligroso siquiera intentarlo, pero sentí un vacío muy grande que se apoderó de mí. Cerré los ojos... Y percibí a la criatura respirándome cerca. El miedo que siempre me producían esta clase de momentos se confundía con dolor... Respiré hondo e intenté dejarla salir a voluntad.

Todo alrededor de Rick vibró cada vez más fuerte. La cartelera, la mesa, las sillas, su computadora, sus videojuegos, todo se movía como si estuviésemos en medio de un terremoto.

Los ojos de Rick reflejaban miedo genuino, no entendía qué estaba pasando. Miraba a su alrededor y luego a mí, que seguía con los ojos cerrados. Por más que lo intentaba, R no entendía nada de lo que sucedía.

Cuando abrí los ojos supe que estaban intensamente brillantes y rebosantes de un rojo carmesí que simbolizaba un hambre insaciable de muerte. Solo una mesa nos separaba a Rick y a mí; podía ver todo y aún me sentía en control. Ansiosa, estaba a la espera de escuchar la voz de la criatura, pero, al mismo tiempo, me aferraba con desespero a la esperanza de encerrarla de nuevo dentro de mí.

Rick miró mis ojos y eso lo hizo temblar. Se estaba esforzando por no llorar, pero ni siquiera podía moverse. Se sentía una presa insignificante delante de un cazador omnipresente. En el fondo sabía que no tenía cómo escapar.

Di dos pasos hacia el frente y me topé con la mesa. Rick seguía inmóvil.

Moví mi mano y la puse encima del mueble e, instantáneamente, la mesa produjo un sonido muy fuerte, uno de madera astillándose. Una mancha negra salió de debajo de mi mano y se extendió a través de la superficie, dirigiéndose hacia los bordes. Cuando llegó al extremo, fue cuestión de segundos para que la mesa se reventara y colapsara sobre sí misma. Había quedado podrida. Miré al piso y vi los restos caer como en cámara lenta. Al mirar a Rick, noté que había cerrado los ojos y estaba cayendo completamente desmayado hacia atrás.

«Te amo tanto que te regalo mi tesoro más preciado: mi confianza».

CAPÍTULO 16

DESÉAME SUERTE

Un hombre caminaba arrastrando una de sus piernas por una construcción abandonada e incompleta mientras se agarraba fuertemente el brazo derecho por debajo de su hombro.

Vestía una especie de chaqueta negra, sucia y de una talla mayor a la necesitaba. Tenía la capucha puesta sobre su cabeza cubriendo su rostro. Al avanzar, se le escapaban sonidos de dolor y soltaba constantes jadeos porque respiraba con dificultad. A veces se tambaleaba y se apoyaba contra una de las pocas columnas que se habían levantado en la construcción.

El hombre subió unas escaleras y, al llegar al siguiente piso, entró a una habitación. Allí, las paredes estaban manchadas de algo negro y rojo que parecía ser sangre coagulada.

En las paredes había unos conos clavados y daban la sensación de estar hechos de huesos humanos. El sujeto se detuvo y, con su mano izquierda, agarró un pote con agua que estaba sobre una mesa llena de polvo. En ella, regadas sin ningún orden, había fotos rasgadas y completas de muchas mujeres.

Con la mano temblorosa, acercó el pote a su boca e inclinó un poco la cabeza hacia atrás, lo que hizo que la capucha cayera hacia su espalda y revelara su cara. Tenía el lado derecho de la barbilla lleno de ronchas, cicatrices y pequeñas marcas de sangre. Sus ojos estaban completamente cubiertos por vendas que rodeaban toda su cabeza y que se veían manchadas de sangre alrededor de las cuencas. Daba la sensación de que el hombre se hubiera arrancado sus propios ojos. Las vendas también cubrían por completo su cuello y disimulaban algo rojo y brillante.

El sujeto bebió un poco más de agua con desesperación, pero inmediatamente la vomitó. Cayó sobre el piso, apoyando la mano izquierda y sus rodillas para sostenerse, y un grito salió de sus entrañas: uno lleno de dolor, frustración y desespero, uno que simbolizaba un terrible sufrimiento.

—¡Ahhh! ¡No puedo más! ¡Me quema! —vociferó con un tono irritante y agudo.

—¡Calma! Aún puedes soportar un poco más… —respondió otra voz diferente, más gruesa y serena.

Lo extraño es que las dos voces venían de él.

—¡No! ¡Dijiste que estaría aquí! ¡Mentiste! ¿Dónde está? —De pronto, explotó en ira—. ¡Los voy a matar a todos, voy a acabar con este mundo! —gritó la voz aguda.

Una risa lenta y pausada salió entonces de la voz gruesa.

Falta poco, pronto pondremos fin a todo, incluso a tu propia existencia.

El hombre siguió gritando de forma desgarradora mientras se retorcía en el suelo.

Ámbar caminaba por el pasillo acompañada de Clara, Ross y Eric con su típica actitud engreída. Las paredes estaban repletas de afiches del partido de ese día. Para nuestra escuela, todo el tema de los equipos deportivos era importante. Habíamos ganado unos cuantos trofeos que al director le gustaba exhibir y cada cierto tiempo salían becas increíbles para muchos integrantes de los equipos.

Los cuatro se acercaron a detallar uno de los *posters* en donde aparecían Josh, Mike y Ross como caras principales del equipo de Kendall. Era costumbre que estuvieran los mejores jugadores de cada temporada. Mike y Josh siempre se debatían sobre quién acabaría saliendo más.

Era la primera vez para Ross y eso lo tenía inflado de orgullo.

—Hoy es el día, muñequitas. Voy a dar unas cuantas palizas en esa cancha —dijo con actitud pretenciosa.

—Todavía no puedo creer que yo no salga en el afiche —murmuró Eric, molesto.

—Tranquilo, nenita, cuando aprendas de los grandes te tocará —se burló Ross dándole unas palmadas en la espalda.

Eric le dio un golpe en la cabeza, haciendo que perdiera el equilibrio. Así empezaron a empujarse y, de un momento a otro, acabaron tropezando con Clara, que se enfureció.

—Su nivel de inmadurez me sorprende más cada día —se quejó.

Ámbar sonrió mirando la imagen radiante de Mike en el papel.

—*Babies*, no entiendo qué discuten si está más que claro que el que nos va a dar la victoria es *my dear love Maiky* —aseguró, orgullosa.

—Eso si no se queda pensando en Katie y se distrae —dijo Ross entre risas.

Ámbar reaccionó y lo golpeó con su cartera. Luego se le acercó de forma intimidante y le habló a centímetros del rostro:

—Repite eso de nuevo y le pasaré a tu querida noviecita las

fotos en las que estás besando a Sabrina —lo amenazó en voz baja.

Ross se quedó congelado y completamente intimidado frente a las palabras de Ámbar. Eric, por su parte, miró orgulloso a su versión femenina y le sonrió con diversión. Se notaba por qué eran mejores amigos.

Rick y yo llegamos corriendo a la escuela porque, por mi culpa, se nos había hecho tarde. Me detuve para respirar hondo justo en frente de la entrada y fue entonces cuando sentí la presencia de alguien más cerca de mí, como si alguna persona nos estuviera siguiendo. Intenté ubicar a esa persona y no vi a nadie, pero mi intuición me decía que no me equivocaba.

Al final decidí intentar relajarme y miré a Rick. Seguía muy nerviosa por lo de esa mañana.

—¡No puedo creer que te hayas desmayado! —dije respirando con dificultad—. ¡Cuando tu mamá bajó y me preguntó qué había pasado no tenía ni idea de qué decirle!

—¡Ah! ¡Pues mira tú! ¡Mil di… disculpas, *milady*! ¿Cómo querías que reaccionara? —contestó con un tono cargado de ironía.

—¡No lo sé, pero no exponiéndome con tu mamá!

Ambos entramos a la escuela, pero, cuando Rick recuperó el aliento, dijo un montón de barbaridades.

—Fue real, ¿n… no? —preguntó por décima vez.

—Rick, disimula, por favor —le reproché.

Hizo una mueca y caminó en silencio.

Cuando llegamos a la cancha vimos que Josh estaba decorando algunas cosas con un grupo grande de su curso. Siempre solían colgar adornos hechos de papel y cartulina en las gradas y en el techo; era una especie de tradición.

Al verme, sonrió e inmediatamente abrió con entusiasmo sus brazos. Los días en que había partido eran los más alegres para él y me animó notar que no estaba molesto por cómo lo había tratado el día anterior. Una de las cosas que más apreciaba de mi hermano era lo protector y poco rencoroso que era conmigo.

—K, ¿vienes a desearme suerte? —preguntó, entusiasmado.

—A eso y a ver la decoración —respondí.

—Está quedando genial como todo lo que hace este papasote —alardeó orgulloso de sí mismo y yo solté una risita y negué con la cabeza.

—No cambias.

—Josh, me siento en el deber de aconsejarte —dijo Rick, muy pagado de sí mismo por lo que iba a contarle—. Con el b… baloncesto todo se resume en cálculos. Ustedes pi… pi… pierden demasiado, así que estuve pensando y concluí que necesitan un arma secreta. Y esa arma secreta… soy yo. Piénsalo.

Josh y yo nos miramos y, luego de unos segundos de silencio, estallamos en risas.

—Tu autoestima es envidiable, Rick —dijo Josh dándole una fuerte palmada en la espalda.

Sonreí y lo abracé.

—Mucha suerte, hermanito.

—No necesito suerte, K, pero aun así te lo agradezco —bromeó.

Rick miró a los lados y frunció el ceño.

—¿Mike no estaba aquí? —preguntó.

—No, se fue. Me dijo que tenía clase de natación antes del partido —explicó Josh.

En ese momento entendí que la clase en la que debía estar ya había comenzado y abrí los ojos como platos.

—¡Rick, la clase! —dije, alarmada.

R me miró espantado y se echó a correr. Lo imité y juntos cruzamos la puerta de la cancha hacia los pasillos de la escuela.

Ámbar estaba en el vestidor de chicas, un espacio pequeño y lleno de espejos y casilleros en todas las paredes. A los lados había dos bancos grandes y alargados para sentarse.

Como siempre, un grupo grande de chicas la rodeaba. Todas vestían el característico traje de baño de Kendall y estaban aprovechando los minutos que nos daban en el vestidor para conversar entre ellas.

Clara terminó de arreglarse y caminó decidida hasta la puerta, pero Ámbar la detuvo y la miró extrañada.

—Clara, no seas la rompegrupo, quédate un poquito más, no van a empezar sin nosotras —le dijo Ámbar de manera imponente.

Clara la miró y puso los ojos en blanco.

—Hoy no tengo ganas de destilar veneno con ustedes. Las espero allá —soltó, fastidiada.

La rubia salió y cerró la puerta del vestidor. Ante el desplante, Ámbar se enojó. De pronto giró la cabeza y se topó con mi traje de baño, que, de hecho, era el único que quedaba colgado en los casilleros.

—Cómo negarme si me lo ponen en bandeja de plata —murmuró viéndolo fijamente con una sonrisa en su rostro.

Ámbar se acercó al traje de baño y llamó a uno de sus clones.

—Cynthia.

—¿Sí? —respondió la aludida.

—¿Tienes tijeras? —le preguntó, concentrada y pensando en la mejor manera de destrozar la prenda.

Cynthia la miró con malicia, sonriendo, y de inmediato corrió a buscar unas.

Llegué volando al vestidor de chicas después de haber dejado a Rick en el de varones. Ya era tarde y solo me quedaban unos minutos para cambiarme. Sin embargo, cuando abrí la puerta, me tranquilizó ver que el resto de las chicas apenas estaban saliendo de los vestidores hacia la piscina. Suspiré y, cuando iba hacia mi casillero, Ámbar apareció y se tropezó conmigo de forma intencional.

—Suerte con tu traje de baño, princesita —se burló.

No entendí nada, así que entré con prisa a buscar mi traje en el casillero, pero cuando lo encontré estaba destrozado y agujereado. Respiré hondo y la frustración amenazó con hacerme llorar, pero en ese momento las palabras de la criatura golpearon mi mente.

«Nadie con miedo puede tener control de nada».

Miré con seriedad el traje de baño, hice una mueca y, al final, decidí que no la iba a dejar ganar.

Ámbar adoraba la clase de natación porque podía exhibirse en traje de baño frente a todos los chicos y, además, aprovechar para hablar con su grupo de amigas. Se sentía orgullosa de sí misma y, cada ciertos minutos, miraba de reojo a Mike para estudiar qué hacía y si la notaba; sin embargo, él estaba extremadamente enfocado en sus estiramientos. Los días de partido eran tensos para él y solía perderse en sus pensamientos con mucha facilidad.

Ámbar miró a Clara y a Eric y sonrió, victoriosa.

—Ya van a ver la sorpresita de hoy —alardeó.

—¿Y ahora qué hiciste? —preguntó Clara, mortificada.

—Ay, nada importante, *darling*. No te amargues —respondió, irritada ante la nueva actitud de su mejor amiga.

Justo en ese momento entré con el traje de baño puesto. Caminaba con la barbilla alzada, orgullosa de haberme atrevido a usarlo a pesar de todos los agujeros que tenía.

Mike se percató de mi entrada y me miró con intensidad. Si alguien notó la seguridad que irradiaba en ese momento era él. Ross y Eric arquearon las cejas, divertidos con el panorama que les había dado la oportunidad de disfrutar. Al final no lo hacía por ninguno de ellos, lo hacía por mí. No me dejaría humillar más por esa bruja.

—Qué sorpresita, Ámbar, te luciste... —dijo Eric con morbo.

—Si lo que tengo que hacer para que ella pase una noche conmigo es estudiar, pues lo hago —concordó Ross, y Eric soltó una carcajada.

—¡Cállate la boca, Ross! —gritó Ámbar.

Ella frunció el ceño y me taladró con la mirada, pero yo me limité a sonreírle.

Clara hizo una mueca e intentó contener la risa; era evidente que el monumental fracaso de Ámbar la había divertido.

Me quedé de brazos cruzados esperando a que empezara la clase hasta que el profesor se me acercó confundido y rascándose la nuca con incomodidad.

—Katie, ¿qué le pasó a tu traje de baño? —preguntó suspirando.

—Lo encontré roto, entrenador —expliqué—. Y no quería faltar a clase por eso.

Luego de quedarse en silencio unos segundos respiró hondo y negó con la cabeza. Claramente ya había visto esa clase de tonterías en otros cursos y eso había acabado con su paciencia.

—No, no... ¿sabes qué? No importa —me dijo intentando demostrar empatía.

El entrenador se giró y miró a todos los de mi curso, que esperaban su reacción.

—¡Atención, chicos, la clase de hoy está suspendida! —anunció a gritos para que todos alrededor de la piscina lo escucharan.

Ofendida, Ámbar miró a Eric como si él pudiese hacer algo al respecto.

—¿Me están hablando *fucking* en serio? —espetó.

Clara la miró divertida y Ross también se burló de ella, siguiéndole el juego.

—Esto no se ha terminado —murmuró cruzándose de brazos.

Me giré sin pensarlo dos veces y salí de la zona de la piscina, dispuesta a ir y quitarme el traje de baño roto lo más rápido posible. Rick no tardó en alcanzarme.

—Bien hecho, K —dijo, orgulloso.

Le sonreí y el pecho se me infló de orgullo. La yo de antes jamás se habría atrevido a tanto, pero quizá esta tenía más posibilidades de ganar.

Rick estaba recostado en un casillero afuera del vestidor de chicas leyendo uno de sus cómics favoritos y esperándome. De pronto vio a Clara, a unos metros de distancia, conversando con Ross y riéndose sobre algo que él le había dicho. Rick sonrió al escuchar su risa y se quedó mirándola fijamente, atontado, detallando los rasgos de su rostro y lo bonita que era su sonrisa.

Sin que se diera cuenta, alguien le arrebató el cómic de las manos. Rick frunció el ceño y se encontró con Ámbar mirándolo de cerca y de forma retadora.

—¿Qué haces? —preguntó, irritado.

—¿Te gusta mi amiga, Ricardo?

Rick se cruzó de brazos intentando descifrar qué quería Ámbar de él, porque, evidentemente, no podía ser nada bueno.

—No creo que sea asunto tuyo.

—Claro que es asunto mío —dijo de forma contundente y esperó unos segundos en silencio intentando intimidarlo—. ¿Crees que la dejaría caer tan bajo? Katie y tú son el mismo tipo de... escoria —susurró.

Molesto, Rick le sostuvo la mirada. No le tenía miedo. De hecho, era una de las pocas personas que siempre estaban dispuestas a enfrentarla.

—Después de estar contigo no hay na... nada más bajo, Ámbar —dijo, retador.

Ella lo miró indignada, no podía creer que le hubiera hablado de esa forma.

—Te crees muy inteligente, ¿no? ¿Por qué crees tú que Clara ha sido mi amiga por tantos años? Una palabra: estatus. Algo que ni tú ni nadie que yo no apruebe le van a dar. Aun así, puedes seguir fantaseando, que es todo lo que sabes hacer —soltó furiosa.

Ámbar le estampó el cómic en el pecho y se dio la vuelta sacudiendo el cabello con fuerza. Rick la agarró por la muñeca y la obligó a escuchar una de las cosas más honestas que le diría jamás.

—Todos te ven como la niña m... mala que insulta a quien se le cruce, pero yo sé que estás muy dañada y sola. Solo bu... buscas herir a otros para ver si pueden sentirse peor que tú y por eso jamás caeré en tu juego... Ojalá alguien algún d... d... día logre ayudarte a reparar el daño que llevas por dentro —le respondió mirándola fijamente.

Ámbar se quedó paralizada frente a las palabras que Rick acababa de decirle. Lo miró, lastimada, y se quedó en silencio por unos largos segundos.

Justo cuando parecía que iba a decir algo, yo salí del vestidor, caminé hacia la salida y Rick me siguió, dejando a Ámbar sola, dolida y parada en medio del pasillo.

Entramos juntos al salón, seguidos por los demás chicos del curso menos los del equipo de baloncesto. Cuando había partidos importantes contra otras escuelas se les permitía faltar a clases para la última práctica que daba el entrenador. Solía ser intensa, pero, según Mike y Josh, era decisiva.

Rick se sentó junto a mí y noté que Ámbar lo miró fijamente mientras se sentaba en su lugar con su séquito. La típica mirada de odio esta vez no era para mí, era para él. Y lo más curioso de todo era que por primera vez esa mirada venía acompañada de una pizca de dolor.

Clara se cambió de lugar, tomando el asiento que usualmente era de Mike, me regaló una sonrisa y acomodó sus libros.

Justo en ese instante el entrenador apareció en el salón y quedamos confundidos al ver que no era la profesora Linda.

—Chicos, malas noticias, Linda tuvo que llevar a Bigotes de emergencia al veterinario y no va a venir hoy, así que tienen tiempo libre antes del gran partido —dijo haciendo hincapié en la parte de «gran»—. Por cierto —recordó—, no olviden anotarse en la lista de candidatos para abrir el partido. La idea de este año es tener a un cantante en la apertura. Hemos pensado en varios de ustedes, pero quisiéramos que se atreviera alguien que no lo haya hecho antes. Espero que me sorprendan.

El entrenador salió y todos empezaron a gritar y a arrojar cosas hacia la parte de adelante del salón, celebrando con intensidad que Linda, por primera vez en unos cinco años, había faltado a clases.

Rick me dio un empujón, entusiasmado por el recordatorio que el entrenador había mencionado.

—¡K, tú!

—Ni de chiste —respondí sin dudarlo.

—¡Pero si eres talentos… s… sísima! Es tu oportunidad para retomar la música —insistió.

—No, Rick, no me veo cantando delante de todo el colegio. Haría el ridículo.

—¡Claro que no! ¡Yo sé qué quieres hacerlo!

—Rick, déjalo, no voy a cantar delante de todos —dije con contundencia.

Después agarré mi bolso y salí disparada del salón dejando a Rick con la palabra en la boca.

R entonces volteó a ver a Clara, quien casualmente lo estaba mirando también, atenta a la discusión que acababa de tener conmigo.

—Creo que necesita un empujón. Quizá nosotros podemos dárselo —sugirió, pensativa.

Rick sonrió y asintió, de acuerdo con el plan que Clara acababa de plantear.

«Perdí el miedo
y, con él, tú perdiste
el poco daño que
podías causarme».

CAPÍTULO 17

ALAN

Estaba sentada sola en una de las mesas del comedor de la escuela mientras escuchaba música con mis audífonos. El lugar no era muy amplio, en realidad solo tenía algunas mesas y la barra en la que repartían las comidas, por eso me agradaba más comer en el patio, pero esa vez no había querido caminar demasiado.

Llevaba un rato mirando el sándwich que tenía enfrente. No se veía apetitoso, pero tenía bastante hambre. Después de darle una pequeña mordida, noté que Rick venía corriendo hacia mi mesa.

Cuando al fin llegó se sentó frente a mí, respirando aceleradamente por la carrera.

—¿Dónde estabas? —pregunté, curiosa, quitándome los audífonos.

—Tenía unas c… cosas pendientes en el salón… —dijo evitando mirarme.

No le creí mucho, pero lo dejé estar.

—Bueno…

Suspiré y seguí jugueteando con mi desayuno, mirándolo desde diferentes ángulos por si milagrosamente alguno me provocaba más.

—K, tengo muchas cosas que preguntarte y creo que este es el mejor momento —soltó, ansioso.

Lo miré de inmediato y negué con la cabeza.

—No, por favor, Rick... —supliqué.

—Tú... —Hizo una pausa para mirar a los lados—. ¿Lo puedes activar cuando quieres? ¿Mu... mu... mueves lo que sea cuando sea? —susurró.

—¿De qué hablas? —pregunté fingiendo demencia.

—¡No te hagas la loca! Las preguntas han estado v... volviéndome loco desde esta mañana... Quiero saber más de... tus capacidades... —Hizo otra pausa y volvió a mirar alrededor—. ¿Usas o no tus poderes cuando sea?

Suspiré y me detuve unos segundos a pensar.

—A veces puedo mover algunas cosas...

—Pero... pero ¿es cuando tú quieres?

—No, no. Y cállate que ya te dije que no podemos hablar de eso aquí —musité, alarmada.

—K, na... nadie nos va a escuchar... —aseguró.

En ese momento, todo el equipo de baloncesto de Doral entró para atravesar el comedor hacia la cancha. Estaban vestidos con su característico uniforme y venían haciendo una cantidad monumental de ruido, intentando llamar la atención. Doral tenía una riña muy fuerte con Kendall y cada vez que había partido la cosa se ponía tensa.

Luego de que todos pasaron llegó caminando un último chico. Tenía cabello negro, ojos claros y era fornido y alto. Claramente era el capitán o ansiaba serlo, pues destilaba una arrogancia suprema que contrastaba con el resto de sus compañeros de equipo.

De repente giró y me miró fijamente mientras caminaba detrás de su equipo. Yo le devolví la mirada y, cuando me sonrió, dejé de verlo a él y me centré en Rick, quien también parecía estarlos estudiando.

—¿Nos vamos ya a la cancha? —pregunté.

—Sí, vamos —dijo levantándose.

Agarré mi bolso y volteé a ver si el chico de ojos claros seguía mirándome. No me equivocaba, estaba recostado en el mesón de las comidas y, mientras su equipo discutía sobre algo, él se limitó a detallarme.

Cuando entramos a la cancha las gradas estaban aún medio vacías. Rick decidió ir a hablar con Mike mientras yo buscaba a Josh con la mirada. Finalmente logré localizarlo en el otro extremo de la cancha conversando con el entrenador. Caminé hacia allá y, de un momento a otro, la red de pelotas que estaba sostenida por una cuerda encima de mí se soltó.

De inmediato sentí que un par de manos me agarraban de la cintura y me apartaban hacia un lado y perdí el equilibrio. Me sostuve de los brazos de la persona que me había salvado y vi cómo todas las pelotas caían estrepitosamente sobre el lugar en el que había estado parada hacía segundos.

Subí la mirada y me encontré con un par de ojos claros observándome. Era el chico del equipo de Doral. Yo seguía confundida, pero él me sonrió.

—*Wow*, pero yo no te había visto antes… ¿Dónde estabas? —preguntó, coqueto.

Me aparté mirándolo extrañada.

—¿No me vas a dar las gracias por salvarte?

—No —dije con el ceño fruncido—. Igual me iba a quitar. Iba hacia otro lado.

En ese momento, Rick llegó hacia nosotros corriendo.

—¡K, ¿estás bien?! Casi te cae la malla completita —exclamó, alarmado.

Mis mejillas se encendieron al notar que el chico misterioso tenía razón. Lo miré y, luego de hacer una mueca, decidí soltar mi orgullo.

—Bueno… Gracias… —murmuré.

El chico sonrió y de inmediato me di vuelta para caminar con Rick hacia las gradas.

—Vamos… —susurré casi empujándolo.

Mike nos miró a lo lejos con el ceño fruncido y los puños cerrados, estaba totalmente tenso. En ese momento no sabía si estaba molesto por el chico o en general por la presencia del equipo Doral. Mike era muy competitivo, pero no solía demostrarlo de una manera tan descarada.

El chico decidió acercarse a Mike, quien aún le estaba taladrando la cabeza con la mirada.

—¡Epa, Mike! —lo saludó.

—Alan… —respondió de mala gana.

—¿Por qué no me habías presentado a la muñequita con la que acabo de hablar?

—Porque es mi novia, idiota —le contestó, tajante.

—¿No me digas? —se burló—. ¿Tu novia? Pero si justo ahorita me dijo que estaba soltera. Bueno, ni modo, te negó… Yo también lo haría.

Soltó una carcajada y decidió caminar hacia su equipo, dejando a Mike solo y furioso.

Josh le lanzó una mirada cargada de ira a Alan y se acercó a Mike para apretarle el hombro y reconfortarlo.

—No te preocupes, yo le tengo el ojo puesto desde hace varios partidos, lo vamos a hacer morder el polvo en la cancha —prometió, molesto.

Cuando sonó el timbre las gradas se llenaron de gente. Rick y yo encontramos un gran lugar en medio de la segunda fila y nos sentamos allí. Ambos equipos ya se reunían en esquinas opuestas preparándose para el partido.

El entrenador se paró en el medio de la cancha con un micrófono en la mano y empezó el discurso de bienvenida.

—¡Buenos días a todos, bienvenidos al último partido de la temporada entre Doral y Kendall!

Mientras el entrenador hablaba, Rick me susurró cosas que me distrajeron en seguida.

—Entonces ¿en qué estábamos? —insistió.

—Rick... —dije en tono de advertencia.

—¡K, relájate, todos estos t... t... tontos creerán que estamos hablando de una película! —susurró.

—¡Claro que no! —Me estaba alterando.

—¡Por favor! —suplicó—. ¡Cuéntame qué más haces!

—Rick, aquí no —concluí negando con la cabeza.

—Okey, una última preguntita —dijo de repente.

—¿Cuáaal?

—¿Por pasar mucho tiempo c... contigo no se transmiten los poderes? —preguntó con completa seriedad.

Lo miré frunciendo el ceño sin poder creer que de verdad me estuviese preguntando algo así. Entonces negué con la cabeza y puse los ojos en blanco.

—¿Qué? ¡Podría ser posible! —se defendió.

—¡Rick, no sé qué decirte, no entiendo nada de esto! De hecho, cuando te conté, esperaba que tú me ayudaras a mí. Además... lo que te he dicho es solo el comienzo. Hay algo malo... —advertí, algo entristecida.

En ese momento Clara se puso de pie y dejó a Ámbar con otras chicas. Luego subió un escalón y caminó hasta nosotros sonriente. Al llegar, se sentó a mi lado y me saludó con simpatía.

—¡Hola, Katie!

—Hola, Clara. —Sonreí.

Ella se inclinó hacia adelante y también saludó a Rick.

—Hola, Rick.

Él la miró en silencio, fascinado con ella, y luego respondió.

—Ho… hola… —dijo, nervioso.

Cuando Clara se acomodó, di por terminada la discusión con Rick.

—Como saben, es tradición que el colegio en el que se da el partido ofrezca a uno de sus talentos como apertura del evento. Este año nos alegra tener a un nuevo talento que se inscribió y con el cual tenemos altas expectativas… —dijo el entrenador a través del micrófono.

Miré a Rick confundida, me daba curiosidad saber quién se había anotado este año. Normalmente siempre eran las mismas personas.

—¿Quién habrá sido? —le pregunté.

—Emmm…

Rick y Clara intercambiaron miradas y, justo cuando sospeché lo que estaba pasando, el entrenador continuó.

—Con ustedes… ¡nuestra alumna y cantante Katie! —me presentó.

«Sin duda tomará lo que por titubear dejaste y, al volver por él, será tarde».

CAPÍTULO 18
LOS INSTINTOS MÁS BÁSICOS

En ese momento mi mundo entero se detuvo. Todo empezó a pasar como si estuviéramos en medio de una escena en cámara lenta. Miré a Clara llena de pánico mientras todos se volteaban a verme, esperando que me pusiera de pie.

Escuché a lo lejos la risa burlona de Ámbar y, después de unos segundos como en trance, me llené de rabia y taladré a Rick con la mirada.

—¡¿Ricardo Díaz, qué hiciste?! —murmuré entre dientes.

—Es que… —intentó excusarse.

—No fue solo él, Katie, fue también mi idea… —dijo Clara en su defensa.

—¿Se volvieron locos? ¡Yo no voy a cantar! —les aseguré.

Clara y Rick se miraron preocupados mientras la tensión aumentaba.

—Katie… —me llamó el entrenador, nervioso—. Te estamos esperando con muchas ansias.

Me paralicé y miré al hombre desde las gradas. Prácticamente no me quedaba de otra.

—Yo voy a cantar contigo y Rick también —me alentó la rubia en medio de la presión.

—Pero yo no canto… —dijo R, ante lo que Clara y yo le lanzamos una mirada amenazante—. Pero recuerdo… unas notas de guitarra —se retractó.

—Atrévete —susurró Clara—, no tengas tanto miedo.

En ese instante las palabras de la criatura llegaron a mi mente de nuevo, como un recordatorio de lo débil que podía llegar a sentirme: *«Te da miedo lo que no puedes controlar, pero lo que no terminas de entender es que nadie con miedo puede tener control de nada».*

Nerviosa, me puse de pie y tragué en seco. Mis piernas temblorosas bajaron los escalones con Rick y Clara. El entrenador me cedió el micrófono y los tres nos posicionamos en el medio de la cancha.

Rick agarró una guitarra que el entrenador le entregó y me regaló una mirada cargada de seguridad. *Tú puedes*, parecía decirme.

—Vas a hacerlo bien… Yo empiezo, ¿sí? —me dijo Clara a mi lado.

Suspiré y miré aterrada a todo el público, jamás había hecho algo de este estilo. Las veces que había cantado y compuesto canciones habían sido para mí misma.

Sin avisarme, Clara empezó a cantar y noté que estaba interpretando una canción que yo había compuesto hacía años.

La miré completamente impresionada, no entendía cómo se la había aprendido. ¿De dónde la había sacado?

Me quedé en silencio y cuando ella me miró y asintió comprendí que era mi turno de cantar. Cerré los ojos, suspiré e intenté desconectar todos mis sentidos para enfocarme en la música.

Dejé salir mi voz y canté la canción. Al principio estaba tensa, pero con cada palabra que interpretaba mi cuerpo se iba relajando, conectando con la música, con mi propia letra y con la paz que me daba poder volver a cantar.

Por un instante todo se esfumó. Las preocupaciones, la falta de identidad, la frustración, la confusión y, sobre todo, el miedo. La música me daba un tipo de seguridad que no encontraba en ninguna otra cosa. Era algo que me pertenecía solo a mí, que me identificaba y me daba la conexión más real con mis sentimientos que había experimentado jamás.

La balada resonaba por toda la cancha mientras todos me miraban en silencio. Nadie se esperaba que yo pudiera ser buena en algo, pero en el fondo lo era, solo que en esa época me costaba demasiado entenderlo.

La canción se llamaba *Cara a cara* y la letra hacía eco en todo el gimnasio. Decía:

> *El orgullo me mata, me aplasta,*
> *siento que me paraliza el alma.*
> *Y hasta siento que me salgo de mi propia piel.*
> *Ya no sé ni cómo me mantengo en pie para que me veas.*
> *Dame tu atención para que me sirva de motivación*
> *y así hacerle caso a mi corazón.*
> *Y así terminar esta canción.*
>
> *Yo quiero tenerte cara a cara.*
> *Decirte todo lo que por ti siento,*

pero mi orgullo tonto lo prohíbe,
siento que me paraliza el cuerpo.

Yo quiero tenerte cara a cara,
que sepas que por ti me estoy muriendo.
Y cada vez que veas a mis ojos…
sea con ganas de robarme un beso.

Mientras cantaba la letra de la canción, dejé los ojos cerrados. Estaba tan nerviosa que no me atrevía a abrirlos. Pero después, cuando llegué al coro y pronuncié la frase «robarme un beso», me animé y los abrí con lentitud. Para mi sorpresa, todos me veían desde las gradas con una sonrisa y fue hermoso sentir que les gustaba mi canción. Luego miré hacia la banca del equipo local y ahí estaba una única persona de pie viéndome: Mike me miraba completamente identificado con la letra de la canción. No porque fuera para él, sino porque la letra explicaba casi a la perfección lo que estaba sintiendo y era incapaz de expresar en voz alta.

Clara y Rick intercambiaron una sonrisa. Habían logrado algo que nadie en años había podido: conectarme de nuevo con mi mayor pasión.

Unos segundos después noté que Clara había dejado de cantar hace rato, dejándome sola en la interpretación. La canción acabó y todos los espectadores hicieron un silencio ensordecedor. Mis nervios amenazaron con salir a la luz hasta que escuché el primer aplauso desde el fondo. Era de Mike, que seguía parado, y me estaba mirando extasiado.

De inmediato, y como en efecto dominó, todos aplaudieron y vitorearon. Realmente lo había hecho bien.

Por un momento me detuve a pensar y noté que cada riesgo nuevo que había tomado me había hecho sentir más identificada conmigo misma. Quizá dejar de esconderme iba a regalarme lo que jamás había conseguido en años: reconocerme e identificarme con mi propia yo.

Sonreí conmovida y le entregué el micrófono de vuelta al entrenador.

—¡Sin lugar a duda ha sido la mejor apertura en años! ¡Gracias, Katie, por compartir tu talento con todos! Y ahora, sin mucho más que decir, ¡bienvenidos al partido anual de baloncesto de Kendall contra Doral! ¡Que esto comience! —anunció el entrenador apartándose del camino.

Todos aplaudieron y clamaron a gritos por sus respectivos equipos. Los tres volvimos a sentarnos en nuestros lugares en las gradas y cuando logré que mi corazón se estabilizara, agarré la mano de Rick y la de Clara y los miré agradecida.

—Gracias… —susurré.

—Estoy orgulloso —me confesó Rick con una gran sonrisa en el rostro.

Clara asintió conmovida y en ese instante el entrenador hizo sonar el silbato que daba inicio al partido.

El partido comenzó y, con agilidad, Mike tomó el control del balón, corriendo hacia el lado de sus oponentes e intentando esquivar a todo el que se le interponía. Justo cuando iba a hacerle un pase a Josh, Alan interceptó el balón, quitándoles la oportunidad de acercarse más.

Emprendiendo un contraataque, corrió de lado a lado hasta el aro de Kendall y, de un gran salto, clavó el balón sin oposición. Cuando cayó del salto, se devolvió rápidamente a su lado y le dio un golpe a Mike con el hombro. Alan sonrió, miró hacia donde yo estaba en las gradas y, señalándome y haciendo un corazón con las manos, me dedicó la canasta. Su gesto me dio muchísima vergüenza y me sonrojé, así que intenté esconder mi cara mientras Rick y Clara se burlaban de mi reacción. Cuando levanté la mirada vi a Mike serio y absolutamente molesto. *Creo que este partido va a ser muy intenso*, pensé.

Ross tomó el mando del balón, cruzó la media cancha y se lo pasó a Josh, quien, con rapidez y alejado de la línea de tres puntos, hizo un lanzamiento muy difícil que encestó nítido. Las personas en las gradas se encendieron y todo Kendall gritó al unísono.

A los pocos segundos, Alan volvió a tomar el control y corrió hacia el aro para encestar. Evadió con destreza a Eric, girando hacia la derecha, aceleró su paso y saltó para clavar el balón. Sin embargo, cuando la cesta parecía inevitable, apareció la mano derecha de Mike y bloqueó el intento de clavado con autoridad. Alan cayó al piso, frustrado, y Mike ni se detuvo a verlo porque salió corriendo a acompañar el ataque.

Josh controlaba el balón, pero lo marcaban dos jugadores de Doral, así que lanzó el balón hacia el aro. Parecía un mal tiro, pero Mike lo agarró en el aire y, en una jugada imponente, lo clavó para completar un *alley oop* descomunal.

Alan recuperó el balón y, cuando cruzó la media cancha, Mike lo estaba esperando.

—Mike, hoy no va a ser tu día, me voy a llevar la victoria y a la chica —dijo Alan riendo sutilmente mientras miraba a M a los ojos.

Tras el saque, Alan emprendió el ataque por la derecha de la línea de tres con Mike pegado a él, marcándolo. Sin embargo, el capitán logró escaparse y hacer un tiro limpio que le dio tres puntos a Doral y que, además, silenció al público que hacía rato estaba celebrando.

Todo se puso muy tenso, ningún equipo iba a ceder ante el otro; era una batalla campal. Josh le pasó el balón a Ross, quien corrió con todas sus ganas hacia el aro, esquivando a un jugador de Doral y, con un dribleo cruzado hacia su izquierda, dio un salto para hacer un lanzamiento suspendido desde la media distancia, pero Alan lo interceptó. En ese momento, otro jugador rival tomó el balón e inició el contraataque rápidamente, uno que terminó en dos puntos fáciles.

A lo lejos pude ver cómo Mike se cargaba de ira. Alan estaba jugando un poco sucio y agresivo y eso lo estaba molestando muchísimo. A partir de ahí solo siguieron múltiples intentos de Mike de evitar que Alan encestara. El problema era que estaba tan enfocado en su furia que, cada vez que tenía la oportunidad de encestar, cometía un error que entorpecía todo.

El intercambio de cestas favoreció a Doral, quienes tenían mayor acierto y poco a poco tomaban ventaja.

Furioso, Josh miró a Mike con el ceño fruncido.

—¡Mike! ¿Qué te pasa? —le reprochó.

—Nada —soltó él, iracundo, limpiándose bruscamente el sudor de la frente.

Mike miró a quien se había convertido en la peor piedra del zapato para él y, cuando sus miradas coincidieron, Alan le hizo un guiño burlón.

El partido continuó y los intentos eran cada vez más complicados. Ninguno de los dos equipos permitía que el otro encestara fácilmente. Todo se iba tornando más intenso y físico entre los jugadores, y la multitud no dejaba de gritar alentando a Kendall.

Al final, cuando se estaba iniciando una pequeña discusión entre dos grupos en las gradas, Eric tomó el control del balón. Sin pensarlo dos veces se lo pasó a Josh, quien depositó cada fibra de energía que tenía en llegar al aro. Al llegar, perseguido por Alan y otro chico, pensó que no lo lograría, pero penetró la defensa con una finta y lanzó; sin embargo, en ese instante, Alan chocó con él y lo derribó al piso. El balón entró en el aro y el árbitro cobró una falta, lo que elevó los ánimos del equipo de Kendall.

Alan estaba molesto y contrariado, pero Josh, por su lado, solo reía. Estaba mucho más confiado ahora, así que lanzó el tiro libre adicional y encestó.

Mi hermano celebró eufórico y miró hacia la multitud. Cuando vio a Yun, le envió un beso y ella saltó y aplaudió la victoria.

Segundos después y aplacando nuestra felicidad, Alan logró reponerse y encestar, equiparando nuevamente el contador entre ambos equipos.

El entrenador hizo sonar el silbato y le dio inicio al descanso del partido. Todos seguían tensos, pero al menos había un espacio para que se estableciera la calma. La rivalidad entre Doral y Kendall estaba presente desde hacía tiempo y cada año parecía ponerse peor.

De inmediato todo el equipo de Kendall se reunió en una esquina. Mike estaba furioso. Josh lo miró y suspiró.

—Mike, necesito que te concentres —le pidió, preocupado.

—Sí, *bro,* ¿qué te está pasando hoy? No pareces tú —apuntó Eric.

—Ve a tomar agua y respira. Yo sé que puedes —le ordenó Josh.

Noté que Mike se apartaba e iba por agua mientras Josh le daba indicaciones al resto del equipo. Sabía que se sentía impotente y algo me decía que quizá yo podía ayudarlo, así que me levanté y bajé los escalones rápidamente para poder acercarme a él. M tiró la botella al banco con arrebato y se giró para verme con el ceño fruncido.

—M, ¿estás bien? —le pregunté con suavidad tocándole el hombro.

—Sí… Solo estoy cansado —mintió sin verme a los ojos.

Le agarré la cara y lo obligué a mirarme. M se sorprendió,

su respiración cambió y empecé a notarlo más tenso. Con rapidez desvió sus ojos, no era capaz de mirarme, y eso me molestaba porque nunca había pasado. *¿Qué te está sucediendo, Mike Johnson?*, me pregunté internamente.

—¿Dónde está el campeón que no se deja ganar? —pregunté en un susurro mirándolo con mi ceño fruncido.

—Aquí está siempre —aseguró sin verme a la cara.

—Lo sé. —Asentí.

No sabía por qué, pero me sentía culpable por su bajo estado de ánimo.

Miré de nuevo mi mano en su barbilla, su cara cerca de la mía… Mike ni siquiera podía verme a los ojos y yo quería sacarlo de ese mal momento con desesperación.

—Mike —le dije buscando sus ojos con los míos.

Él levantó la cara y por fin me miró directamente, sus ojos azules brillaban más de lo normal. Acerqué mi cara un poco más y me detuve un instante.

—Ka… Katie —tartamudeó Mike luchando para que su voz saliera de su garganta.

Lo miré a los ojos un instante y rompí el momento diciendo:

—¡Vamos, sí se puede! —Me acerqué y le di un abrazo dejando mi cara en su cuello.

Solo lo solté cuando Josh y Eric se lo llevaron de nuevo a la cancha para iniciar el siguiente tiempo del juego.

Mike miró a Alan, que lo detallaba fijamente. El profesor hizo sonar el silbato y M suspiró, preocupado.

—¡Tú puedes! —le grité desde las gradas.

El partido se reanudó y sentí que el tiempo se detenía cuando Josh logró quitarle el balón a uno de los chicos más altos del equipo de Doral. Me fijé en cómo intercambió una rápida mirada con Mike y decidió darle otra oportunidad.

Mike atrapó el balón y corrió completamente centrado en

su objetivo. Alan lo persiguió e intentó interceptarlo, pero M se giró y llegó hasta la línea de fondo, desde donde encestó de manera casi perfecta.

Alan pareció enfurecerse, pero Mike me miró desde la cancha y me sonrió. Su aura había cambiado por completo. Josh le dio una palmada llena de orgullo en la espalda y continuaron jugando.

Cada vez que Mike lograba apoderarse del balón, Alan intentaba abalanzarse sobre él, pero la nueva confianza que tenía en sí mismo le permitió encestar una vez tras otra sin detenerse.

Al final Alan no logró mucho más, ni su equipo tampoco. Mike se había lucido y el partido había terminado dándole la victoria a Kendall de manera abultada.

Josh corrió hacia Mike y lo besó en la frente, gritando. Todos los demás chicos los cargaron en medio de la euforia de su victoria, brincaron y soltaron una especie de grito de guerra que hacían cada vez que ganaban.

Yun corrió a abrazar a Josh, quien la recibió con los brazos abiertos una vez que lo bajaron. Sonreí mientras aplaudía; sin embargo, por un instante la sensación de que alguien me observaba me invadió de nuevo. Casi olvidaba que había percibido lo mismo por la mañana, pero la sensación me golpeó en ese preciso instante mientras todos celebraban.

Giré mi cabeza hacia una de las esquinas de la cancha y me pareció ver a un hombre con un traje oscuro y roto y algo blanco en el rostro. Me masajeé los ojos con las manos para aclararme, pero cuando volví a mirar ya no estaba. *¿Qué está pasando ahora?*, me pregunté nerviosa.

Un rato después estaba sentada en el maletero de una *pick up* al lado de Rick. Todo el lugar al aire libre estaba repleto de nuestro curso y el de Josh. Habíamos decidido trasladarnos a una especie de estacionamiento solitario a celebrar.

Había una fogata encendida y la rodeaban los chicos del equipo y sus novias. Ross estacionó otra *pick up* y, con ayuda de Eric, bajó un barril de cerveza, haciendo que todos vitorearan entusiasmados.

Mike estaba sentado junto a Josh, riéndose y comentando los momentos más épicos del partido. Yun no entendía nada, pero se veía que compartía su felicidad. Complacida, me reí al verlos tan extasiados, pero Rick se giró para mirarme con el ceño fruncido.

—¿De qué te ríes? —preguntó, curioso.

—Parece que a pesar de la diferencia de idioma sí que encajan muy bien —le comenté mirando a Yun.

Rick asintió.

—Sí, a mí también me lo parece.

—Me alegra mucho que hayan ganado. Siento que a Josh le hacía falta sentir algo de alegría. Tener una victoria y no otra pérdida… —murmuré con algo de nostalgia.

—A mí también me alegró, a… aunque Mike estaba muy emocional en este partido —apuntó, pensativo.

—Sí, yo también lo noté.

—Pero después de que hablaste c… con él se repuso.

—No fue por mí —dije negando con la cabeza.

Rick suspiró incrédulo.

—A veces eres muy ciega, K. Sabes que te amo, pero eres muy ciega.

—Rick, no es así… —le aseguré sabiendo lo que insinuaba.

—Él está loco por ti.

—No entiendo por qué todos siguen diciendo eso una y otra y otra vez —bufé, molesta—. Rick, a ver… Conocemos a Mike desde que dejó los pañales. Y la primera palabra que dijo seguramente fue «mujeres». Lo he visto salir con docenas de chicas y nunca ha sentado cabeza con ninguna, ¿sabes por qué? Porque Mike no es de ese tipo. Solo soy un capricho.

Rick hizo una mueca y, justo cuando iba a responder, vio a Clara caminar hacia nosotros y se puso súper nervioso. Lo miré extrañada y noté que movía su pierna con impaciencia.

—¿Qué te dio? —le pregunté.

—Hola, chicos, ¿quieren? —dijo Clara extendiéndonos un vaso con cerveza.

Negué con la cabeza, pero Rick sí aceptó el trago. Fruncí el ceño, consternada, R odiaba la cerveza. ¿Qué le pasaba?

—Si quieres puedes sentarte a… a… aquí conmigo… —De inmediato se exaltó al notar lo que acababa de decir—. Qué digo, con nosotros.

—Obvio, me encantaría —la rubia aceptó.

Clara se sentó al lado de Rick y le sonrió coqueta. Los miré fijamente y cuando noté lo atontado que estaba intenté contener la risa con disimulo.

En ese momento todo el equipo de Doral llegó; sin embargo, Josh y Mike no le dieron importancia. Alan me miró a lo lejos y caminó hacia mí.

Al llegar me ofreció una bebida. Ya había sido odiosa con él, así que esta vez la acepté.

—¿Qué haces aquí? —pregunté con curiosidad.

—Nada, perdí en el juego, pero no quiero perder en nada más —dijo mirándome fijamente.

No pude evitar reírme. Después de todo, no dejaba de intentar acercarse a mí y no entendía el porqué. Rick nos miró extrañado y negó con la cabeza con desaprobación.

—¿Me puedo sentar? —preguntó señalando el lugar a mi lado—. ¿O te vas a poner brava otra vez?

Me reí y negué con la cabeza.

—No me puse brava contigo, solo no te conozco.

—Pues lo mejor de eso es que podemos cambiarlo ya mismo. ¿Te gustaría? —insistió sentándose a mi lado.

—Quizá —respondí, coqueta.

—Eso es más que suficiente para mí —dijo sonriendo con simpatía.

Lo miré de cerca y noté que era realmente atractivo. Su cabello negro despeinado y sus ojos claros hacían una mezcla llamativa e interesante. Quizá conocerlo no era mala idea... *Al fin y al cabo no estoy con nadie*, pensé.

A lo lejos Mike notó que estábamos juntos y se paró de un salto, dejando a Josh con la palabra en la boca. Caminó hacia nosotros y se plantó en frente, irritado.

—¿Se puede saber qué haces tú aquí con Katie? —le reclamó.

—¿Yo? —preguntó fingiendo inocencia—. Nada, Katie es mi amiga y estamos aquí conversando un rato.

Mike apretó los puños para contener el impulso de golpearlo. Vi cómo sus nudillos se ponían rojos por la presión y fruncí el ceño, horrorizada.

—Mike, ¿qué te pasa? Contrólate —le ordené.

—Ah, no —dijo Alan sarcásticamente—, es que es entendible, Katie, está preocupado por su novia.

—¿Qué? No, yo no soy nada de Mike. Somos amigos de toda la vida, nunca seríamos nada —apunté, irritada.

Rick hizo una expresión de dolor al escuchar lo último que dije. Sacó unos lentes negros del bolsillo de su camisa y se los puso en forma de chiste.

—*Turn down for what, bro* —dijo cruzándose de brazos y haciendo una pose.

De inmediato Clara se rio a carcajadas y Rick la imitó.

Mike me miró y sus ojos pasaron de la ira al dolor en un instante. Sin decir ni una palabra más, se dio la vuelta y, caminando
cabizbajo, se fue hacia el bosque que rodeaba el estacionamiento.

«No fue verte
con él, fue ver que
él te dio lo que yo te
negué».

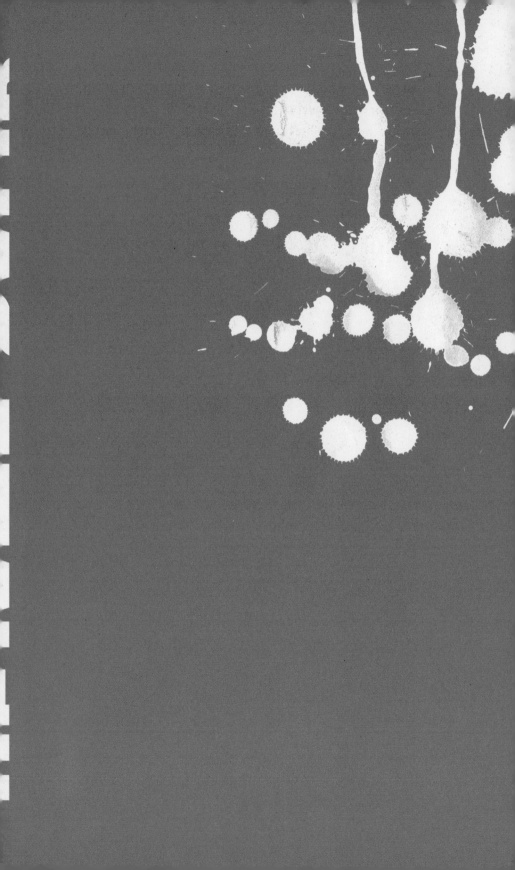

CAPÍTULO 19
LA BELLA CLARA PAUL

Lo miré entristecida y de inmediato me sentí culpable.

—Me pasé de la raya, ¿verdad? —le pregunté a Rick y él asintió.

—Poquitiiiico.

Me puse de pie y Alan me agarró del brazo para evitar que me fuera.

—No te vayas, mi amor, siéntate acá, no te preocupes por él —me pidió.

Miré alternativamente a Mike y a Alan y, al final, me solté de su agarre.

—Dame un segundo.

Corrí hacia donde Mike había ido y Alan suspiró irritado.

Cuando llegué, vi que M estaba sentado encima de un tronco talado, amargado y musitando cosas para él mismo.

El silencio que nos envolvía habría resultado aterrador en cualquier otro momento. El viento hacía que las ramas se golpearan unas contra otras, y escuchaba pequeños sonidos de los animales del bosque. Miré a Mike y decidí sentarme a su lado.

—Mike, disculpa, no debí hacer eso —dije, arrepentida.

—No, tranquila, es cierto, tú y yo… solo somos amigos —afirmó con dificultad.

Lo miré fijamente y noté que estaba evitando mis ojos. Se notaba la tensión en sus hombros y, además, que estaba intentando centrar esa presión cruzando los brazos.

—De verdad no entiendo nada —le solté consternada.

—¿Qué?

—No entiendo qué está pasando entre nosotros, Mike. No entiendo qué es lo que te dio —confesé, molesta.

—No importa, no te preocupes. Sea lo que sea, no te voy a mortificar más con lo que siento —respondió a la defensiva.

De inmediato lo miré indignada por la forma tan cortante en la que había respondido.

—Pero ¿qué es lo que sientes? Yo no puedo… No sé cómo entender esto, Mike —repliqué, frustrada—. Toda la vida te he visto de esta manera y has hecho y deshecho. Y ahora, de pronto… ¿De verdad estás enamorado de mí?

Mike se giró para verme en ese instante y vi en sus ojos que estaba completamente quebrado. Me paralicé y el silencio nos envolvió. Ninguno de los dos dijo nada por unos minutos.

—¿Sabes qué quisiera? —habló, molesto—. Quisiera que no me gustaras tanto. Eso quisiera.

Me quedé fría por su confesión y, ante mi falta de respuestas, Mike se puso de pie, molesto, dispuesto a irse de allí. De inmediato le agarré la mano y me aferré a él para que no se fuera. No sabía por qué lo había detenido, había sido algo impulsivo.

Él me miró con el ceño fruncido y confundido por mi actitud.

—Mike, yo… —empecé a decir, nerviosa.

Pero justo en ese instante Alan llegó y me interrumpió. Le dio un fuerte empujón a Mike, quien lo miró con una de las expresiones más iracundas que jamás había visto.

—Mike, ¿por qué no dejas en paz a Katie? Creo que ya quedó claro que no le vas a gustar ni aunque te arrastres —apuntó el chico provocándolo a propósito.

Mike le devolvió el empujón con ganas y el jugador de Doral se defendió.

Cuando la pelea iba a escalar, llegaron Rick y Clara corriendo, preocupados por lo que sabían que podía estar pasando.

—Cinco dólares a que Mike le da el p… primer puñetazo. Agarra unas palomitas, esto va a estar de película —le susurró Rick a la rubia.

Clara se rio y, luego de unos segundos, le miró los labios y los ojos a Rick, quien de inmediato se puso nervioso. Justo cuando parecía que algo pasaría, Clara le dejó un billete de cinco dólares a Rick en la mano, haciendo que este recuperara el aliento.

—Aquí están mis cinco dólares… —le dijo susurrando de forma sensual.

De pronto, Mike le asestó un puñetazo en la cara a Alan, quien se lo devolvió sin pensarlo. Con cada minuto que pasaba, la pelea se tornaba más intensa. Mi corazón se aceleró al ver la gota de sangre que recorría la sien de Mike. Si seguían así, esto podía terminar muy mal.

—¡Ey! ¡Ya basta, paren! —les supliqué a gritos.

Rick tomó a Clara de la mano y le susurró con orgullo:

—No te preocupes, soy cinta n… n… negra en *jiu-jitsu*. Hice curso *online*, conmigo nada te va a pasar —prometió.

Clara lo miró enternecida y, luego de reírse, lo abrazó.

Justo cuando creía que todo iba a empeorar llegó Josh con Yun pisándole los talones.

—¿Qué coño está pasando aquí? —bramó, furioso.

Mi hermano empujó rápidamente a Alan y se llevó a Mike a un lado. De inmediato, en medio del arranque de adrenalina, Mike volvió a cargar contra Alan, pero Josh le dio otro empujón y le lanzó una mirada amenazadora.

—Si sigues, esto se va a poner tenso entre tú y yo —le advirtió. Mike solo lo miraba—. Aquí nadie va a arruinar la celebración —aseguró Josh, irritado.

Alan se repuso y, al ver que Josh le daba la espalda, le asestó una patada y lo tiró de frente al suelo. En ese instante todos soltamos un grito ahogado, Alan no tenía idea de lo que acababa de hacer.

—¡Rick, ayúdame! ¡Agárralo! —le grité, desesperada.

—¿A Alan? —preguntó rápidamente.

—¡No, a Josh! —le pedí.

Rick dio un paso, pero Josh se levantó y, con un movimiento muy estratégico, le dio una patada en el rostro a Alan, quien cayó de bruces contra un tronco.

Mientras Alan escupía sangre y se limpiaba los labios, enfurecido, dos chicos del equipo de Doral llegaron.

—¿Alguien más? —preguntó Josh mirándolos.

Ambos negaron con la cabeza y se limitaron a ayudar a Alan para irse de allí lo más rápido posible.

Josh volteó y nos miró a todos mientras Yun lo veía boquiabierta.

—Oh, amor, tú pelea duro —comentó, fascinada.

—Sí, nena, súper duro —respondió él, regalándole una sonrisa como si nada hubiese pasado.

Josh se dio media vuelta y, tras tomar a Yun de la mano, se alejó y fue de nuevo hacia la fogata.

Mike se sacudió la ropa mientras le seguía saliendo sangre de la nariz y de un raspón que tenía en la frente. Corrí hacia él

y lo miré aterrada. Intenté tocarle la frente, pero me detuvo agarrándome con suavidad de la muñeca.

—Necesito saberlo, Katie —me pidió con contundencia.

—¡Pero estás sangrando, Mike! —le recordé.

—No me importa eso ahora… Dime, ¿sientes lo mismo que
yo? —preguntó mirándome con intensidad.

—Mike… Yo no… —musité.

Inmediatamente noté el dolor y la decepción en su mirada
y, sin dejarme terminar, respondió:

—Eso pensé…

Se dio la vuelta y de nuevo se internó corriendo en el bosque.

Fui tras él, atravesando los caminos y esquivando los árboles hasta que lo perdí de vista. Di la vuelta, desorientada, pero
no reconocí nada. Me había perdido.

De pronto volví a sentir la presencia de algo que me miraba
a lo lejos y giré la cabeza instintivamente. Cuando creía que tendría el valor para enfrentar a lo que sea que fuera, Rick y Clara
llegaron gritando mi nombre.

—¡K! ¿Estás bien? —preguntó R.

—¿Y Mike? —Clara miró hacia todos lados, pero no lo vio.

—No lo sé —respondí respirando con dificultad—. Lo perdí,
creo que lo perdí, no sé dónde está.

—Tranquila, K, Mike conoce estos bosques y sa… sabrá llegar a su casa, no te p… preocupes… Ven, ven —dijo tomándome del brazo—. Vámonos a casa, yo te llevo porque Josh sigue
en lo suyo.

Nerviosa, asentí y decidí regresar con Clara y Rick.

Rick iba manejando el carro de sus papás. Llevaba a Clara de
copiloto y yo iba en el asiento trasero, afligida por todo el meo-
llo que había provocado.

Cuando estacionamos frente a la casa de Clara se hizo un silencio incómodo. Esperé a que alguien dijera algo, pero eso nunca pasó.

La rubia abrió la puerta del carro para bajarse, pero Rick reaccionó y evitó que se fuera tan rápido.

—¡Ey! Espera —dijo, nervioso—, al menos dame un besito de despedida —le pidió.

Rick le acercó su mejilla, señalando con su dedo índice para que ella le diera un beso. Clara lo miró con gracia por unos segundos y, justo cuando creí que no haría nada, agarró entre sus manos el rostro de Rick y lo giró para darle un largo beso en los labios.

Rick se quedó completamente atontado. Fue incapaz de decir ni una palabra. Clara se rio, se bajó del carro y luego se despidió con la mano.

Cuando el carro arrancó, Rick dejó a un lado sus evidentes intentos de disimular su emoción y al final gritó. Yo no pude evitar cambiar mi pesar por carcajadas. Ver a Rick tan contento me hacía feliz, pero sobre todo me daba risa. Jamás había visto a alguien tan entusiasmado.

—¡La tengo lo... loquita, K! ¿Viste? Voy por ella —aseguró, eufórico.

Asentí y sonreí, pero luego recordé todo lo que había pasado y suspiré.

—Rick odio cortar este momento, pero tengo que decirte algo —confesé sintiéndome culpable. Estaba cansada de ser la nube gris.

—¿Qué pasa, K? —dijo mirándome a través del espejo retrovisor.

—Dentro de mí hay algo... como un lado oscuro. Y a veces toma el control... —empecé a hablar atropelladamente sin conseguir explicarme.

—K, todos tenemos un lado oscu… cu… curo —me aseguró él riéndose.

—No, Rick, es más que eso. Es algo que está fuera de control, tienes que verlo para comprender… —admití, afligida.

R me miró, sorprendido por el tono de voz con el que le había hablado, pero su cara cambió, entendiéndome. Él sabía que no podía estar sufriendo tanto por algo que no fuera genuinamente grave.

—Bueno, tranquila, K… —dijo intentando calmarme—. V… vamos a investigar y te prometo que encontraremos la respuesta a todo esto.

Asentí, intentando creer en sus palabras. Presentía que si no lográbamos entender qué pasaba conmigo, cosas graves iban a empezar a ocurrir… Y no me equivocaba.

Aun así, mi corazón se sintió más ligero al escuchar a Rick hablarme de esa manera. Era evidente que había tomado la decisión correcta confiando en él antes que en nadie. Me sorprendía que no solo me había probado una lealtad extrema entendiéndome, sino que no me juzgaba, me seguía viendo igual, como su mejor amiga… a pesar de la oscuridad que me consumía. Sin embargo, sentía que si seguía así, muy pronto también lo consumiría a él.

Cuando llegamos a la calle de mi casa me bajé del carro de Rick, me despedí con la mano y caminé hacia la entrada.

«Y, en los momentos más turbios, tu amistad fue mi abrigo y mi paz».

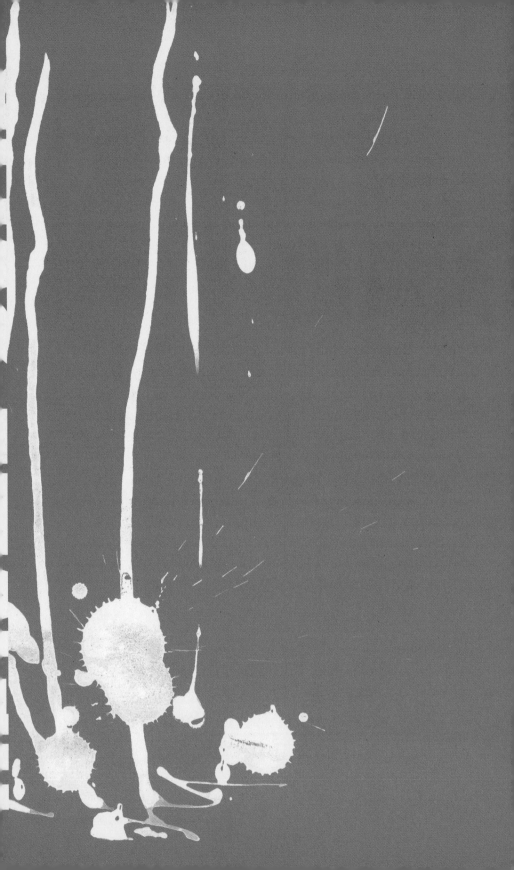

CAPÍTULO 20
EL ÚLTIMO BESO

Clara acababa de entrar a su casa que, de hecho, era muy similar a la mía. Era de dos pisos y tenía la cocina conectada con la sala. Arriba se encontraban todas las habitaciones.

La rubia saludó a su papá, que parecía estar adelantando el almuerzo del día siguiente.

—Buenas noches, señor Scott, ¿qué hace usted despierto a estas horas? ¿Insomnio? —preguntó Clara al pie de las escaleras.

—¿Esto de llamarme por mi nombre es una nueva moda adolescente o qué? —dijo él riéndose—. Porque me gusta más cuando me dices papá.

Clara se acercó para darle un beso y un abrazo y ambos sonrieron con total complicidad. La verdad es que eran una familia muy unida.

Cuando se separaron, agarró una manzana del comedor, le lanzó un beso con la mano a su papá y subió las escaleras para ir a su habitación, pero antes verificó que su madre estuviera dormida.

De pronto, frente a la casa de Clara, apareció un hombre extraño. Estaba sucio, descuidado y tenía una venda blanca rodeando su cabeza, tapando por completo lo que debían ser sus ojos y su frente. Lucía otra venda en el cuello, pero se la quitó bruscamente. El hombre dejó caer el largo trozo de vendaje y reveló un detalle abominable: tenía un ojo en el cuello, uno cuyo iris y pupila eran rojos. El ojo se movía cada ciertos minutos y era más grande de lo normal. Además, sobresalía un poco de su extraña cuenca y usaba los parpadeos para limpiar una baba que supuraba de él. Era aterrador y repulsivo.

Este adefesio caminó hasta la puerta de Clara y, luego de tomar impulso, la pateó con una fuerza sobrehumana, sacándola de las bisagras y partiéndola en dos.

El padre de Clara vio aterrorizado cómo su puerta volaba por los aires y se apoyó en la encimera, intentando asimilar lo que estaba pasando. Se escucharon gritos desesperados en el piso de arriba, así que el señor Scott agarró el cuchillo con el que había estado cocinando y esperó.

Entonces el hombre del ojo en el cuello entró, miró hacia donde estaba Scott y fue directo hacia él. El papá de Clara le advirtió que se detuviera, pero el monstruo ni se inmutaba, así que intentó defenderse y atacarlo con el cuchillo, pero el hombre lo detuvo, moviéndose con unos reflejos que superaban cualquier velocidad humana posible. Le sostuvo la mano y, superado por el dolor, el señor Scott soltó el cuchillo.

Sin embargo, seguía peleando. Le golpeó el rostro sobre la capucha una y otra vez, pero nada sucedía. Desesperado, gritó con todas sus fuerzas para que su esposa y su hija lo escucharan en el segundo piso y huyeran. La mano del asesino aprisionó su cuello, ahogando sus gritos, y luego lo acercó a su cara. Desde allí, el hombre pudo escuchar la risa que la voz más aguda del asesino soltaba en aquel momento atroz. Después de mirarlo unos segundos con su ojo rojo, el adefesio lo tiró con todas sus fuerzas contra la mesa del comedor, que se partió por el impacto.

La criatura no tardó en sacar una especie de aguijón, que tenía conectado a lo que debía ser su mano derecha, y se lo clavó directo en el pecho. El señor Scott lo miró con los ojos abiertos como platos, sosteniendo el aguijón que le estaba arrancando la vida. De pronto, una sustancia roja y gelatinosa le salió por los ojos y los oídos y, tras convulsionar violentamente, cerró los ojos, muerto.

Gritando aterrada, Clara bajó unos peldaños para ver lo que pasaba, pero cuando notó la presencia de la criatura corrió escaleras arriba. La criatura, deleitándose en los gritos de las dos mujeres, se apresuró y subió tras ellas.

Cuando llegó al segundo piso, se topó con una mujer de unos cuarenta años que abrazaba a su hija, presa del pánico. Ambas tenían un físico muy parecido, cosa que distrajo unos segundos a la criatura. El llanto de las dos era muy ruidoso y lo atormentaba.

Agarró a la mujer por el cabello, sosteniéndola en el aire mientras las dos gritaban con todas sus fuerzas. Ella intentó defenderse y patear al sujeto, pero el asesino perdió la paciencia y la agarró del cuello. Después sacó el aguijón y se lo clavó en el cuello ante los chillidos desgarradores de Clara. El monstruo soltó el cuerpo sin vida, que cayó desvencijado en el suelo. Clara palideció y se quedó paralizada, solo podía llorar.

De la nariz y ojos de su madre brotó la misma sustancia que había supurado del señor Scott. La rubia estaba en *shock*. Poco a poco, la criatura se acercó a ella y la miró embelesado. Le gustaba verla asustada.

Clara cerró sus ojos, esperando lo inevitable, mientras la criatura se debatía entre las dos voces que hablaban en su cabeza. La mala fusión entre su antiguo yo y el nuevo ocupante.

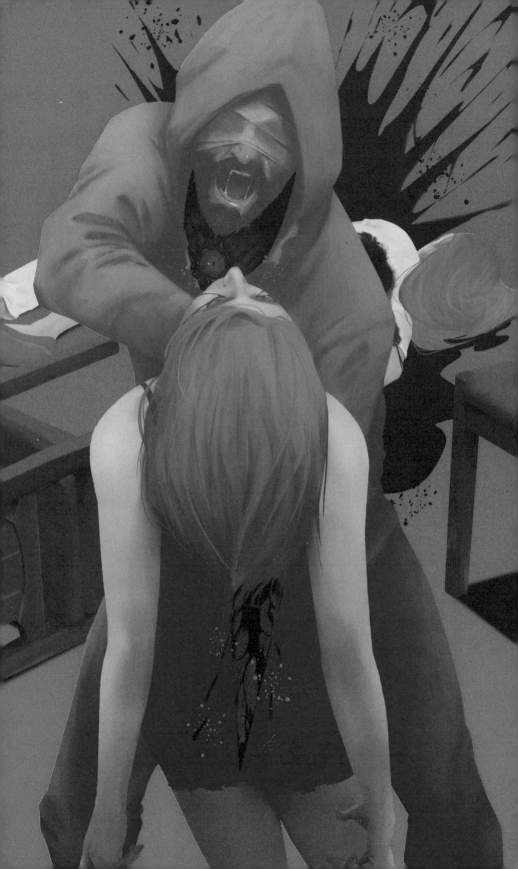

—Uy, qué delicia, mírala ahí toda indefensa y asustada, quisiera lamerle el cuello. ¡Hagámoslo! —le insistió la voz más aguda.

—No vinimos a lamerla, vinimos a hacerle frente. ¡Agárrala de una vez! —replicó la segunda.

Disgustada, la criatura se encogió frente a lo tormentosas que eran las dos presencias.

—¡Cállate! —gritó, y Clara se encogió de miedo.

De pronto, la miró fijamente, detallando su rostro y el color de sus ojos.

—Mathora, ¿estás ahí? —preguntó el sujeto.

Luego miró a los lados como quien busca a su presa.

—¿Q… qué? —sollozó Clara y, viendo una vez más el cadáver de su madre, suplicó—: ¡Mátame… Mátame ya!

El sujeto la agarró por el cuello con la mano izquierda y la acercó a su cara, viendo nuevamente sus ojos. Tras unos segundos, interrumpió los gritos de la chica.

—No eres tú… —dijo, furioso.

De repente sacó su aguijón y se lo clavó en el vientre. Clara empezó a tener espasmos mientras la sustancia roja salía de sus ojos y oídos. Asqueado y molesto la soltó y la dejó caer junto al cadáver de su madre.

Al final, cuando ya había decidido irse, uno de los típicos dolores que lo afligían lo atacó, haciendo que se tirara al suelo gritando como un animal, aullando de dolor y retorciéndose como lo que parecía: una alimaña.

«Tu último suspiro se escapó en el primer beso. De haberlo sabido, aún sería eterno».

CAPÍTULO 21

ROTO

Estaba envuelta en un sueño profundo, arropada hasta la cabeza y perfectamente acomodada. De pronto, entre el sueño y la realidad, escuché una voz. ¿Era la de... mamá? ¿Qué estaba diciendo?

Abrí los ojos, somnolienta, e intenté aguzar mi oído para escuchar algo más.

—¡Katieeeee, es tarde, baja a desayunar! —enunció con claridad mi mamá.

Solté un quejido y me di la vuelta en la cama para seguir durmiendo. Sin embargo, como si pudiera verme desde la cocina, mi mamá volvió a hablar:

—¡Katie, estoy hablando en serio! Rick te está esperando afuera! —Escuché de nuevo.

Me senté de golpe en la cama y, aún con los ojos cerrados, suspiré. Me puse de pie y, tras casi perder el equilibrio, caminé arrastrando los pies hasta el baño.

Salí de casa con mi típico *hoodie* cubriéndome la cabeza y mi bolso colgado del hombro. Rick me esperaba sentado en la acera y con su bicicleta al lado.

—Hola, R —dije acercándome a él.

—Hola, K, ¿cómo estás? —me preguntó mirándome desde el suelo y cubriéndose el rostro del sol.

—Bien… dentro de lo que cabe, ¿y tú?

—Genial, pensando en mi próxima movida con Clara —comentó con una sonrisa.

—Seguro será una movida maestra… —aseguré devolviéndole el gesto.

Rick me miró fijamente, como analizándome. No dijo nada durante unos segundos y me tensioné.

—¿Nos vamos? —pregunté rompiendo el hielo.

Me subí en mi bicicleta y Rick me siguió.

Nos mantuvimos en silencio durante un buen rato. Rick iba pensativo, perdido dentro de su propia mente. Yo, por otro lado, no podía dejar de pensar en…

—¿Has sabido algo de Mike? —pregunté, nerviosa y sin aguantarme.

—No, pero sé que en cualquier m… momento…

En ese preciso instante apareció Mike, volando en su bicicleta e interrumpiendo a Rick. Al pasar al lado mío me arrebató las llaves del bolsillo del *hoodie* y aceleró el ritmo para huir de mí.

—¡Mike! ¡¿Otra vez?! —grité y pedaleé más fuerte.

—Aquí vamos de nuevo… —susurró Rick, fastidiado.

De inmediato empezó la persecución, conmigo yendo tras Mike, y Rick alcanzándonos a los dos. La verdad es que estos juegos lo irritaban sobremanera. No le gustaba ir a mucha velocidad en bicicleta y por nuestra culpa ya tenía varias cicatrices en diferentes zonas de su cuerpo. Y él bien sabía que no necesitaba más.

—¡Espérenme! —gritó Rick, molesto.

De pronto, Mike frenó en seco, dispuesto a devolverme las llaves. Se volteó para avisarme, pero ya era demasiado tarde. Llegué a su encuentro a tal velocidad que no pude frenar y lo empujé provocando que ambos cayéramos estrepitosamente contra el asfalto.

Había aterrizado encima de él, aplastándolo. Me sentí culpable hasta que se rio a carcajadas y sentí que se me encendían las mejillas por el roce. Lo miré enfadada.

Mike me sonrió y se acercó a mi oreja para susurrarme con voz ronca:

—Qué buena forma de darme los buenos días. —De inmediato me sonrojé aún más y, justo cuando iba a ponerme de pie, Mike lo evitó, agarrándome por la cintura—. Que no se te olvide que tú y yo tenemos una conversación pendiente —me recordó haciéndome un guiño.

Me paré de golpe y sacudí mi ropa. Mike hizo lo mismo y, mientras me miraba con ganas de reírse, Rick nos alcanzó.

—Empi... pi... piezo a cansarme de este jueguito, chicos —murmuró.

—Yo también —concordé, molesta.

Mike se rio de nuevo y los tres decidimos caminar el trayecto que nos quedaba hasta la escuela.

Cuando llegamos a la entrada notamos que había una aglomeración de personas discutiendo efusivamente sobre algo. Ámbar se veía destrozada, llorando, y Eric y Ross tenían cara de póquer. Esas eran reacciones que jamás habíamos visto.

Rick y Mike intercambiaron miradas y se me aceleró el corazón. Cada fibra de mi cuerpo me advirtió que lo que escucharíamos a continuación no iba a ser nada bueno.

—¿Qué está pasando? —preguntó Rick.

—Déjame ver... —dijo Mike caminando hacia la multitud.

Los tres nos acercamos, pero fue Mike quien tuvo el valor de hablar con Eric y Ross. Los profesores estaban mirando la escena a lo lejos, en silencio, mientras la directora conversaba con un policía.

—¿La policía? —murmuró Rick, confundido.

Apartados de todos los alumnos que reclamaban una explica- ción, el detective Guzmán conversaba con la directora y la profesora Linda a las afueras del colegio.

—Lamento decirles que aún no tenemos a un sospechoso. Por eso mismo necesitamos que suspendan las clases de manera indefinida —dijo Guzmán sin ánimos y con una cara inexpresiva.

—Bueno, ¿y será que a los brutos no los matan? —respondió Linda sin ningún tapujo.

—¡No sea imprudente, profesora, por favor! —la reprendió la directora Miller, una mujer gorda, alta y con una cara muy bonita y amable.

La profesora Linda puso cara de amargura y se retiró hacia donde se aglomeraban los alumnos.

—Solo está preocupada, detective, esos muchachos son muy importantes para todos nosotros. Disculpe sus formas —dijo la directora, afligida. De pronto, se le llenaron los ojos de lágrimas y tuvo que hablar con la voz quebrada—: Extrañaremos mucho a Clara, va a ser muy difícil reponernos de esto.

—Lo siento mucho, le aseguro que seguiré trabajando en resolver este caso —dijo Guzmán, molesto consigo mismo.

La realidad era que el detective estaba frustrado y desesperado. El asesino seguía causando estragos en el pueblo, acabando con la paz que tenían, y él no estaba ni cerca de avanzar en su investigación para atraparlo.

Miré fijamente a Eric, que le estaba explicando la situación a Mike. Intenté descifrar sus expresiones y leerles los labios, pero era inútil. De repente, Mike palideció y sentí que algo se me rompía por dentro. Miré a Rick, que aún seguía confundido, y todo pasó en cámara lenta.

Había oído una infinidad de veces que las personas decían que era mejor vivir en ignorancia, que eso te mantenía feliz. Pero, en mi caso, ignoraba tanto que ponía mucho en riesgo. Tenía todas las piezas frente a mí, pero era incapaz de encajarlas...

Mike nos miró y sus ojos se aguaron. Lentamente, con las manos y piernas temblando, se acercó a nosotros. Cuando estuvo a tan solo unos centímetros, lo agarré de los brazos con miedo. Rick nos miró, desorientado, y eso solo me mortificó más.

—Dime que no es tan malo, Mike —le supliqué empezando a sospechar la verdad.

A punto de tener una crisis nerviosa, Mike miró a Rick y, con una mano temblorosa, lo agarró del brazo.

—Rick... —dijo mientras una lágrima se resbalaba sin permiso por su rostro.

Él lo miró completamente consternado y, entendiendo, la buscó con la mirada.

—Mike, ¿qué...? —balbuceó, nervioso.

—Rick, *bro*... Clara... está muerta... —reveló al final y me quedé de piedra.

El aludido lo miró con incredulidad y, de un momento a otro, agarró a Mike de la camiseta con una fuerza que nunca antes había tenido.

—¿Qué mi... mierda estás diciendo, Mike? ¡Explícame! —gritó tan fuerte que todos se giraron a verlo.

—Rick, escúchame... —intentó razonar, pero su expresión también reflejaba un profundo dolor.

Las lágrimas de Rick cayeron de sus ojos, que solo reflejaban pérdida e ira. Mike estaba congelado.

—¡No se ha mu... muerto, idiota! ¡Hablas pura mi... mierda! —le espetó.

Rick estaba iracundo y yo no podía dejar de temblar.

—Rick… —murmuré en medio del llanto.

—¡Es me… mentira, maldita sea! —me gritó súper fuerte y se le marcaron las venas del cuello—. ¡Clara está viva! Mike, di… dime que estás mintiendo… ¡Dí… dímelo o te juro que…!

Rick alzó su puño para golpear a M, pero se detuvo de repente. Mike solo había cerrado los ojos para recibir el golpe. Sin embargo, al no sentir el impacto, volvió a la realidad y vio que Rick había bajado el puño y estaba destrozado, llorando.

—Dime que es me… mentira, Mike, te lo ruego, dímelo… —susurró arrodillándose en el suelo.

—Perdón, Rick, perdón —dijo Mike con dolor.

Yo me limité a llorar sin decir una palabra. Tenía los ojos abiertos como platos y solo podía ver a R en *shock*.

—¡Váyanse to… todos a la mierda entonces! —vociferó poniéndose en pie y corriendo de regreso a su casa.

Miré a Mike, consternada, y el llanto se apoderó de mí de nuevo.

—¡Rick! —grité, aterrorizada con su reacción.

Mike me atrajo hacia él y me abrazó contra su pecho. Cerré los ojos, recordando las palabras de Clara sin poder creer que se quedarían como las últimas.

Cada diálogo que tuvimos juntas en el baño de Mike atormentó mi mente.

«Katie… No sé en qué momento nos alejamos tanto. Estando aquí… tú y yo… recuerdo que siempre disfruté de tu compañía…».

«Bueno, no importa el pasado, pero quiero que sepas que me encantaría que pasára-

mos más tiempo juntas. No sé, pero... siempre
he sentido mucha afinidad contigo».

«No, no, no, me encanta la idea, avísales a
Rick y a Mike, estaría divertido pasar tiempo
con ellos también».

La ilusión que había sentido al oír esas palabras quedaría como eso: una sensación que murió con ella.

Me aferré con fuerza a Mike mientras intentaba analizar todo lo que tenía en la cabeza. Recordé todo lo que tenía dentro de mí y cómo había asesinado a alguien que, inocentemente, creí que era el asesino en serie cuando, en realidad, ese sujeto... solo había sido un pobre baboso. De hecho, comparándolo con todo lo que me encontraría más adelante, él era el sujeto más inocente que iba a conocer. Lo único positivo de ese preciso instante de confusión y dolor fue que, por fin, algo encajó: el asesino que nos acechaba era mucho peor de lo que había imaginado, más fuerte, más letal y mucho más extraño. Y amenazaba lo poco que me quedaba.

Mike acarició mi espalda y, a partir de ese momento, sentí pánico como nunca antes.

Destrozado, Rick llegó a su sótano y tiró a un lado su bolso. Estaba fuera de control y una rabia casi animal lo consumía. Cada cosa que se le atravesaba la tiraba al suelo con todas sus fuerzas.

Cuando giró la cabeza vio sus notas adhesivas en el suelo, así que las agarró y anotó cosas que surgían de su cabeza.

Su mirada estaba cargada de un tipo de locura que jamás había reflejado antes. Su inocencia se había marchado para siempre. Se había hecho la primera y más grande grieta de su historia.

Agarró entonces unos cuantos papeles de teorías conspirativas que estaban en la esquina de su cartelera y los arrancó todos. Los tiró al suelo y pegó nuevas notas con desesperación.

Luego de escribir varias cosas, pegó la foto de Clara sobre la cartelera y la rodeó con una nota adhesiva que decía «nueva víctima». Tras eso, llorando, se acercó a su computadora.

Dándoles a un montón de teclas y anotando un sinfín de códigos, Rick empezó a hackear el Sistema Estatal de la Policía de Kendall. Pasó por encima del archivo del caso y lo miró con odio. Culpaban a vagabundos, ladrones y otro tipo de personas inútiles de lo que estaba pasando, pero no sabían nada. El caso estaba construido sobre pistas tontas como la talla de una huella de zapatos y un atuendo mal descrito. Estaban mal y, por eso, el límite entre lo legal y lo ilegal le resbalaba a Rick en ese momento.

—Si la policía no va a mover un puto dedo por n… nadie, yo sí. Voy a extraer to… toda la información de la muerte de Clara —murmuró, rabioso, limpiándose las lágrimas. Rick miró hacia su cartelera y, viendo la foto de su chica convertida en víctima, hizo un juramento—. Te prometo que voy a descubrir quién fue…

Rick suspiró y luego se sumergió en su computadora, de la cual no se despegaría en un buen tiempo.

Iba en mi bicicleta a toda velocidad pensando en lo cerca que estaba el asesino de todas las personas que amaba. No había notado que estaba pisándonos los talones y que cualquiera de nosotros podía ser la siguiente víctima.

La verdad es que ninguno sabía en realidad a qué nos estábamos enfrentando y, en ese momento, solo había una cosa que tenía clara: si el asesino era mínimamente parecido a la criatura que tenía dentro, entonces nadie podría detenerlo… Teníamos que huir de este pueblo.

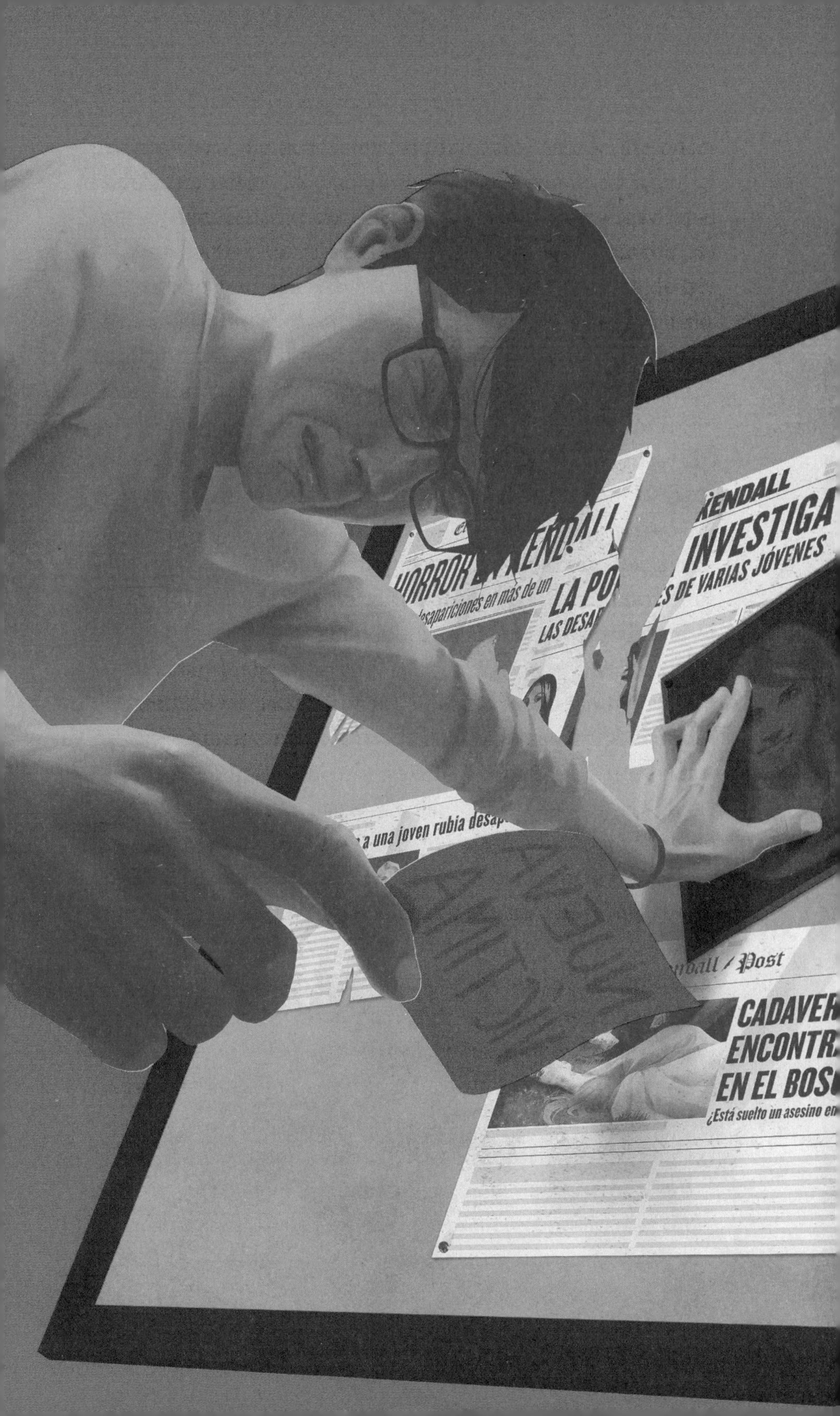
KENDALL
INVESTIGA
ES DE VARIAS JÓVENES
desapariciones en más de un
LA PO
LAS DESAP
a una joven rubia desap
Post
CADAVER
ENCONTR
EN EL BOS
¿Está suelto un asesino en

Llegué a casa y, soltando la bicicleta en medio del césped, corrí a la entrada con la respiración agitada. Justo cuando iba a entrar, escuché los gritos de una efusiva discusión dentro. Frené en seco y acerqué mi oído a la puerta.

—¡¿Eutanasia, Adryan?! —Escuché gritar a mi papá.

—Sí, papá —respondió mi hermano menor.

—¡Te volviste loco, perdiste la cabeza! —le espetó, enfurecido.

—Hijo, por favor, no digas eso —suplicó mi mamá en medio de lágrimas.

—¡Se nota que ustedes no entienden nada! —explotó Adryan—. Cada vez estoy peor, llevo dos días sin dormir, el dolor en mi cabeza no me deja ni pensar. Esto no es vida, ¡nadie puede ayudarme, ya no puedo más!

Escuché pasos que se acercaban a la entrada, así que corrí a esconderme detrás de una de las plantas del jardín.

Justo en ese momento mamá salió, limpiándose las lágrimas, y se sentó en las escaleras del porche con los brazos abrazando sus rodillas. Estaba intentando calmar su respiración.

Decidí dar la vuelta hasta la parte de atrás de la casa y, una vez allí, escalé por la ventana hasta llegar a mi habitación.

Cuando llegué, me senté en el suelo e imité la pose de mi mamá, intentando contener el llanto que tenía acumulado. Todo estaba siendo demasiado para mí. Muerte, apariciones, un ente oscuro acompañándome y mi familia cayéndose a pedazos. *¿Qué espera el mundo de mí?*, me pregunté al borde de un colapso.

«El único requisito para morir es estar vivo».

EUTANASIA
CAPÍTULO 22

Fracasé en mi primer intento de compartir todo lo que me estaba pasando. Mi familia estaba muy rota y escuchar a Adryan decir que no quería seguir viviendo acabó con cualquier impulso que hubiera tenido de explicarles a mis padres lo que me sucedía a mí. Estaba aterrada, pero no era el momento, debíamos pensar en mi hermano.

De repente Adryan abrió mi puerta y entró abruptamente a mi habitación. Tenía el ceño fruncido.

—¡Ajá, Pupú! ¿Se puede saber qué haces aquí? —preguntó cruzándose de brazos.

—¡Shhh, cállate! —susurré y le lancé una mirada de advertencia.

—¿No estabas en clases? ¿Qué es esto? ¿Ahora eres *hippie*? Son la drogas, ¿cierto? —preguntó, alterado.

—¡Adryan, cállate! ¡Basta! ¡Papá te va a escuchar! —recalqué poniéndome de pie.

Y, como si lo hubiera invocado, cuando fui a cerrar la puerta, apareció mi papá y se cruzó de brazos.

—Pues ya escuché, ¿qué está pasando acá? —preguntó esperando una explicación. Yo solo atiné a quedarme callada—. ¿Por qué no estás en clases, Katie? —insistió.

—Suspendieron las clases —murmuré.

No quería tener que darle la noticia, principalmente porque no sabía cómo y porque no tenía el valor para repetirlo en voz alta. Papá había sido amigo del señor Scott desde que estábamos pequeñas y si le contaba lo que había sucedido solo agregaría sufrimiento a una persona más de mi alrededor.

—¿Suspendieron las clases? Déjame revisar mi correo. Lo normal es que los colegios avisen a los padres cuando hay un cambio de actividad o una suspensión de las clases. De lo contrario, es irresponsable —apuntó, indignado.

Papá revisó su móvil y noté el momento exacto en el que su expresión cambió.

—¿Katie…? —preguntó mirándome con el semblante completamente pálido.

—Es cierto, papá —le respondí rompiendo en llanto.

—Los Paul están muertos… Los mataron… —dijo sin poder creerlo.

Papá se sentó en mi cama, intentando asimilar lo que acababa de leer. Se le aguaron los ojos e intentó ocultarlo sosteniendo su cabeza entre las manos y apoyando los codos en las piernas.

—¿Cómo…? —preguntó con la voz quebrada.

Adryan miró a papá y sus ojos se aguaron también. No era usual verlo llorar.

—¿Fue toda… la familia? —Estaba impresionada, no había escuchado esa parte en la escuela.

—No quedó ni uno de ellos, Katie, los mataron a todos… —me explicó en medio de lágrimas.

De repente Adryan apretó los puños y, tras limpiarse arrebatadamente las lágrimas, explotó en ira.

—¡A este pueblo se lo lleva el Diablo! ¡Este sitio sí que es un infierno! ¡Ya déjenme morir en paz! —gritó saliendo del cuarto, dando un portazo y dejándonos a mi papá y a mí congelados.

Lo miré y noté que se desvanecía lentamente, sus ojos perdieron el brillo y, cabizbajo, negó con la cabeza.

—Ya siento que no doy para más —me confesó.

Me dolía no poder hacer nada por él, quería ser capaz de consolarlo, pero a estas alturas no sabía cómo.

—Papá, lo siento… —susurré, entristecida.

—Katie, esto es increíble —dijo con la mirada perdida—. Todo está mal. No hay una sola buena noticia, ¿sabes? Y ahora esta idea de tu hermano… Eutanasia, Dios mío, ¿cómo se supone que un padre maneje algo así?

Papá se quedó en silencio, sumergido en sus pensamientos. Lo miré y no pude volver a llorar. Había aguantado mucho, pero todos, absolutamente todos, tenemos un límite, y creía que ya habíamos llegado al nuestro…

—Papá… —murmuré agarrándole la mano.

Cuando me miró y vio que estaba llorando, se repuso, limpió sus lágrimas y soltó una risa fingida.

—Discúlpame, Katie, por Dios, estoy recargándote más a ti. No te preocupes por nada, hija. Lo vamos a resolver, ¿sí? —aseguró apretándome la mano.

Era la mentira más grande que me había dicho, lo vi en sus ojos. No se creía capaz de sobrellevar nada, pero aun así no quería que yo me sintiera igual. Si tan solo hubiera sabido que…

Sin pensarlo, me puse de pie, molesta, y salí de mi habitación a buscar a Adryan. La ira me tomó por completo, ¿qué le pasaba a mi hermano? ¿Cómo les pedía a sus padres que dejaran morir a su hijo? Era egoísta, frívolo y cruel hasta para él… O al menos eso creía.

Agarré el pomo de la puerta de su cuarto y la abrí de golpe, pero no lo encontré, así que caminé hacia el baño. Entré, dispuesta a gritarle, hasta que lo vi de rodillas frente al inodoro con los ojos llorosos y la nariz llena de sangre, que goteaba bajando hasta su barbilla.

—¡Adryan! —grité, asustada y olvidando mi enfado.

—¡Vete! —me ordenó débilmente.

Adryan siempre intentaba verse más fuerte de lo que en realidad se sentía, pero los síntomas se habían vuelto cada vez peores. Y si había algo que no era disimulable, eso era la falta de salud.

Me arrodillé junto a él y lo agarré del brazo para que se recostara sobre mí. Cogí una toalla y le limpié la sangre. Mis lágrimas amenazaban con salir, pues verlo así era quizá una de las cosas más dolorosas que había vivido.

—Lo siento, hermanito, me parte el alma que estés pasando por esto… —susurré con la voz quebrada.

—No puedo más, Pupú, ya no puedo más… —me confesó con la voz casi inaudible.

Cuando escuché sus palabras me rompí a llorar.

—No podemos estar sin ti. Mamá no puede, nadie aquí puede… —le dije en medio de un fuerte sollozo.

—Déjenme ir, no puedo… —insistió.

—No podemos, Adryan… Todos te amamos —repliqué con contundencia.

De pronto Adryan se apartó con las pocas fuerzas que le quedaban. Se puso de pie, casi perdiendo el equilibrio, y se sostuvo del tanque del inodoro mirándome furioso.

—¡Retenerme aquí no es amor! ¡Me estoy muriendo! —me gritó, desesperado—. ¡Déjenme en paz! ¡Los odio!

—¡Adryan! —le reproché sin poder creer lo que acababa de decir.

Papá llegó y se paró en la puerta del baño mirándonos con tristeza.

—Adryan… —dijo en tono de advertencia.

—¿Qué, papá? —lo retó—. ¿Qué quieren? ¿Quieren ver que me estalle el cerebro, que colapse ahogándome en mi sangre, que quede inmóvil atrapado en mi propio cuerpo como una zanahoria? ¡Los odio! —gritó tan fuerte que ambos nos encogimos.

—Cálmate, por favor… —murmuré asustada, llorando.

—¡Fuera del maldito baño! —gritó, furioso.

Me puse de pie y dejé solo a mi hermano menor. Con lo último de sus fuerzas, caminó hacia la puerta y la cerró de golpe, pasando el seguro para que no pudiéramos volver a entrar.

Josh estaba dentro de su habitación, sentado frente a su *laptop* con los ojos cerrados, recostado en el espaldar de la silla. Se llevó las manos a la cabeza y frunció el ceño. Como de costumbre, estaba intentando reprimir lo que sentía a toda costa. Odiaba cuando lo embargaban emociones oscuras como las que habían surgido al escuchar las palabras de nuestro hermanito menor.

Yo, por mi parte, me quedé abrumada en el pasillo al lado de mi papá. Intercambiamos miradas, pero ninguno se atrevió a decir ni una palabra. La verdad es que no había ninguna que encajara en una situación tan difícil como esa.

De pronto, y rompiendo con el fantasmal silencio que había tomado la casa, se escuchó un fuerte sollozo.

Papá y yo volteamos instintivamente, buscando de dónde provenía el sonido, y nos encontramos con mi mamá asomada en las escaleras y llorando con desconsuelo. Era obvio que había escuchado todo lo que Adryan nos había dicho y había colapsado.

Me quedé paralizada, pero papá reaccionó. De inmediato corrió a abrazarla y a darle consuelo. Miré desde arriba a mi papá, quien disimuladamente me hizo una seña que me indicaba que tenía que dejarlos solos.

Entré a mi habitación, llorando en silencio, y sin pensarlo dos veces me acosté, me cubrí hasta la cabeza y cerré los ojos con fuerza, intentando borrar la imagen que tenía en mi mente de Adryan sangrando.

Tenía tantas cosas que me estaban haciendo sufrir que no sabía cuál reprimir primero. Pero, sobre todo, no sabía si sería capaz de hacerlo en primer lugar. ¿Alguna vez sintieron que en el momento en el que llega un problema, llegan todos los demás al mismo tiempo? No hay un espacio entre uno y otro, no hay un *break* para que respires y te recuperes. El mundo no se detiene para que te repongas, al contrario, te envía una oleada de conflictos más para probar hasta dónde eras capaz de aguantar. En mi caso ya parecía demasiado. No podía con tanto.

Cuando cayó la noche, Mike se encontraba acostado en su cama, sin camiseta, vistiendo solo unos pantalones de chándal. Sostenía su móvil contra la oreja y, con la mano libre, tiraba una pelota contra la pared para que rebotara una y otra vez. Rick estaba al otro lado de la línea. Mike jamás había estado nervioso de hablar con su mejor amigo, pero esta vez era diferente, esta vez no sabía qué palabras debía utilizar. Siempre había sido el peor en eso y ahora tenía que ser el primer consuelo de una de las personas más importantes de su vida.

—No voy a descansar hasta que ese m... maldito pague, Mike —juró entre dientes. Se notaba que estaba furioso.

Rick había pasado de dolor a la ira en un segundo. Mike había escuchado una vez de su abuela que cuando una persona atravesaba algo muy duro y no era capaz de lidiar directamente con el dolor lo convertía en furia porque era más sencillo de manejar. Y jamás había sentido tan ciertas esas palabras como en ese momento.

—¿Qué estás haciendo, *bro*? Me estás preocupando —confesó al escuchar las últimas palabras de Rick.

—Mike, esto es una lo… lo… locura… No tienes idea de todo lo que tengo armado. Este asesino es más peli… groso de lo que creemos —respondió, enfocado en lo que estaba buscando.

Rick estaba en su sótano con uno de los aspectos más descuidados que había tenido jamás. Estaba en pijama, despeinado y con los ojos hinchados por todo lo que había llorado ese día. Frente a él tenía su enorme cartelera, que ya estaba repleta de nueva información. Se notaba que había pasado horas enfocado solo en eso. Tenía fotos de todas las víctimas del asesino serial, descripciones que había dado la policía, la venda ensangrentada y un sinfín de apuntes suyos a mano sobre cabos que había logrado atar.

—Rick, ¿estás seguro de que no te estás obsesionando con este tema? —le preguntó Mike desde el otro lado de la línea.

—*Bro*, si me tengo que obsesionar p… para que pague por lo que hizo, lo v… voy a hacer —respondió a la defensiva.

Mike suspiró, no podía discutir con Rick sobre este asunto, su dolor era muy reciente.

—Rick, descansa, esto ha sido muy duro para ti, ¿has comido al menos? —Se interesó, preocupado.

—¡Me da igual co… comer, Mike! —alzó la voz, furioso—. Solo quiero que este ma… maldito se muera y se pierda del pu… pueblo ya mismo.

Mike cerró los ojos, abrumado por el dolor que le producía

escuchar a Rick tan lleno de rencor. Le recordaba a una versión de sí mismo que odiaba. Rick era la buena influencia, la inocencia, los chistes malos y la buena visión del mundo, pero esta muerte lo había agrietado.

—Rick, no te consumas, *bro*, no por este tema… —le suplicó.

—Cuando veas lo importante que es lo que estoy lo… lo… logrando, te acordarás de mí —afirmó y cortó la llamada.

Mike se quedó en silencio y se cubrió la cara con las manos. Estaba frustrado. Honestamente, no sentía que hubiera aportado nada al estado de Rick, pero tampoco sabía cómo remediarlo.

En ese instante, el papá de Mike entró a la habitación con el ceño fruncido.

—Papá —dijo, fastidiado al notar su presencia.

—¿Cómo están las cosas con Ámbar, Lucía y Ashley? —preguntó mirándolo fijamente.

Para el señor Johnson siempre había sido esencial que su hijo heredara su gusto por las mujeres y la idea de cambiarlas cada semana. Para él era inconcebible que Mike se enamorara.

—Bien —le respondió, cortante.

—No has traído a más chicas a casa —apuntó como una acusación.

—¿Qué?

Mike lo miró, incrédulo. No podía creer que lo único que notase de su vida fuera eso.

—No será que estás atontado con una sola, ¿verdad? —preguntó el hombre, contrariado.

—No —respondió Mike a la defensiva, mirándolo con odio.

—Recuerdas lo que te he dicho, ¿no? Este es tu momento —dijo dando un paso hacia su hijo—. Y si te dejas mangonear por una zorra, te controlará para siempre. ¿Te gustaría verme siendo controlado por tu madre?

—Me encantaría que nadie fuera controlado —murmuró Mike.

—¿Qué dijiste? —preguntó, ofendido.

—Nada, papá.

El señor Johnson lo miró unos segundos y luego se fue, dejando a su hijo solo en medio de todo el torbellino mental que estaba atravesando.

En ese momento, Mike agarró su móvil y me llamó.

«Lucha aun cuando creas que has llegado al límite, pues tu mejor recurso es no poder sufrir más».

CAPÍTULO 23
ASÍ ES MIKE JOHNSON

Cuando escuché la llamada y leí el nombre de Mike, contesté de inmediato.

—¿Hola? —respondí con la voz llorosa.

—¿Katie? —preguntó, alarmado—. ¿Estás bien? ¿Es lo de Adryan? ¿Lo de Clara?

—Por todo —le confesé sollozando—. Es demasiado, Mike… En este momento no sé qué vamos a hacer con Adryan. Está demasiado mal y… se quiere hacer una eutanasia.

Mike se quedó frío al escuchar lo que acababa de decirle.

—Por Dios… —susurró—. ¿Y qué piensan hacer?

—No podemos hacer nada… —admití intentando no llorar tan fuerte.

—¿Quieres que vaya a verte? —me preguntó, demostrando lo preocupado que estaba.

Me quedé en silencio frente a esa propuesta, pues me impresionaba lo atento que Mike estaba siendo. Normalmente era más evasivo sin importar qué tan graves fueran los problemas.

—No es buen momento para visitas… —susurré con tristeza.

—¿Quieres hablar del tema?

—Es su salud, Mike…

—¿Está tan mal?

—Peor… Y siento como si… —dije a punto de desahogarme por completo, pero me detuve en el último segundo. Seguro Mike tenía sus propios problemas, no tenía por qué cargar a nadie más con todo esto.

—¿Como si…? —Mike insistió.

—No importa, seguro estás ocupado con otras cosas —murmuré.

—Nada me importa más que tú en este momento, Katie —afirmó con convicción.

Mi corazón dio un salto y empezó a latir con mucha rapidez. Mike acababa de decir las palabras que más ansiaba escuchar en ese instante. Me hizo sentir comprendida y el sentimiento de soledad desapareció lentamente. Por primera vez en mucho tiempo sentí que podía ser escuchada y que no tenía que seguir guardando todo lo que estaba sintiendo.

—Es que… siento como que no estoy ayudando a nadie aquí —confesé.

—¿Qué quieres hacer? —preguntó entonces.

—No sentir nada, sería más sencillo. Quizá así podría manejar todo…

—No dejes que…

De pronto Mike se quedó en silencio, pensando en las palabras que su papá acababa de decirle.

«Recuerdas lo que te he dicho, ¿no? Este es tu momento. Y si te dejas mangonear por una zorra, te controlará para siempre. ¿Te gustaría verme siendo controlado por tu madre?».

Molesto frente al recuerdo, Mike negó con la cabeza. Todo lo que su papá le había dicho estaba errado, el amor no era control.

—No dejes que ese pensamiento te traicione Katie —me dijo con firmeza.

—¿Có… cómo? —tartamudeé, nerviosa.

Mike suspiró y empezó a hablar:

—A la larga… Cuando te la pasas todos los días abrazada a algo así, solo acumulas todo. No significa que no lo estés sintiendo, solo significa que lo estás ocultando, pero esconder las cosas no las hace invisibles. Te lo dice alguien… que lo sabe.

—No sé cómo lidiar con algo tan grande —le confesé, derrotada.

—Nada es más grande que tú aunque lo parezca. El que no tengas la solución de todo hoy no significa que no la vayas a conseguir, sabes eso, ¿verdad? —preguntó.

—Pareciera que nada en mi vida tuviese intenciones de solucionarse —le dije con pesimismo.

—Te prometo que sí va a resolverse todo.

—¿Cómo lo sabes?

—Porque te conozco, porque lo presiento…

En medio del llanto me reí.

—Sonaste como Rick.

Mike también rio al notar que tenía razón.

—Por lo menos te hice reír.

—Tú siempre lo logras —le confesé, complacida de estar hablando con él.

Mike cerró los ojos y se quedó en silencio. Estaba intentando contener todas las emociones que sentía con tan solo escucharme.

—¿Katie…? —me llamó de pronto.

No dije nada, nerviosa por la cantidad de sentimientos que

me inundaban. *¿Qué me pasa? ¿Será que, en el fondo, sí estoy sintiendo algo?*, me pregunté.

—¿Sí…? —respondí unos segundos después.

—Yo… Estoy aquí para ti… cuando me necesites.

No pude evitar sonreír. Él no tenía idea de lo que aliviaban sus palabras.

—Lo sé —admití.

Después de eso, el silencio volvió a la llamada. Podíamos haber colgado, pero en realidad no quería y estaba segura de que él tampoco. Mike era un chico increíble, uno al que a veces lo traicionaban su orgullo y los pensamientos totalmente equivocados que le había metido su padre en la cabeza.

—¿Te puedo preguntar algo? —solté de repente rompiendo con el silencio.

—Sí, obvio.

—¿De verdad te gusta Ámbar? —dije con voz de asco.

Mike soltó una risotada, no se esperaba que esa fuera mi pregunta, pero, cuando la analizó, suspiró y se quedó pensativo por un rato.

—No, es decir… No lo sé… Lo único que creo que conozco es eso —confesó, confundido.

—¿Qué cosa? —le pregunté sin entender del todo.

—Las relaciones… —dijo sin saber cómo completar la frase.

—¿Falsas? —complementé yo misma.

—Iba a decir inestables, pero también es válido —aceptó riéndose suavemente.

—Bueno, quizá sea hora de conocer otra cosa —le propuse sin pensarlo.

Al entender lo que acababa de insinuar, los nervios me invadieron y no pude decir nada más.

Él, por su parte, sonrió al escucharme. Claramente ambos habíamos interpretado igual mi frase.

—Creo que yo también quiero eso —confesó.

Por un segundo mi corazón dio un salto. Escuchar a Mike así me causaba una emoción muy extraña. ¿Por qué me había hecho sentir tan bien oír eso? Agradeciendo que no pudiera verme, me cubrí la cara y suspiré. *¿Qué te pasa, Katie?*, me pregunté.

No dije nada más y, en su habitación, Mike sonrió de nuevo. Estaba muy nerviosa y no sabía qué responder, pero esta vez Mike no necesitaba ni una palabra.

—Yo… —dije sin saber qué comentar.

—Descansa, K, no tienes que decirme más nada, ya tienes mucho en la cabeza. —Me detuvo.

Fruncí el ceño, extrañada. Mike no solía ser así, de hecho, normalmente era todo lo contrario. Aunque tenía que admitir que esta nueva actitud me gustaba… y mucho.

—Buenas noches —se despidió entonces.

No pude evitar sonreír.

—Dulces sueños, Mike.

—Ojalá sean contigo —confesó de repente.

Mike se quedó unos segundos en silencio sin colgar y, extrañamente, yo tampoco me sentí capaz. Luego de unos minutos, sacudí mi cabeza y colgué.

—¿Y entonces, Katie? ¿Qué te pasa ahora? —me reproché en voz alta.

Suspiré confundida y abracé mi almohada con fuerza.

Horas después estaba dormida en mi habitación cuando, de repente, escuché el sonido de la canción que la criatura solía tararear. Me desperté de golpe y me senté en la cama con la respiración agitada, desconcertada, mirando a mi alrededor. Intentaba descubrir de dónde provenía el sonido.

—¿Dónde estás? —pregunté, alarmada.

Su risa burlona sonó por toda la habitación.

—Tú sabes dónde estoy… —respondió.

Mi corazón había empezado a latir a una velocidad fuera de lo normal. Me toqué el pecho con la mano y negué con la cabeza. No podía aceptarlo, no quería admitir lo que, en el fondo, ya sabía: que ella habitaba dentro de mí.

—¡Déjame en paz… déjame! —grité a todo pulmón.

—Eres mía…

Lloré desesperada mientras intentaba taparme los oídos para no escucharla más.

—Por favor… déjame en paz —sollocé.

—Shhh… —Me calló—. Ya está aquí.

De pronto, un grito ahogado salió de mi garganta y me desperté de la pesadilla.

Abrí los ojos y me incorporé de golpe. Miré hacia los lados y confirmé que estaba sola en mi habitación. Respiré hondo, agradecida de que solo hubiese sido una pesadilla.

Justo cuando me iba a volver a dormir escuché a los perros de la vecina ladrando fuertemente. Mi intuición me decía que no era por nada bueno. Sin razón alguna mi piel se erizó y mi corazón se aceleró. Las últimas veces que había sentido algo así, una presencia ajena que aún no identificaba estaba cerca, así que quizá…

Me levanté y me asomé por la ventana moviendo bruscamente las cortinas. Entorné los ojos, intentando ver mejor en la oscuridad, y fue entonces cuando lo vi. Había un hombre parado en frente de mi ventana con un traje roto y sucio. No podía distinguir su cara debido al montón de vendas que lo envolvían, pero lo que sí logré ver fue un punto rojo brillante en el centro de su cuello.

Me quedé paralizada, mis latidos siguieron acelerándose y mis instintos se agudizaron de inmediato. Por alguna razón sentía que conocía su presencia, pero era imposible, jamás había visto a ese sujeto en mi vida. Lo que de verdad me asustó fue el sentimiento que me generó. Era peligro, amenaza… y muerte.

Saliendo de mi trance, di varios pasos hacia atrás. Estaba muerta de miedo y no podía ni siquiera reaccionar. Sin embargo, después de unos segundos, logré gritar.

—¡Papá! ¡Papá! —lo llamé, aterrada.

Él y mi hermano entraron de golpe a la habitación. Corrí hacia ellos y me abalancé sobre mi papá, llorando en una crisis de pánico. Estaba hiperventilando, tenía los ojos abiertos como platos y no era capaz de dar ninguna explicación.

—Katie, ¿qué pasó? —me preguntó, confundido.

Estaba temblando, no sabía cómo describirles lo que había sucedido, así que tragué en seco e intenté decir algunas palabras atropelladamente.

—Hay un hombre… —dije conteniendo las lágrimas— allá afuera… mirando hacia mi ventana.

—¡¿Qué?! —gritó Josh, furioso.

En un segundo, salió disparado de la habitación y, luego de agarrar un bate del armario, bajó las escaleras.

Salió al patio, con el bate en mano, e inspeccionó los alrededores buscando al sospechoso.

—¡Ey! ¡Ey! —vociferó—. ¡Sal o te vas a arrepentir! —le ordenó y, sin embargo, no hubo respuesta.

Todos salimos a asomarnos por la puerta para verificar que no le pasara nada a Josh. Adryan frunció la nariz, aún somnoliento, y se cruzó de brazos mientras esperaba que nuestro hermano terminara el recorrido.

Al final mi hermano no encontró a nadie, así que nos sentamos en la cocina. Papá me acariciaba los hombros, consolándome, mientras mamá me servía un vaso con agua. Después, los hombres intercambiaron una mirada.

—No podemos tomarnos esto a la ligera, papá —dijo mi hermano, notablemente estresado.

—Estoy de acuerdo, esto no pinta bien —respondió papá.

—¡Tenemos a un puto asesino matando a nuestra gente en el pueblo, no me extrañaría que quisiera que fuéramos los siguientes! —gritó, alterado.

—Josh, no digas eso… —murmuró mamá.

Mi hermano le lanzó una mirada cortante y sacudió la cabeza.

—Mamá, no es momento de que entres en negación.

Dolida, suspiró e intentó hablar, pero papá la interrumpió:

—Vayan a dormir… Josh y yo nos vamos a quedar vigilando aquí abajo por si pasa algo.

Miré a mamá y suspiré. Seguía conmocionada, pero ella se limitó a acercarse y besarme en la cabeza.

—Vamos —me susurró.

Me puse de pie y le agarré la mano a Adryan para subir juntos.

Cuando llegué al cuarto me senté en la cama, agarré mi móvil y busqué entre mis chats el grupo que tenía con Rick y Mike. Miré el reloj y noté que eran las 3:33 de la madrugada. Era evidente que no estarían despiertos, aunque con todo lo que había pasado… quizá sí.

No lo pensé dos veces y escribí.

«PUPÚ TEAM»

Katie: ¿Qué hacen? ¿Alguno despierto?

Mike: ¿Todo bien?

Rick: ¿Qué pasó, K?

Katie: ¿Cómo sigues tú, Rick?

Rick: No estoy listo para hablar de eso...

Katie: Creo que hoy el asesino estuvo fuera de mi casa...

Rick: ¡¿Qué?! ¡Lo sabía, maldita sea! Katie, a partir de hoy no puedes estar sola nunca más, ¿entiendes eso?

Rick: Pero ¿están todos bien? ¿Llamaron a la policía?

Katie: Mi papá y Josh están despiertos, se quedaron abajo en el porche. Querían vigilar todo ellos mismos.

Rick: ¿Estás segura de lo que viste?

Katie: Sí... Estaba dormida y me despertaron unos ladridos fuera. Luego me asomé y vi a un tipo extremadamente raro parado frente a mi ventana, me dio escalofríos... Tiene una presencia muy extraña...

Rick: Mike, ¿estás leyendo eso?

Rick: ¿Mikeeeeeee?

Rick: ¡Buen momento para quedarte dormido, tremendísimo idiota!

Derrotada, suspiré y tiré el móvil a un lado. Era obvio que la buena actitud de Mike no iba a durar mucho, solo había sido un momento fugaz. Nada más que eso.

El asesino entró a la construcción abandonada donde tenía su guarida. Allí, en el cuarto en el que se había establecido, colgaba un gran espejo, viejo y grande, completamente destrozado. El sujeto había utilizado la superficie para desplegar un sinfín de fotos de chicas adolescentes muy parecidas entre ellas: cabello rubio, ojos azules o verdes y piel blanca. De diez fotos, tenía al menos nueve tachadas. Y la última era Clara.

El hombre se paró frente al espejo y, con una mano temblorosa, sacó unas fotos que acababa de tomar. Las miró fijamente y se embelesó al ver mi rostro en ellas. Luego de unos segundos, pegó mi foto al lado de la de Clara y su mente se disparó, extasiada.

—Ma… tho… raaaa. —Hizo una breve pausa—. ¿Estás ahí? —dijo la primera voz.

—¿La viste? Es hermosa… Uff… Quiero olerla… —respondió la segunda.

—¡Seremos libres por fin! ¡Es ella, puedo sentirlo! —le aseguró.

—Quiero probarla, lamer su piel, devorar su energía vital. Es tan débil, pequeña, inocente… Justo como me gustan —afirmó con morbo.

—Como siempre debió ser… —aseguró la voz inicial.

El sujeto parecía tener múltiples personalidades. Una era morbosa, sádica y enferma, y la otra cuerda, segura e imponente.

De pronto se paralizó como si acabaran de inyectarle alguna sustancia y empezó a retorcerse, envuelto por un dolor enorme que consumía toda su energía.

—¡Ah, me quemo! —gritó, adolorida, la segunda personalidad.

—Solo hay que aguantar un poco más… —le suplicó la primera.

Después de unos segundos el dolor se intensificó, esparciéndose por todo su maltrecho cuerpo. La criatura miró hacia el techo y soltó un grito intenso mientras su brazo derecho sangraba.

«Hui de todo menos de ti porque siempre fuiste la sombra detrás de mí».

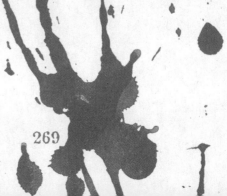

CAPÍTULO 24
SOLO TÚ, RICK DÍAZ

osh y mi papá estaban aún en el patio. Habían caído totalmente rendidos sobre las sillas de plástico. Mi hermano abrazaba el bate con el que, según él, nos iba a defender y mi papá soltaba ruidosos ronquidos cada pocos segundos. Mientras tanto, un intruso aprovechó para pasar en silencio por la zona delantera de la casa y luego subir por mi ventana. Era alto, fornido y llevaba un pasamontañas negro con el que no se le podía ver la cara.

Tras una noche en vela, estaba a punto de caer dormida, pero escuché que mi ventana se abría con lentitud. Abrí los ojos y, justo cuando iba a voltear a ver qué estaba pasando, el desconocido me abrazó por la espalda y me cubrió la boca para evitar que gritara. Instintivamente y sin pensarlo, los poderes que habitaban en mi interior se activaron y solté una onda expansiva que envió al intruso volando hasta la pared.

Adolorido y soltando un quejido, el sujeto cayó al piso. Lo miré, sintiendo cómo mi cuerpo perdía el control. Mis ojos parpadeaban entre el rojo y el verde, como si hubiese una guerra por el control de mi conciencia. La onda me había tirado a mí también a la cama, así que, cuando recuperé algo de control, me incorporé y miré al intruso… pero en realidad era Mike.

De inmediato me calmé y mis ojos volvieron completamente a la normalidad.

—¿Mike? ¿Y tú qué haces aquí? —le pregunté, alterada.

—Me preocupé por ti —explicó haciendo una mueca de dolor—. No me iba a quedar de brazos cruzados mientras un asesino te acechaba.

Un segundo después, escuché que, a lo lejos, Josh gritaba con todas sus fuerzas.

—¡Aguanta, K! ¡Ya voy a matar a ese imbécil! —Lo escuché mientras corría por el pasillo y miré alarmada a Mike.

—¡Métete debajo de la cama!

—¿Qué? —preguntó con el ceño fruncido.

—¡Métete o Josh va a romperte la cabeza con el bate! —le ordené, desesperada.

—Okey, okey… —murmuró.

Mike se metió rápidamente debajo de mi cama y, cuando estuve segura de que estaba bien escondido, corrí hacia mi espejo para destaparlo.

En ese instante entró Josh dando un portazo.

—¡¿Dónde estás, malnacido renacuajo?! —vociferó, enfurecido.

—Tranquilo, tigre —dije intentando que se calmara—. Es que… destapé el espejo y…

—¡Katie, no es momento para eso! —me reclamó, molesto.

Volví a cubrir el espejo y lo miré, fingiendo culpabilidad.

—Lo sé, perdón, perdón… ¿Ustedes están bien? —le pregunté para distraerlo.

Sabiendo que se había quedado dormido, los nervios se apoderaron de Josh, así que fingió una tos fuerte y desvió la mirada.

—¡Obvio, estábamos súper bien! Yo estaba haciendo un

recorrido perimetral para vigilar la zona —improvisó—. ¡Todo está bajo control!

Le sonreí, igualmente nerviosa, intentando que no sospechara de nada.

—Todo en orden, entonces —le dije con falsa calma.

—Bueno, si ves algo extraño, me avisas. Estaré alerta como un águila —me advirtió.

—No tengo dudas. Gracias, hermanito.

Josh asintió y salió del cuarto con su bate en la mano. Esperé unos segundos, agudizando mi audición para poder escuchar por dónde sonaban sus pasos y, cuando estuve segura de que se había alejado bastante, suspiré.

—Ya puedes salir —le avisé a Mike.

Él se arrastró y salió de debajo de la cama, poniendo los ojos en blanco por el discurso de Josh.

—Sobre todo como un águila… —se burló.

—Casi me matas del susto —lo regañé y le di un leve empujón con mi mano.

Mike sonrió al verme molesta y se acercó, agarrándome por los brazos.

—¿De verdad crees que, sabiendo que un asesino estaba acechándote en la entrada, me iba a quedar en mi casa?

Lo miré fijamente y no pude evitar reírme al recordar lo ridículo que se había visto escondido bajo mi cama.

—¿De qué te ríes? —preguntó, confundido.

—De cómo te hice meter debajo de la cama —expliqué entre risas.

Él se rio también y aprovechó para sentarse en el suelo mientras yo me acomodaba en la cama.

—Más bien agradece que estoy aquí —me dijo.

—No es para tanto, M, mi papá y Josh están atentos —aseguré, confiada.

—¿Atentos? —preguntó con sarcasmo y soltó una carcajada baja—. Cuando llegué, estaban dormidos en el porche.

—¿En serio?

—Sí, tu papá estaba roncando y todo.

Suspiré y negué con la cabeza, decepcionada.

—Ya sabes lo que dicen —explicó, orgulloso—. Si quieres algo bien hecho, tienes que hacerlo tú mismo.

Enternecida, miré a Mike. De verdad quería cuidarme sin importarle nada. Cada vez me sorprendía más su forma de actuar.

—Gracias, Mike.

Él sonrió y, luego de poner una mueca de incomodidad, se puso de pie y caminó hacia mí. No dejaba de mirarme. Yo seguía sentada en la cama, así que, cuando se agachó, prácticamente quedó a centímetros de mis labios.

—Lo único malo es que… —susurró.

Lo miré con el corazón latiéndome a una velocidad anormal. Con lentitud, Mike estiró el brazo a centímetros de mi cintura y, cuando parecía que iba a besarme, pasó su mano por detrás de mi espalda y agarró una de mis almohadas.

—… voy a necesitar una de estas —explicó completando la frase.

Mike se alejó e intenté recuperar la compostura. Una parte de mí creía que iba a besarme y, por alguna razón, que no lo hiciera me había dejado… irritada.

Mike dejó la almohada en el suelo y se acomodó, usándola como respaldo para no apoyarse contra la fría pared. Después, como si nada hubiera pasado, agarró su móvil y empezó a jugar un jueguito de disparos.

Me quedé mirándolo fijamente y en silencio. Esta vez era yo la que me había atontado, la que estaba detallando sus expresiones mientras jugaba. Y era yo la que se preguntaba por qué había desaprovechado la oportunidad de un beso.

En un instante, Mike se movió un poco y, sin lograr acomodarse bien, soltó un quejido agudo y cargado de dolor.

—¿Qué tienes, M? —le pregunté, preocupada.

—No sé, me duele la espalda… —explicó retorciéndose.

Me paré de un salto y me acerqué a él. Le tendí la mano para que se incorporara y luego lo obligué a darse la vuelta y a que se subiera un poco la camiseta.

Miré su espalda y noté que un morado enorme se estaba formando en medio de su columna.

—Te lastimaste —dije sintiéndome culpable—. Déjame buscar algo.

Abrí el cajón de mi mesita de noche y saqué una cajita de primeros auxilios que mi mamá se había empeñado en dejar en cada una de nuestras habitaciones.

Mike terminó de quitarse la camiseta y la tiró al suelo. Cuando giré mi cabeza y lo miré, los nervios me invadieron y solté la cajita.

Divertido, él se agachó a recogerla y me miró con el ceño fruncido.

—¿Qué tienes, K? —preguntó haciéndose el desentendido.

Logré ver el golpe y, tras recuperar la compostura, intenté sonar relajada.

—¿Podrías voltearte? —le pedí.

Mike obedeció, yo me senté en la cama y agarré la pomada para echársela cuidadosamente, casi con miedo. Por alguna razón, ese contacto tenía todos mis sentidos alerta.

M estaba sonriendo mientras no lo veía. Le dolía, pero lo divertía que yo estuviera curándolo de esa manera.

Cuando había cubierto todo el golpe con la pomada, me detuve y Mike se subió a la cama. Yo retrocedí hacia el respaldo, pero él se siguió acercando.

—K, también tengo un morado aquí —murmuró señalando uno en su abdomen—. ¿No me lo vas a curar?

Tenía el corazón a mil por hora, su cercanía me estaba poniendo súper nerviosa, pero extendí la mano para darle la crema.

—Toma, échate tú mismo.

Mike frunció el ceño, decepcionado.

—¿Es en serio?

Yo asentí y, resignado, se la puso él mismo. Vi que estaba distraído y lo empujé con las piernas para que se bajara de la cama. Divertido, me miró y yo puse mala cara.

—¡Ya! Acuéstate a dormir, Mike, te estás aprovechando demasiado —le reproché.

M se rio y se bajó de la cama con un salto.

Horas más tarde, un sobresalto me despertó. Abrí los ojos, asustada, y me encontré con Mike dormido en el suelo con una de mis almohadas. Se estaba retorciendo inconscientemente por el frío, así que me levanté con una cobija y me acosté junto a él, arropándonos.

Luego de unas horas de sueño, abrí los ojos, confundida, y me di cuenta de que estaba abrazada a Mike. Me asusté e hice un movimiento brusco, pero no lo desperté. Detallé su rostro y me atonté. Cuando dormía se veía mucho más inocente. Sonreí, divertida, y luego miré mi reloj. Eran las 6:10 a.m.

Justo cuando iba a acostarme de nuevo, mi móvil sonó, sobresaltándonos a Mike y a mí. Ninguno esperaba que sonara algo tan fuerte en ese momento.

Corrí a agarrarlo y vi que era una llamada de Rick. De inmediato contesté y lo puse en altavoz.

—¿R? ¿Todo bien?

—¡Eso te p… pregunto yo, te he escrito como mil mensajes! —se quejó.

—Estoy bien, estoy bien. Estaba dormida —le expliqué.

—Necesito que v… vengas ya a mi base secreta —me pidió con seriedad.

—¿A tu sótano?

—Es una base secreta. Por cierto, ¿has hablado c… c… con Mike? También necesito que venga.

Miré a Mike, que estaba atento y oyendo todo en silencio.

—Yo le digo —le respondí.

—K, es urgente —insistió.

—Ya voy para allá, R.

Rick colgó la llamada y me dejó completamente confundida. Mike también tenía el ceño fruncido. A ninguno de los dos nos había parecido que fuera una llamada de buenas noticias.

—¿Qué puede ser tan urgente? —preguntó, preocupado.

—No tengo idea —suspiré—, pero tenemos que ir ya.

Me puse de pie y Mike me imitó.

Procurando no hacer ruido, los dos atravesamos la cocina, cerciorándonos de que no hubiera nadie más. Caminamos hacia la puerta trasera y, antes de abrirla, le expliqué el plan.

—Vamos a fingir que viniste por mí, ¿entiendes? Por eso estás aquí a esta hora.

Mike asintió.

—Eres buena en esto, ¿no?

Puse los ojos en blanco y abrí la puerta.

Cuando llegamos al patio, Josh y papá seguían dormidos en las sillas. Le hice a Mike una seña para que no hiciera ruido y le toqué levemente el hombro a papá para despertarlo.

Se levantó de golpe, alarmado.

—¿Qué pasó? ¡No me toques, sucio asesino! —gritó poniéndose de pie de un salto.

Mike y yo intercambiamos miradas, sorprendidos por la reacción de mi papá. Cuando íbamos a decirle algo, Josh se despertó igual de alterado, dando batazos al aire. Uno casi alcanzó a Mike, pero él logró esquivarlo.

—¡Qué! ¡Aquí estoy, K! —dijo mientras apuntaba a Mike con el bate.

Cuando Josh notó que era M se tranquilizó y respiró hondo, igual que papá.

—Katie... —dijo suspirando—. Qué susto... Buenos días, hija. ¿estás bien?

—Pa, los vine a despertar para decirles que... Mike me vino a buscar para ir a casa de Rick —expliqué, nerviosa por mentir.

—Okey, me parece bien que vayas acompañada, avísame cuando lleguen, ¿sí? —me pidió, aún somnoliento.

Asentí y fui con Mike hacia donde estaban nuestras bicicletas.

Nos encontrábamos en el sótano de Rick, parados frente al cartel central, que estaba repleto de información que Rick había recopilado. Mike estaba impresionado por la cantidad de recortes que llenaban por completo el espacio. Jamás habíamos visto a Rick tan obsesionado con un tema. Tenía todo tipo de datos del asesino. Incluso había fotos de víctimas que la policía tenía clasificadas como no oficiales. En sus apuntes confirmaba que todas las muertes eran similares e incluían telarañas, líquido viscoso saliendo de ojos y bocas y las mismas descripciones físicas: rubias, ojos claros, tez blanca y jóvenes. En otra esquina, Rick detallaba la apariencia del sospechoso, que usaba una especie de traje roto y sucio. Anotaba que su pisada era de talla grande y que caminaba de manera lenta y pesada. Por otro lado, tenía las ubicaciones exactas de cada muerte, lo que le había permitido crear un perímetro en común entre todas.

Rick estaba caminando de un lado a otro, con una taza de café que se iba derramando lentamente por lo tembloroso que tenía el pulso. Se notaba que no había dormido: tenía los ojos rojos y unas ojeras muy pronunciadas, su ropa estaba desaliñada y llena de manchas de café.

Cuando miré la foto de Clara entre las víctimas, el pecho se me encogió.

—R, ¿cuándo hiciste todo esto? —pregunté, preocupada.

—Llevo varios días recopilándolo todo, p... pero un 70% lo hice entre ayer y hoy —explicó con voz plana.

—No puedo creerlo. ¿Has dormido al menos? —le reclamó Mike.

—Ni un p... poquito. Mi cerebro no me lo permite.

Rick se acercó a la mesa central, una nueva que era más pequeña y que usaba para sustituir la que yo había roto, donde tenía desplegado un mapa completo de Kendall. Dejó su taza de café a un lado y nos hizo una seña para que nos acercáramos.

—Miren esto —nos pidió y así lo hicimos—. Miren... —repitió agarrando un periódico con una de las noticias de asesinato—. Investigué el perímetro de cada uno de los asesinatos... N... n... ninguno de ellos sale de este radar. —Cogió un marcador rojo y encerró la zona—. Estos han sido los p... puntos de homicidios. —Hizo una equis en cada punto—. Está cerca de nosotros.

Mike lo miró, horrorizado. Ni siquiera entendía si era por la información o por todo lo que Rick había investigado en tan solo una noche.

—Desde el primer momento no se ha salido de este círculo —explicó señalándolo—. No ha habido avi... vi... visos de ace-cho, ni asesinatos, ni incidentes fu... fuera del perímetro que les digo.

—Rick eso es imposible, en todos lados pasan cosas locas —le recordé.

—Sí, K, pero hay algo que no estás pe... pensando y que, por supuesto, yo sí. Ninguno de los incidentes que han ocurrido fuera de este círculo coinci... ciden con los patrones del asesino. Son otros maleantes más inofensivos, lo que solo me lleva a una conclusión —nos explicó.

—¿Que es...? —preguntó Mike.

—El asesino está oculto dentro de este mismo sector. Bastante c... cerca de nosotros.

Nos quedamos en silencio luego de esa conclusión. Rick estaba fascinado con lo que había logrado, pero a Mike y a mí nos daba algo de miedo.

—R, no me lo tomes a mal, pero el asesino podría desplazarse a cualquier otro sitio —apunté.

—Te equivocas, K —insistió—. Él no está casualmente ubicado en este cí... círculo, seleccionó esta zona por alguna r... razón y, por lo que he visto, no se mueve de acá. No puede.

Mike y yo nos miramos, preocupados por lo que sabíamos que Rick diría.

—Quizá eso es lo que él quiere que piense la policía —sugirió Mike.

—*Bro* —replicó perdiendo la paciencia—, hay dos tipos de asesinos. Los e... extremadamente cautelosos y los que se olvidan de los detalles. Este no es tan astuto, es emo... mocional, pierde los cabales y es capaz de asesinar de más si pierde el foco. Lo que tú y yo conseguimos no son pistas dejadas a propósito, todas esas vendas estaban ahí por e... error, descuido.

—¿Y? —preguntó Mike.

—Un asesino muy astuto huiría y volvería después a limpiar su desastre. Uno de... descuidado tendría un talón de Aquiles y, además, se quedaría cerca de la zona elegida —concluyó con mucha seguridad.

Estaba en *shock*, sus argumentos eran convincentes y no tenía manera de contradecirlo. Todo lo que nos había explicado tenía sentido.

—Los papás de Clara murieron porque estaban en medio del camino, pero a quien realmente buscaba era a e… e… ella… —reveló llenándose de ira—. Miren mi cartelera y vean a las víctimas… Hay un patrón. —Antes de que lograra captarlo, Rick volvió a hablar—: Chicos, estoy seguro de que se esconde en uno de estos tres puntos —dijo señalándolos en el mapa con un marcador azul.

—¡¿Ya lo redujiste a tres?! —preguntó Mike, alarmado.

Rick asintió y suspiró, mirándonos con seriedad. Era impresionante, pero había reducido los puntos de la policía de diez a tres tan solo por las características del entorno. Descartó por distancia, por seguridad de cada sitio y, sobre todo, por intuición, algo que jamás le había fallado hasta el día de hoy.

—¿Están dispuestos a acompañarme a i… investigar? —preguntó e, inmediatamente, la tensión se sintió en el aire.

—No lo sé, Rick, es peligroso… —apuntó Mike.

—¿Por qué no le decimos todo esto a la policía? —sugerí.

—La policía ya registró la zona, K, son inservi… vibles. A nadie le importan los casos que ocurren en este pueblo. —Mike y yo suspiramos, indecisos. Todo era muy complejo y peligroso—. Si no me acompañan, iré yo solo… —aseguró y luego me tomó de los hombros—. K, esto es i… i… importante para mí. La muerte de Clara no va a ser en vano. Este malnacido está matándolas a todas. La policía está mal y, si no descubrimos d… dónde carajos está, va a hacerte algo.

Luego de decir esas últimas palabras, sus ojos se aguaron. Mike lo miró, afligido. Sabía que tenía razón.

Me abalancé sobre él, abrazándolo fuerte. Estaba conmovida de ver que estaba haciendo todo lo posible por salvar mi vida.

—Gracias, R —susurré.

—Rick, *bro*, pero ¿qué podemos hacer nosotros contra un criminal así? Nos aniquilaría —insistió Mike.

—Al menos podríamos asegurarnos de que ese es el s… sitio y luego pensar en quién nos podría ayudar a acabar con él —explicó, frustrado.

—Pero la policía… —dijo Mike.

—La policía nada, M —interrumpió, molesto—. No vamos a acudir a esos idiotas. Si en un principio hubieran s… sido útiles, Clara estaría viva. —Mike soltó un gruñido—. Permíteme ser yo quien cierre esto, te lo pido —dijo sin mirarlo a la cara y cayéndose a pedazos por dentro.

Mike suspiró y asintió, más convencido que antes.

—Yo voy contigo, R.

—Si ustedes van, yo también —dije reuniendo valentía.

Rick sonrió, aliviado, y se restregó los ojos con sueño.

—Hoy a las 7:00 p. m. —comentó, dispuesto a todo—. Llámenme a esa hora y les envío la ubicación p… para que sepan a dónde ir. No lo olviden.

Creo que lo más increíble de este momento fue que, a pesar de tener todos los indicios para entender lo que pasaba, aún no lo hacía. Ahí fue cuando me di cuenta de que si había alguien que siempre sería capaz de descifrar cosas antes que yo, ese sería Rick. Y eso me preocupaba bastante. Al final tuve razón porque lo que se avecinaba para los tres era terrible.

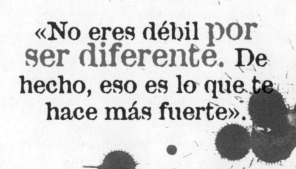

«No eres débil por ser diferente. De hecho, eso es lo que te hace más fuerte».

CAPÍTULO 25
MÁTAME

Entré exhausta a mi habitación después de toda la conversación con Rick, que estaba muy afectado por todo. Y yo sentía que no podía hacer nada para ayudarlo.

Agarré la tableta e intenté dar un paso a la vez. Era hora de enfocarme en Adryan, así que busqué toda la información posible sobre la eutanasia.

Pasé horas leyendo y, en ese período de tiempo, atravesé diferentes estados de ánimo. Primero pensé en qué querría yo en su lugar, ¿sería válido quitarte la vida por evitarte más sufrimiento a ti mismo y a tus seres queridos? Por un momento analicé lo que me estaba pasando con la criatura. Si el peligro fuera real, tan real como parecía, ¿sería capaz de… acabar conmigo misma? Sacudí la cabeza al determinar cuál sería mi respuesta. Pensar en eso no me estaba ayudando en lo absoluto.

Luego de bloquear la idea de mis pensamientos, seguí leyendo, pues quizá existían otros métodos para alargar su vida y no lo sabíamos…

No encontré nada.

Finalmente, después de caer en cuenta de que no podía hacer nada, abracé una de mis almohadas y lloré en silencio.

¿Será que de verdad esta es la única manera? ¿Será que Adryan tiene razón y nosotros no?, me pregunté, completamente rota.

Cerré los ojos, intentando reprimir el sentimiento, y en ese instante todo se tornó blanco.

De pronto, aparecí en el mismo sitio en el que había visto por primera vez cara a cara a la criatura, pero esta vez ella estaba muy cerca de mí. Su presencia me intimidó y yo solo pude mirarla. Esta vez no podía pelear por el control; el dolor que sentía por mi familia me había consumido tanto que no me quedaban fuerzas.

—Después de tanto tiempo sigues sin entender nada —susurró con desprecio sin mirarme a la cara.

—¿De qué estás hablando? —respondí.

—De tu hermano —soltó, cortante.

—No quiero hablar contigo y menos de eso. ¡No me agobies más! —le grité, molesta.

La criatura se giró y me miró con asco y desaprobación. Yo sencillamente me rendí, agotada de tantos conflictos, me arrodillé en el suelo y me cubrí la cara con las manos. Lo que más sentía en ese momento era impotencia.

—He vivido tantas vidas y he tomado tantas otras. He visto civilizaciones extinguirse y volver a nacer. He visto estrellas explotar y acabar con centenares de planetas a su paso. Y luego, desde la calma, el universo todo lo vuelve a crear.

Sus palabras hicieron que la tristeza me invadiera y rompí a llorar.

—¿Has visto la muerte de tantos mundos y aun así crees que esa es la solución?

—La muerte solo es paz —dijo con convicción.

—¡No! —le grité, furiosa.

Fue entonces cuando me miró con lástima y superioridad.

—Humanos… Ven la muerte de forma errónea…

Le devolví la mirada con rabia y negué desesperadamente con la cabeza, llorando.

—Nadie se va a morir —le aseguré.

—¿Sabes por qué no ves la muerte como él? —preguntó alzando la voz.

—No…

—Por miedo —respondió con máxima convicción y yo me cubrí los oídos. No quería escucharla. Me atormentaban sus palabras y la posibilidad de que fueran ciertas—. Miedo a lo que no conoces, miedo a lo que no controlas, miedo… a lo que no puedes ver.

En ese instante salí del trance, despertando de golpe, sudada y con el corazón acelerado.

Miré a mi alrededor y noté que ya había caído la noche. ¿Cómo es que en mi trance sentía que pasaban tan solo unos pocos segundos y en la vida real habían pasado horas? Nada en mi vida tenía ningún tipo de sentido.

Rompí a llorar, agobiada de información, de falta de realidad y de pocas opciones. Mi vida se había convertido en un constante reto. Mi realidad retaba todo aquello que la sociedad conocía como «verdad absoluta». Y en ese momento solo podía pensar en que, si eso era así, ¿quién me podría decir que la criatura dentro de mí no tenía razón? En ese momento parecía estar en lo correcto.

Escuché un grito de Adryan que parecía provenir del patio.

Asustada, me puse de pie de un salto y me asomé por la ventana. Mi hermano pequeño estaba en la acera frente a la casa, llorando y gritando.

De inmediato corrí escaleras abajo y, cuando llegué hasta él, lo agarré por los brazos, alterada.

—¡¿Qué tienes?! ¿Te duele? —le pregunté.

—¡Lo atropellaron, Katie, lo atropellaron! ¡Llama a papá, llámalo! —dijo en medio de una crisis de nervios.

—¡Adryan, papá, mamá y Josh salieron! ¡Dime qué te pasa! —le supliqué.

Sin embargo, en ese segundo miré al suelo y noté que había un gatito agonizando y tirado en medio del asfalto. Estaba inmóvil, pero chillaba de dolor. Tenía una zona de su cuerpo hundida y solo de verlo se me rompió el corazón. Le resbalaba sangre por la naricita y Adryan miraba justo ese detalle en él. Se sentía identificado y yo lo sabía.

—¿Qué es esto? ¿Es Rufus? —pregunté, confundida.

Me agaché para recoger al gatito con mis manos. No paraba de maullar, se notaba que no soportaba el dolor y estaba dejando cada gota de energía que le quedaba en soltar alaridos fuertes.

—¡Sí, sí es! La señora Mildred no se debe haber dado cuenta de que se salió… —lloró, dolido.

Me encogí al verlo de nuevo.

—Adryan, respira hondo y escúchame…

—¡No, no quiero! ¡Mierda! ¡Estoy cansado, Katie, cansado! —me gritó perdiendo el control. Me asusté al ver cómo apretaba sus puños y cómo su cara se ponía roja de ira—. ¡Duele, Pupú! ¡Todo lo que me rodea es dolor! ¡Todo! ¡El mundo solo está lleno de dolor y no soporto más! ¡No quiero vivir más y no quiero que nadie sufra más!

Mientras Adryan gritaba y el gato chillaba cada vez más fuerte, empecé a perder el control de mis propias emociones. Sentí que mi sangre se calentaba y mis ojos saltaban entre el rojo y el verde.

Intenté calmarme, pero mi hermano se agachó frente al gato y lloró, desconsolado. Estaba fuera de control y los chillidos del gato solo lo empeoraban.

—¡Haz que pare! ¡No quiero oírlo sufrir más! ¡Que pare ya! —espetó.

Estaba tan alterada que intenté canalizar mi ira para no perder el control. Sentí que cada fibra de energía dentro de mi cuerpo recorría un camino hacia mis manos, drenando gran parte de un poder contenido. Un destello enceguecedor envolvió al gato, y cuando lo miré entre mis manos, estaba muerto. Sentí que su energía vital recorrió mi cuerpo como un subidón de adrenalina y luego volví a la normalidad.

Adryan había parado de llorar, solo me estaba mirando con los ojos abiertos, completamente impactado. Ni siquiera parpadeaba. Estaba en *shock*. Me había descubierto.

Asustada, corrí hacia la casa, subí las escaleras a toda velocidad y entré a mi habitación, cerrando la puerta a mi espalda. Tenía la respiración agitada y mi corazón amenazaba con salirse de mi pecho. ¿Y ahora qué? Había cometido el error de dejar que Adryan viera lo que era capaz de hacer.

De pronto escuché su voz.

—¡Katie, Katie! —me llamó. Mi hermano abrió la puerta de golpe y entró a la habitación, mirándome con curiosidad y sin poder creer lo que había visto—. Pupú… —susurró sin saber qué decir.

Lo miré con tristeza mientras se sentaba junto a mí en la cama. Lentamente acercó sus manos a las mías y las apretó con fuerza. Lo conocía bien y sabía que estaba intentando reconfortarme y demostrarme que no tenía miedo. Pero, a diferencia de él, yo sí tenía, y mucho.

—¿Cómo hiciste eso? —preguntó, impresionado.

—Adryan, es que no lo sé… —confesé—. No sé qué tengo.

—Hazlo conmigo —me pidió, esperanzado—. Mátame. Nadie va a saber que fuiste tú.

Sorprendida, abrí los ojos como platos. Jamás pensé que me

pediría algo así. De solo escucharlo, mis lágrimas cayeron sin control.

De pronto, la voz de la criatura apareció en mi cabeza como un susurro.

Hazlo, libéralo, esto es el principio, no el fin, dijo con contundencia.

¡No puedo, no puedo, es mi hermano!, pensé, respondiéndole.

Lo que llamas hermano no existe, somos parte de un todo, insistió.

Miré a Adryan, que seguía esperando mi respuesta, y mis pensamientos me abrumaron. ¿Por qué yo? ¿Por qué debía llevar una carga de ese tamaño? Estaba cansada de que todos esperaran que actuara como ellos quisieran.

Me puse de pie y lo solté de golpe.

—No. Lo siento, pero no —declaré, molesta.

Agarré a Adryan del brazo y lo empujé hacia la puerta, luego la cerré y me recosté sobre la madera, suspirando e intentando no llorar más.

Entonces escuché la puerta de la entrada abrirse, acompañada de las voces de mis papás. Acababan de llegar de hacer las compras.

—¡Chicos, llegamos! ¡Bajen a ver lo que trajimos! —Escuché a mi papá a lo lejos.

Decidida, caminé hacia la ventana y me escapé por allí, descendiendo cuidadosamente. No tenía ganas de lidiar con nadie más en mi familia.

Estaba parada frente a la puerta de Mike, esperando a que me abriera. Cuando apareció, me miró asustado. Era obvio que no esperaba encontrarse conmigo a esa hora.

—¡K! —exclamó.

Con rapidez, me tomó del brazo y me dejó pasar. Subimos las escaleras y me indicó que hiciera silencio. Honestamente no entendía el alboroto. ¿Por qué estábamos corriendo?

Entramos a su habitación y, con cuidado, cerró la puerta. Tenía miedo de que la madera rechinara y lo delatara, pero nada se escuchó.

—¿Se puede saber qué tienes? —pregunté, confundida.

Mike respiró hondo y me miró, preocupado.

—Primero que nada, ¿qué tienes tú? —dijo acercándose y agarrando con delicadeza mi cara entre sus manos.

Al escuchar su pregunta las ganas de llorar me traicionaron. Me abalancé sobre él y lo abracé fuerte. Por un segundo, Mike se quedó congelado, pero luego reaccionó, apretándome contra su pecho.

—No quiero hablar de eso, solo quiero un abrazo —murmuré.

Nos quedamos un largo rato en silencio, abrazados, hasta que yo decidí romper el hielo, separándome de Mike.

—¿Por qué te pusiste así al verme? —volví a preguntarle con curiosidad.

—Es mi papá… —explicó rascándose la nuca.

Mike se sentó en su cama, suspirando, y apretó los puños, evitando mirarme. Estaba apenado por lo que iba a decir y yo aún no entendía el porqué.

—¿Tú papá? —repetí, incrédula.

—No le gustas —me confesó.

Al escucharlo, di un paso hacia atrás, ofendida, y me giré para abrir la puerta e irme, pero Mike me alcanzó y me detuvo.

—No, no estás entendiendo —dijo sacudiendo la cabeza.

—¿Qué no estoy entendiendo? —Enarqué una ceja.

—Mi papá espera que yo esté… acompañado de… muchas mujeres diferentes… —explicó, avergonzado.

—¿Qué? —dije sin entender nada.

—A él no le gustas porque…

Antes de terminar la oración Mike tragó en seco, claramente nervioso. Lo miré, esperando que dijera algo más. Mike se acercó y me agarró el rostro, dispuesto a besarme.

No me moví. Mi corazón latía muy rápido y no sabía qué iba a pasar entre nosotros ni cómo me sentía al respecto.

—Él sabe que… tú eres mi debilidad. Tú eres la única con la que me entregaría al 100%, con la que perdería la cabeza y rompería cada una de sus reglas —susurró.

Atontada por sus palabras, lo miré fijamente. Estaba tan confundida. No entendía por qué me afectaba tanto lo que acababa de decir. Dejé que se acercara con lentitud y, cuando sus labios rozaron los míos, abrí los ojos de repente y me percaté de la hora en el reloj de la pared. Eran las 8:00 p. m.

—¡No, no, no! ¡Son las 8:00! —dije separándome y dando un brinco.

—¡Mierda, Rick! —recordó Mike, alarmado.

Salí corriendo, tenía que asegurarme de que no se hubiera ido solo a investigar. Era demasiado peligroso.

En el camino, me tropecé con el papá de Mike, pero no le presté atención y seguí hacia la puerta.

Mike venía detrás de mí, pero Jack lo detuvo, amenazándolo con la mirada.

—¿A dónde vas con ella? —preguntó alzando la voz.

—Papá, es un muy mal momento —intentó explicarle Mike.

—No sabes lo poco que me interesa —concluyó y le bloqueó el camino hacia la puerta.

Mike miró a su papá con odio, pero el hombre se limitó a devolverle el gesto. Me había quedado completamente sola.

Rick estaba subiendo una colina bastante empinada con la bicicleta en la mano. Buscaba una de las casas que tenía planeado investigar. Eventualmente, se detuvo frente a una y observó su móvil, donde tenía una foto del lugar, y cuando analizó la imagen, vio que estaba en lo correcto. Era la misma casa abandonada. Justo cuando iba a avanzar, su móvil vibró. Miró la pantalla y se dio cuenta de que yo lo estaba llamando.

—Tarde, chicos —murmuró, molesto—. Si no se lo toman en serio ustedes, yo sí.

Rick respiró hondo y caminó hacia la construcción.

Cuando llegó a la fachada, la miró con atención y se le erizó la piel. Su instinto le decía que lo había encontrado por fin.

Entró al lugar y lo detalló. El primer piso no tenía paredes y estaba repleto de cosas sucias y podridas. Había objetos llenos de polvo y muebles de madera rotos y quemados. Al mirar al suelo notó que había varias vendas tiradas y llenas de la misma sustancia gelatinosa que ya conocía.

Rick vio un largo pasillo y decidió recorrerlo. Al final se encontró con que una de las habitaciones estaba llena de fotos. Todas tenían una equis roja sobre ellas… y la última era Clara. Cuando Rick vio aquello se llenó nuevamente de ira. Miró hacia un tocador y vio fotos mías en varios lugares, incluyendo mi ventana, el partido de baloncesto y el bosque.

—Es aquí… —susurró, convencido. De inmediato agarró su móvil, marcó mi número y yo contesté al primer tono—. ¡Katie, llegué a la g… guarida, la encontré, estoy aquí, está cerca de la casa de Clara! ¡Esto es una l… locura, tiene fotos tuyas, sabía que tenía razón! —me explicó.

Justo en ese momento, Rick escuchó los pasos del asesino por el pasillo y decidió dejar su móvil escondido y con la llamada abierta bajo uno de los muebles.

Me desesperaba estar escuchando todo al otro lado de la línea sin poder hacer nada. Algo me decía que esto iba a terminar muy mal.

—¡Rick! ¡Rick, respóndeme, por favor! —le supliqué al no escucharlo.

Lo tiene, ya lo perdiste, me dijo la criatura atacando mi mente.

Se me aguaron los ojos, todo era culpa mía.

Rick agarró un tubo y, cuando el asesino entró a la habitación, arremetió contra él, dispuesto a pegarle en la nuca.

—¡Maldito asesino! —gritó.

Cuando el tubo estaba a centímetros de tocarlo, el asesino lo agarró por el cuello y le cortó el aire. Sosteniendo a R, el sujeto miró a los lados y vio su móvil. Sin soltarlo de su agarre, fue hacia el aparato, lo puso en altavoz y habló:

—Veeeen, ¿dónde estás? ¡Ven! Ya sabes dónde estamos, te estamos esperando para jugar juntos —me invitó y luego colgó.

Rick intentó patalear, pero estaba perdiendo el color y la fuerza por la falta de oxígeno.

Cuando escuché que la llamada se había colgado, exploté. Le marqué una y otra vez, pero nadie contestaba. Los nervios me estaban matando, pero la peor sensación era la que me estaba generando la culpa. No lo soportaba. La idea de perder a Rick me destrozaba. Tenía que hacer algo.

En ese instante miré las notificaciones y me di cuenta de que Rick me había pasado la ubicación en tiempo real hacía varios minutos. Eso me dio esperanzas.

—¡Agradezco cada vez más su inteligencia! —exclamé, agradecida.

Inmediatamente me fui corriendo hacia la dirección indicada y, en medio de todo, un pensamiento apareció por primera vez en mi mente: lo quisiera o no, era nociva para las personas a mi alrededor. Rick había construido toda una investigación solo para cuidarme y yo no había sido capaz de cuidarlo a él... Nunca fui capaz de cuidar a nadie.

Justo cuando iba a hundirme, la voz de la criatura apareció en mi mente.

No sabes a lo que te enfrentas, Katie. No tienes ni una posibilidad de vencerlo, él es de mi raza, no se va a detener por nada del mundo, me advirtió.

La ignoré y seguí mi camino.

Cuando llegué al sitio suspiré. Tenía miedo, pero la adrenalina lo eclipsaba todo. La posibilidad de perder a Rick era impensable, así que me acerqué a la casa abandonada, dispuesta a salvar a una de las personas más importantes de mi vida. Después de todo, seguía sin creer que la muerte pudiera vencer siempre.

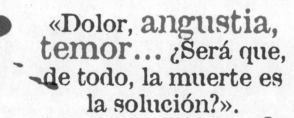

«Dolor, angustia, temor... ¿Será que, de todo, la muerte es la solución?».

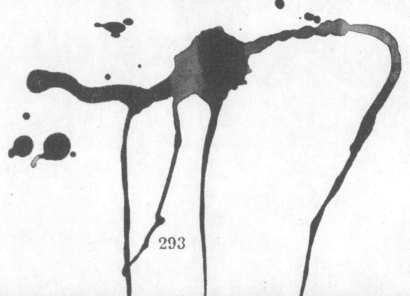

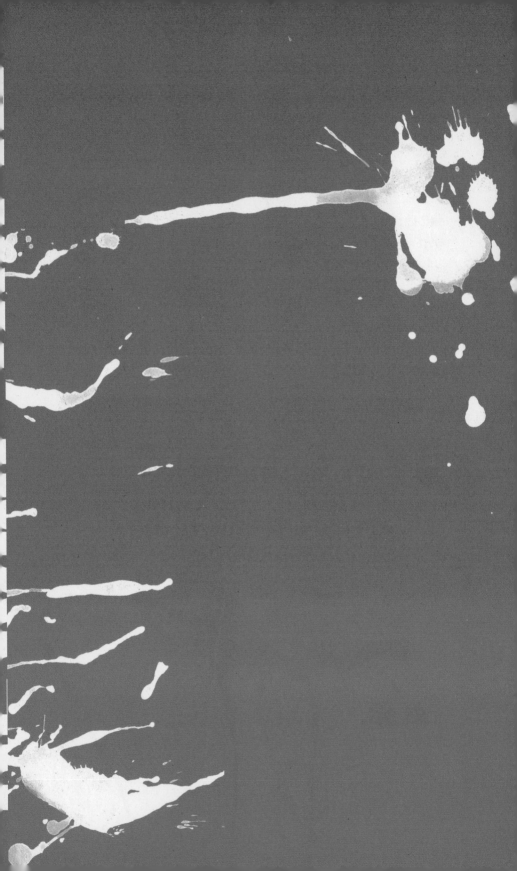

CAPÍTULO 26

EL SACRIFICIO

Me adentré en el lugar que, básicamente, era una construcción abandonada. La mayoría de las columnas no se conectaban con paredes y los dos o tres pisos superiores se veían igual de incompletos. Desconfiada, avancé cuidando mis costados. Estaba nerviosa, pero no había visto nada sospechoso, así que seguí caminando y, eventualmente, me encontré con una mancha grande y fresca en el piso. Era una especie de líquido viscoso entre negro y rojizo. Seguí un rastro de manchas y, cuando levanté la mirada, me encontré con Rick amarrado a una silla. Estaba inconsciente o eso quería creer... Quise correr hacia él, pero de pronto escuché a la criatura dentro de mí.

Él está aquí...

Me detuve y miré a mi alrededor, pero aún no veía nada.

Está aquí y no dudará en eliminarte, repitió en mi cabeza.

Escuché unos pasos a mi derecha, pero cuando me giré no alcancé a ver nada. De repente los pasos aceleraron, pero esta vez el sonido venía de detrás de mí. De nuevo me giré, pero no había nada. En ese instante vi una nueva mancha de sangre a un metro de mí, una mancha que antes no estaba. Mientras la miraba, noté que una nueva gota caía en el pequeño charco, así que levanté la mirada y lo vi. Había un sujeto agachado en el borde del segundo piso; la sangre corría por su mano derecha, goteando. Pensé que estaba ciego porque unas vendas y una capucha cubrían su rostro, pero de pronto movió la cabeza hacia atrás de manera asquerosa, produciendo un crujido de huesos y revelando que tenía un ojo rojo en el cuello. Me aterré porque era muy parecido a los míos cuando la criatura que tenía dentro tomaba el control.

Todas mis alarmas se encendieron y lo miré fijamente. El asesino, como si pudiera moverse a la velocidad de la luz, apareció de repente detrás de una de las columnas del primer piso.

¡CORRE!, gritó en mi cabeza la criatura y su voz retumbó dentro mí.

Intenté correr hacia la entrada, pero el asesino se movía extremadamente rápido y me bloqueaba cualquier vía de escape. Aparecía y desaparecía con tal agilidad que casi no podía ni seguir sus movimientos. De pronto se deslizó hacia otra columna más cercana a mí y di un salto hacia atrás. El depredador continuó con su juego, ocultándose entre las columnas y aprovechando la oscuridad de la noche, que ya se había apoderado del lugar.

¡Dame el control! ¡Va a matarnos a las dos, esto no es una fiesta de cumpleaños, esta es una amenaza real!, bramó con autoridad la voz dentro de mí.

De inmediato negué con la cabeza, no pensaba dejar que me controlara. Justo en ese instante el sujeto saltó desde una columna y se abalanzó sobre mí, tirándome contra el piso. El asesino se reía a carcajadas, mi miedo le divertía.

Dada nuestra cercanía, pude mirar por primera vez su ojo y deseé no haberlo hecho. Me paralicé. Era horrible. Todo lo que tenía que ver con su aspecto era asqueroso. Vi sus manos y noté que tenía una especie de dedos encima de los huesos y, además, había un agujero enorme en su mano derecha. Su aspecto me repugnaba.

—Por Dios… —susurré.

La criatura se quedó en silencio frente a mí y, de repente, al notar lo asustada que estaba, se movió inesperadamente y yo solté un grito ahogado.

Retrocedió un poco y volvió a reírse a carcajadas. Lo miré atónita. *¿A qué estás jugando?*, me pregunté.

Tan rápido como había empezado a reírse, el sujeto paró y solo consiguió asustarme más. Con lentitud se fue acercando más mientras yo me arrastraba hacia atrás.

—Todos teníamos fe en ti, Mathora, y llevas diecisiete años perdida —dijo mirándome con odio y volvió a estallar en risas. Estaba psicótico—. ¡Yo debí ser el mejor, pero fuiste tú! Mala elección porque no has servido para nada… ¡No iniciaste el fin! —gritó despectivamente con una voz gruesa que hizo retumbar la estructura.

De repente dio un paso decidido hacia mí y yo me encogí. La verdad es que no entendía nada de lo que estaba diciendo. *¿Mathora? ¿Quién es Mathora?*, me pregunté.

—No hiciste nada, solo te dedicaste a vivir una vida humana. ¿Acaso será que te gusta?

El asesino me miró fijamente con su ojo del cuello. Parecía impresionado.

—¡Es eso! —dijo con otro tono, emocionado—. ¡Te debe gustar la miserable vida de los humanos!

Lo miré, confundida, aunque algo me decía que estaba hablando con base, que todo su discurso no era solo producto de su psicopatía, sino que tenía una razón. El problema es que yo no entendía cuál era.

De pronto, la voz de la criatura apareció de nuevo en mi mente.

Entiende, niña, él viene a matarte, y no va a titubear al hacerlo... Yo no puedo morir, tengo algo que cumplir. Libérame y déjame acabar con él, exigió.

No vas a matar a nadie más. Nadie va a morir hoy, le respondí sin rodeos.

Impaciente, el sujeto me miró con odio y se desabotonó el abrigo.

—Solo mírame, Mathora... —dijo, adolorido.

Cuando se quitó la prenda, mi mente explotó. Todas las aberraciones del cuerpo humano estaban presentes en el suyo. Tenía dedos saliendo de sus costillas, orejas en el pecho y venas que sobresalían demasiado. El cuerpo estaba notablemente torcido hacia el lado derecho, lo cual explicaba su manera de caminar. Tenía un sinfín de heridas abiertas y profundas, tanto que casi alcanzaban a verse los huesos. Y, de hecho, de algunas brotaba un líquido viscoso que parecía quemar su piel, pues estaba llena de llagas.

El asesino, que ya solo llevaba un pantalón, hizo un gran esfuerzo y se irguió. Un segundo después, sus gritos llenaron el lugar.

—¡Soy Cid, la voz desesperada de Xelion, aclamando este mundo que nos pertenece! ¡Mi dolor y mi imperfección son tu culpa, Mathora, eras la esperanza y ahora eres la traición! —Hizo una breve pausa, respirando con dificultad—. ¡Esto es tu culpa y te haré pagar por todo! —espetó, lleno de ira.

Tras decir eso, el asesino corrió hacia mí y yo intenté huir. Sin embargo, me alcanzó fácilmente y me dio un golpe con el brazo derecho, haciendo que volara por los aires y cayera sobre el suelo. Me dolían muchísimo la espalda, los hombros y mi pierna derecha. No podría resistir otro golpe así.

Me incorporé despacio y me di cuenta de que me sangraban el labio y la nariz, que seguramente estaba rota. Casi me había destrozado con un solo golpe. Mis posibilidades de sobrevivir eran muy pocas y yo lo sabía.

¡Déjame salir! ¡Déjame salir!, me exigió la criatura dentro de mí, en extremo molesta.

—¡No! —exclamé en voz alta.

Cid corrió hacia mí para golpearme de nuevo, pero logré verlo a tiempo y me dejé caer al suelo otra vez, esquivando el golpe y causando que el asesino se estrellara contra una columna que quedó destrozada.

Me levanté del suelo y miré fijamente al asesino, que se reía de mi suerte al lograr esquivarlo. En ese instante recordé cuando le enseñé mis poderes a Rick y los segundos de control que logré tener sobre ellos. Pensando en eso, me convencí a mí misma de que podía volver a lograrlo y usarlos para defenderme.

Cerré los ojos y sentí que un montón de energía recorría mi cuerpo. Me esforcé por controlar mi respiración. Intenté redirigir esa energía a mis puños, que tenía extendidos frente a mí. La energía seguía concentrándose, así que abrí los ojos y vi a Cid a lo lejos.

—Mathora, ¡este será tu fin! —gritó, enloquecido.

Sentí un dolor intenso en los brazos, como si fueran a explotar, pero, siguiendo mi instinto, abrí los puños apuntando hacia el asesino y dejé salir toda la energía acumulada, creando una gran onda expansiva que reventó las pocas paredes que tenía alrededor. Caí al suelo arrodillada, intentando recuperar el aliento. Había fallado.

Cid me miró, asombrado, y, de repente, corrió hacia mí, preparando su estocada final.

Me levanté con rapidez y repetí el movimiento de mis puños, concentrando energía. La velocidad del asesino me sorprendió una vez más porque, en segundos, ya estaba frente a mí. Quiso golpearme, pero en ese instante abrí las palmas de mis manos y, manteniendo los brazos unidos, descargué toda la energía hacia él. La onda lo golpeó y el hombre salió disparado contra una pared que inmediatamente se desplomó sobre él.

Mike entró por la ventana de mi habitación luego de haberla escalado. Me buscó, pero no me encontró. No había nadie allí. La ira lo invadió y le asestó un puñetazo a la pared. Si no estaba allí, eso significaba que no solo había perdido a Rick, sino también a mí. O al menos eso sentía en ese instante.

—¡Mierda, Katie! ¿Dónde te metiste?

Luego de dar varias vueltas, decidió que lo mejor era irse y seguir su búsqueda, así que salió por la ventana, apurado y dispuesto a encontrar mi paradero. Y, con suerte, también el de Rick.

Mike llegó a la base de operaciones de R, buscando información. La recorrió entera y recogió algunas notas importantes de su cartelera. Luego se giró y vio el mapa que aún estaba sobre la mesa. Se acercó y notó que Rick había dejado una nota con todas las direcciones de las posibles guaridas del asesino. Eran tres, pero una de ellas tenía una nota de otro color.

«Esta es la dirección más probable, revisar a las 7:00 p. m. con Mike y Katie».

Cuando Mike leyó la nota se sintió muy culpable por haber olvidado a R en un momento tan importante. Y sabía que, si finalmente algo le pasaba, jamás iba a ser capaz de perdonarse.

Después de confundirse varias veces con la dirección, Mike llegó a la parte baja de la colina que, en su cima, albergaba una construcción abandonada. Se le erizó la piel de los brazos, tenía una corazonada de que en ese lugar le pasaría algo terrible. Todos sus instintos le pedían a gritos no entrar. Suspiró y lo pensó por un segundo, pero cuando recordó la voz de sus dos mejores amigos toda duda se disipó.

El asesino se repuso del golpe que le había dado la onda expansiva y corrió a toda velocidad hacia mí. Sin embargo, cuando intenté enfocarme para volver a lograr la explosión de energía, no fui capaz. Cid llegó hasta mí y, sin pensarlo dos veces, me dio un fuerte golpe en el estómago que me mandó volando hacia el otro extremo del lugar. Me estrellé contra la pared y todo me dio vueltas. No sabía en dónde estaba, un pitido muy fuerte invadió mi cabeza y empecé a verlo todo borroso. Iba a morir. Ni Rick ni yo viviríamos para contarlo.

El asesino aprovechó mi estado para acercarse nuevamente y, a medio camino, soltó carcajadas como un desquiciado.

—Ahora sí, despídete —murmuró.

Al fondo del lugar, Rick logró liberarse de la mordaza que le cubría la boca. Por fin había despertado y, cuando me vio tirada en el piso, gritó como un loco para distraer al sujeto.

—¡Maldito! ¡D... déjala! ¡Ven aquí para darte una paliza!

El asesino frenó en seco al escuchar las palabras de Rick y de inmediato dejó de reír para darle paso a una expresión llena de ira. Se dio la vuelta y caminó hacia él. Claramente iba a deshacerse de Rick para que no interrumpiera más la batalla contra mí.

A pesar de que todo me daba vueltas, logré darme cuenta de lo que estaba sucediendo. Me puse de pie e intenté reponerme. Mientras tanto, la voz en mi cabeza se alteró aún más. Podía sentir su impotencia porque, poco a poco, se iba mezclando con la mía.

¡Déjame salir! ¡Déjame salir ya! ¡Nos vamos a morir como dos inútiles por tu culpa!, me gritó furiosa.

En ese instante, por todo lo que estaba sintiendo, mis ojos empezaron a parpadear entre verde y rojo. Ella estaba haciendo todo lo que tenía en sus manos para arrebatarme el control del cuerpo.

Cerré los ojos y, calmando mis emociones, logré reprimirla nuevamente.

—¡Ya te dije que no! —le recordé.

Corrí con las fuerzas que me quedaban hacia el asesino, que iba acercándose a Rick, y, con un movimiento de mi brazo derecho, logré hacer una onda expansiva que lo levantó y lo tiró a un lado, alejándolo de nosotros.

Cid cayó contra el piso, pero la ira lo llenó de adrenalina y se levantó en cuestión de segundos. Volvió a abalanzarse sobre mí, pero, cuando estaba a punto de atacarme, logré expulsar más ondas expansivas que lo apartaron de mí.

Al caer, estalló en risas. Mientras más lo atacaba, más se recargaba de energía; le alegraba que yo me defendiera de esa manera. No tenía sentido, pero así era.

—¡Mathora! —dijo, emocionado—. ¡Te estoy esperando!

Al escuchar ese nombre de nuevo, mis ojos volvieron a titilar entre el rojo y el verde. La criatura de verdad estaba batallando para salir. Un calor abrasador envolvió mi rostro y, de repente, sentí que mi cara se movía sola hacia una esquina del techo. Miré en esa dirección y noté que había unas vigas colgadas justo encima de donde Cid intentaba reponerse.

¡Es tu oportunidad, mátalo ya!, me ordenó.

Ya te dije que no.

De pronto, sentí que perdía el control de mi brazo y vi cómo se elevaba. Sabía lo que estaba intentando, solo tenía que usarme para expulsar otra onda que reventara los cables de las vigas

para que cayeran encima de él. Desesperada, forcejeé con cada gota de energía que tenía. No quería ser la responsable de ninguna muerte más.

En ese trance, escuchaba al asesino y sus carcajadas. Luego, el hombre miró el hoyo en su mano derecha y un segundo después salió un aguijón de hueso tan grande como su antebrazo. Se paró de un salto y corrió rápidamente hacia mí, decidido a acabar con mi vida. Ya no tenía oportunidad de defenderme.

Justo cuando iba a abalanzarse sobre mi cuerpo, alguien me envolvió con sus brazos y, girándonos, puso su espalda como escudo, evitando que yo recibiera el aguijón.

En ese instante reconocí a Mike y todo pasó como en cámara lenta. Mientras se atravesaba para salvarme, el asesino le clavó el aguijón por la espalda, desgarrándole la piel. Nadie podría sobrevivir a algo así.

«Fue tanto amor que, sin darme cuenta, le regalé mi vida».

CAPÍTULO 27

LA REINA DE LOS SERAFINES DE XILIUM

Ambos salimos volando por el aire y roda-
mos por el suelo. La criatura disfrutó
tanto de lastimarlo que le sobrevino otro
ataque de risa, pero esta vez de gozo.

En ese instante, el asesino pasó a un segundo
plano. Miré a Mike, cubierto de sangre y con la
camisa desgarrada tras el golpe del aguijón. Tenía
los ojos cerrados, casi no respiraba y le salía sangre
de la boca, los oídos y la espalda.

—¿Por qué hiciste esto, Mike? —le reclamé llorando.

Él me miró débilmente, sonriendo con dificultad y los ojos
entrecerrados. Estaba sufriendo y se notaba.

—Amo que lo último que vea seas tú —murmuró con un
hilo de voz.

Al escucharlo mi desesperación aumentó. Si decía eso era porque sentía que su cuerpo no iba a soportar mucho más.

—No, no, no… —supliqué.

Mike cerró los ojos y noté que daba un último respiro. Casi pude escuchar cómo se me partía el corazón. Mike estaba muerto y era mi culpa. De inmediato recordé las palabras que me había dicho en su habitación:

«Él sabe que… tú eres mi debilidad. Tú eres la única con la que me entregaría al 100%, con la que perdería la cabeza y rompería cada una de sus reglas».

Rompí a llorar y no pude evitar pensar en que no había dudado ni un segundo en salvar mi vida. Mike siempre había sido el chico que pensaba primero en él y luego en los demás, el gracioso del salón, el que tenía los chistes más duros de escuchar, el niño estrella con dinero, con amigos… Y todo lo que tenía le había importado poco en comparación conmigo. Me salvó teniendo clarísimo qué era lo más importante para él. Tal vez había tardado demasiado en notar que su amor no le salía en palabras, pero sí en acciones… y esta había sido la más grande de todas.

Lo zarandeé con fuerza, intentando despertarlo, pero no recibí ningún tipo de reacción. Y fue en ese instante cuando entré en trance.

Cerré los ojos y, cuando los abrí, aparecí en el inmenso lugar blanco, arrodillada y llorando desconsolada. Sentía que había perdido una parte de mí viendo a Mike muerto. La criatura caminó, arrastrando sus cadenas, y puso su dedo en mi barbilla, levantándola para mirarme con severidad.

—Pequeña niña, te advertí lo que pasaría —me recordó—. Ahora tienes que confiar en mí… —Yo me limité a llorar sin saber qué decirle. Esta vez tenía razón y lo sabía—. ¿Vas a esperar a que los mate a todos? —me preguntó, molesta, pero manteniendo su tono de voz neutro.

—No —dije limpiándome las lágrimas.

—Así se habla. —Me miró y asintió.

Subí la mirada y le ofrecí mi mano para que la tomara.

—Sal.

La criatura volvió a asentir y aceptó mi mano. Por fin el control era suyo.

Salí del trance y subí mi mirada de golpe. Mis ojos ya no eran de su color natural. Habían pasado a ser rojos y varias líneas se marcaron sobre mi rostro, como grietas. Era la primera vez que era yo quien le entregaba a la criatura el poder de nuestro cuerpo. Y mi aprobación la había fortalecido.. Aunque ya no era dueña de mi cuerpo, podía sentir el poder recorriéndome. La energía de las grietas en la piel salía y volvía a entrar como cumpliendo un ciclo perfecto. Su poder era muy fuerte, tanto que me sorprendía que mi propio cuerpo pudiese almacenarlo.

—Cid… —lo llamó con un tono de voz cínico y perverso.

Ella estaba feliz de tener el control total y se notaba en la pequeña sonrisa que adornaba su rostro… ¿Su rostro? ¿O era mí rostro? Yo no lo sentía mío, pues solo era una testigo más de su poder. Todo lo que ella era se escapaba por completo de mi comprensión.

El asesino, entonces, corrió con desespero hacia nosotras con la intención de atacarnos, pero Mathora ni se inmutó. Ni siquiera lo miraba directamente. En ese momento, cuando estaba a punto de golpearnos, todo pasó muy lento, como si el tiempo se detuviera. Mathora esquivó el golpe y vio que el aguijón pasaba frente a ella. Había sido sencillo esquivarlo, Cid no representaba ninguna amenaza para ella. Era predecible. No era un oponente digno para Mathora.

El asesino intentó otro movimiento, pero pasó exactamente lo mismo: con un leve movimiento, ella lo esquivó, burlándose de su lentitud.

—Ay, no, no, no, ¿esto es todo? No puedo creérmelo —dijo, decepcionada.

Por primera vez, las facciones de Cid reflejaron miedo y, sin embargo, todo fue reemplazado rápidamente por admiración.

—¡Mathora… eres tú! —exclamó con devoción.

De pronto, sacudió la cabeza y frunció el ceño furioso. No sé por qué, pero en ese momento todo encajó y entendí que ese era el nombre de la criatura. Todo lo que había dicho el asesino al principio no eran palabras para mí, sino para ella… para Mathora.

—¡Eres una traidora, traicionaste a tu raza! —la acusó Cid.

En ese instante, un *flashback* lleno de imágenes confusas vino a mí. Estaba en medio de una llanura nueva, pero la hierba que la cubría era corta y azul celeste, completamente diferente a cualquiera que existiera en la Tierra. A lo lejos se veían algunas montañas de tierra roja caliza que adornaban el paisaje, cubiertas de esplendorosos árboles de hojas celestes y troncos de madera blanca. Avancé corriendo hacia una colina y, al llegar a la cima, vi a un ejército inmenso que se extendía por toda la llanura y parecía perderse en el infinito. No eran humanos, pero se parecían mucho a nosotros, sobre todo en sus rostros. Sus piernas, torso y brazos, en cambio, eran más grandes. La piel de algunos era blanca, otros la tenían amarilla y algunos lucían una tonalidad más oscura, un poco roja. Sus ojos eran rojos como los de Mathora y Cid, y portaban armaduras brillantes hechas de un material parecido al espejo, uno que lo reflejaba todo.

Me giré y sentí cómo mi larga cabellera rubia ondeaba gracias al movimiento del aire, posándose en mi hombro. Lo acaricié con las manos y pasé mis dedos por unas hebras gruesas. Eso me pareció extraño, así no se sentía mi cabello. Este era tan rubio que casi rozaba lo blanco. Poco a poco levanté mi mirada hacia el cielo y vi dos lunas azules iluminándolo todo y contrastando con los tonos rosados y naranjas del firmamento. Este era un mundo hermoso y majestuoso. Por fin entendí que este era un recuerdo de Mathora, de su mundo… Y por primera vez lo había visto.

Eventualmente sentí que algo me atraía hacia el cielo y, cuando miré hacia allí, vi un hoyo negro que aspiraba todo a su paso: las nubes, los árboles, la tierra… Incluso el inmenso ejército volaba por el aire. El piso también se fragmentó y, poco a poco, fue absorbido por él. Justo cuando sentí que me despegaba del suelo, volví en mí y salí de aquella ilusión, de aquel recuerdo.

De nuevo en el presente, noté que Mathora no se había dado cuenta de que había tenido acceso a uno de sus recuerdos. Ella seguía mirando a Cid con desprecio y superioridad.

—SOY MATHORA XILCIUM SÉPTIMA, REINA DE LOS SERAFINES DE XILIUM. Tú, celeste imbécil, ¿cómo osas a dirigirte a mí de esa manera? ¿Eres consciente de que esto te costará tu propia existencia? —bramó con tal contundencia que podría haber hecho que cualquiera deseara su propia muerte.

El asesino se enfureció de solo escucharla y se puso de pie de un salto. Corrió a intentar atacarnos con el aguijón, pero Mathora logró atajarlo con los dedos de su mano izquierda. Sin soltarlo, lo sometió de rodillas frente a ella, torciendo su muñeca, y le clavó la rodilla en el pecho. Cid la miraba, aterrado, sabiendo que se impondría su voluntad. Luego, con un movimiento tan rápido que fue imperceptible, soltó su muñeca, tomó directamente el aguijón y se lo arrancó sin titubear. De inmediato Cid cayó al suelo, retorciéndose del dolor.

Solté un grito ahogado. Jamás había presenciado algo así. Intenté no pensar en eso, pero Mathora era tan poderosa y despiadada que me hacía tener miedo de mí misma.

El asesino se partió en llanto y gritos mientras miraba a Mathora. Desconsolado, le reclamó:

—Perdimos la fe en ti, todos creímos en tu capacidad… Era nuestro momento. Le dimos millones de años a la humanidad para hacer las cosas bien y fallaron. Y ahora deben pagar. Es nuestro turno.

Mathora no dijo nada y se limitó a mirarlo con superioridad.

—Soy una Xilium, no conozco la palabra traición. Tú, que dudas de mí, no mereces mirarme a la cara, ni siquiera mereces ser testigo de mi presencia.

Desorientado y contrariado, Cid miró a su alrededor. No creía sus palabras.

—¡No, no, no, Mathora, no nos traicionaste! —gritó, desesperado.

La Xilium solo lo veía sin hacer ningún gesto. Sin embargo, eventualmente, Cid pareció entender algo al verla porque bajó su cabeza, asintiendo. Cuando la miró de nuevo, tenía el ojo del cuello lleno de lágrimas.

—Aún tenemos esperanza, aún podemos ser libres —dijo Cid con la voz entrecortada por el llanto y el dolor, mirando a Mathora.

Ella no respondió, solo lo miró, callada y decepcionada. El asesino gritó de nuevo, consumido por el dolor de su costado derecho, que volvía a sangrar profusamente a través de sus heridas y sus llagas.

—Mátame, libérame… —le suplicó Cid.

En ese instante, sus palabras trajeron de golpe una oleada de recuerdos. Ya había escuchado algo así antes de la boca de Adryan.

«Mátame, nadie va a saber que fuiste tú».

Mientras el asesino se retorcía, Mathora le puso el dedo pulgar en la frente, agarrándole la cara con la palma de su mano en un gesto lleno de piedad, casi como una caricia llena de amor. De inmediato, él se aferró a su muñeca con absoluta devoción. Y fue ahí cuando envejeció poco a poco. Su piel se tornó pálida y grisácea y sus ojos se fueron apagando.

—Gracias… —susurró con su último aliento.

Cuando sus restos cayeron al suelo, mis ojos volvieron a ser verdes, su color usual, y sentí que recuperaba el control de mi cuerpo. Mathora había cumplido con su palabra.

De inmediato corrí hacia Rick para desatarlo y, cuando finalmente estuvo libre, ambos fuimos hacia Mike.

Rick le palpó el cuello y, de milagro, encontró signos vitales, así que sin pensarlo dos veces sacó el móvil de Mike de su bolsillo y llamó al 911.

—¿Hola? ¡T… t… tengo una e… emergencia, soy Ricardo Díaz, fui secuestrado y mi a… amigo está herido aquí conmigo! —dijo rápidamente.

Le dio la ubicación a la persona de la línea y luego me miró, alarmado.

—¡Katie, vete!

—¿Qué? ¿De qué hablas? —le pregunté, ofendida.

—No sé cómo explicarle a la p… policía por qué estás aquí, d… déjamelo todo a mí, ¡vete!

Si algo me había demostrado mi experiencia era que Rick siempre pensaba en todo antes que los demás, así que decidí confiar en él y salir corriendo. Sin embargo, a pesar del caos, aún me faltaba algo por hacer.

«Obtuviste respuestas que pagaste con tu vida, ¿hubieses preferido vivir sin conocerlas todavía?».

RENACER

Mientras atravesaba la calle, los recuerdos llegaron a mi mente a la misma velocidad de. la lluvia que caía del cielo.

Recordé aquel día en el que encontré a Adryan arrodillado frente al inodoro porque le sangraba la nariz.

«¡Retenerme aquí no es amor! ¡Me estoy muriendo! ¡Déjenme en paz! ¡Los odio!».

Las lágrimas caían de mis ojos y me ardía el pecho, nunca había sentido tanto dolor.

Adryan estaba vomitando sangre, era la primera vez que pasaba tan fuerte. Alterada, mi mamá lloraba mientras intentaba que su voz sonara firme, pues estaba hablando con un doctor por teléfono.

Ese era, sin duda, uno de los recuerdos más desgarradores que tenía. Solté un sollozo, cada vez me sentía peor. ¿Cómo no había notado lo miserable que se sentía mi hermanito?

Estábamos en el hospital, atravesando uno de los días más desesperanzadores que habíamos vivido. Fue justo el día en el que el doctor nos confesó que no había

forma de volver a operar a Adryan y que era probable
que solo le quedasen dos o tres meses de vida.

Mi papá abrazó a mamá, que no paraba de llorar.
Y yo me vine abajo mientras veía cómo todo a mi alre-
dedor se transformaba en caos.

El sonido de los truenos era casi instrumental para el momento. La lluvia me resbalaba por todo el cuerpo, como si tuviera permiso para formar parte de lo que estaba pasando. El cielo estaba colmado de gris y mis pies salpicaban cada vez más a medida que corría más rápido a través de las calles camino a casa. Mi respiración acelerada se iba haciendo más fuerte, buscando desesperadamente que mi conciencia no pronunciara una palabra y me permitiera seguir adelante. Mientras tanto, una parte de mí quería pausar los segundos y tardar en llegar. La otra sabía que era lo único que quedaba por hacer.

Llegué a la entrada de mi casa y abrí la puerta. A mi paso, empecé a mojar todo el suelo, llenándolo de pisadas de barro. Si mis papás hubiesen podido ver cómo estaba, seguro se habrían asustado, pero todo estaba sucediendo como debía pasar. Solo estaba él.

Subí las escaleras y entré a su cuarto. Él estaba de espaldas revisando uno de sus cuadernos. Se veía pequeño, frágil. Cuando sintió el sonido de la puerta se volteó, me miró impresionado y algo asustado y luego se quedó en silencio unos segundos que se volvieron eternos. La tensión se podía respirar.

—¿Qué haces aquí? —preguntó mi hermanito impactado por mi aspecto.

Lo miré inexpresiva por unos segundos y después me acerqué lentamente. Las palabras que diría a continuación amenazaban con no ser capaces de salir de mi garganta, pero mi convicción me acompañó y me permitió pronunciarlas con aplomo. Casi parecía segura de lo que iba a hacer.

—Vengo a matarte, Adryan… —dije con firmeza.

Él me miró fijamente y yo le sostuve la mirada. Era el fin y ambos lo sabíamos.

Me senté en la cama y Adryan me imitó. Tenía los ojos aguados, pero me reconfortaba ver a mi hermanito llorando y sonriendo a la vez. Mi decisión lo aliviaba.

—Gracias, Pupú… Gracias —me dijo, conmovido.

Lo abracé, determinada a darle a mi hermano el regalo de una muerte en paz. Quería acabar con su sufrimiento y liberarlo de una vez.

Adryan acomodó su cabeza en mi pecho, dando su último suspiro. Mientras tanto, yo activé el poder de la criatura y una luz enceguecedora cubrió nuestros cuerpos. El dolor de perderlo embriagó mi alma, pero me aferré a la paz que podía darle.

En ese momento, decidí recordar algunos momentos que había pasado junto a él.

Cuando tenía diez años, estaba agachada frente a Adryan, que era tan solo un bebé. Él intentaba dar sus primeros pasos y, torpemente, se acercaba a mí. Solo yo había logrado convencerlo de que caminara. Estaba orgullosa de nuestra conexión.

Años después, yo me encontraba sentada en el piso junto a mis papás y Josh. Todos veíamos cómo Adryan usaba la sala como su escenario para bailar y presentarnos un show. Siempre le había gustado demostrar lo bueno que era para todo.

Un día de colegio, Adryan entró por la puerta de nuestra casa con un morral puesto. Corrió sonriente hacia la mesa donde todos estábamos conversando y nos mostró un papel. Era un examen y tenía una A marcada en rojo. Papá sonrió como nunca y, después de felicitarlo, le contó la historia de cómo él casi siempre reprobaba los exámenes.

En otro momento, recordé que me estaba riendo a car-
cajadas con Josh por una respuesta que Adryan le había
dado a papá. Él había quedado tan desconcertado que su
cara fue la causa de muchas risas en la familia.

Cuando aún éramos muy pequeños, Adryan descu-
brió lo grave de su situación. Fue el peor día de nuestra
vida. Él me abrazó más fuerte que nunca y me dijo:

—Al final voy a salir de esto y, si no es así, aún estaré
siempre contigo.

Era sabio para su edad y muy fuerte.

Había dejado de sentir a Adryan contra mi pecho y las lágrimas caían desesperadamente. Intenté sonreír para honrarlo con
un último adiós, pero justo en ese momento recibí un golpe que
me tumbó al suelo.

Cuando la luz que nos envolvía se extinguió, me giré para
intentar entender qué me había golpeado, pero me quedé atónita
al ver a Adryan parado encima de la cama ¡y con cabello! Lo detallé, boquiabierta. Había recuperado su peso usual y su semblante
lucía completamente sano. No se veía ojeroso, decaído o flaco,
producto de todas las medicinas y el coma que vivió. De hecho,
parecía la versión de él que siempre habíamos soñado ver.

—¡Tonta, ni para matarme sirves! —me gritó, molesto y
decepcionado.

Yo me reí y esta vez lloré de felicidad. Me abalancé para abrazarlo. No podía creer el éxtasis que estaba sintiendo al ver a
Adryan bien.

—¿Qué haces, loca? —preguntó, confundido.

De inmediato lo tomé por los hombros y, olvidando mis
problemas, lo llevé hasta su espejo. Una vez que se miró, se
quedó completamente paralizado. Se tocó el rostro y el cabello
y, siguiendo mi ejemplo, no pudo evitar reír y llorar al
mismo tiempo.

En ese instante mis papás entraron al cuarto con Josh y, cuando lo vieron, se quedaron aún más congelados que nosotros. Había logrado lo imposible y ni siquiera alcanzaba a entender cómo lo había hecho.

«Y, al final, la esperanza no es lo último que se pierde. Cuando no había nada, el amor seguía ahí, maltrecho, pero más firme que nunca».

CAPÍTULO 29
LA FALSA CALMA

Toda mi familia estaba sentada alrededor de la mesa del salón de conferencias del doctor Oliver, la misma que rodeábamos cuando nos confesó que Adryan no tenía posibilidad alguna. Pero esta vez el aura de todos era diferente. Josh irradiaba felicidad, igual que mis papás. Ninguno de nosotros podía disimularlo.

El doctor Oliver nos estaba mirando fijamente mientras movía despacio su silla giratoria de un lado a otro. Su mirada reflejaba confusión y una nueva desconfianza que no había percibido antes hacia nosotros. En realidad no lo culpaba, nada tenía explicación.

—¿Qué opina, doctor? —preguntó mamá, emocionada.

—En definitiva Adryan se ve bien externamente, pero no hemos hecho los exámenes suficientes como para estar seguros de que internamente todo esté igual de bien —comentó con el ceño fruncido.

—Doctor, yo creo que mi hijo está como un roble —aseguró papá sonriendo y dándole unas palmadas a Adryan en la espalda.

Entonces el doctor Oliver se inclinó hacia adelante y nos miró con seriedad.

—¿Están seguros de que no pasó nada fuera de lo normal? ¿No te expusiste a nada extraño, Adryan? —preguntó de nuevo.

—A nada, *doc*, solo fui un buen chico y tomé mis medicinas como siempre —dijo, orgulloso.

—Yo, sinceramente, creo que nuestra fe y nuestro amor lo curaron, doctor; hemos tenido muchas esperanzas —agregó mamá desbordando alegría.

Al escucharla, me tensé. No eran la fe y la esperanza quienes habían curado a Adryan, era la rareza que tenían por hija. Pero en el fondo me daba igual, podía vivir con la felicidad de mi familia y esperar que nadie me hiciera preguntas.

Por un instante los recuerdos golpearon mi cabeza: Adryan y yo abrazados, mis lágrimas, el montón de momentos que habíamos vivido. Esa luz… Todo lo que estaba sintiendo era tan intenso. Y, si bien estaba agradecida por la salud de mi hermano, no lograba explicarme cómo había conseguido reversar la muerte. Al contrario de lo que hice con el gato, le había devuelto la salud, la vida. ¿Cómo era posible que hubiera logrado usar los poderes de la criatura con ese propósito? De un día para otro había acabado con la vida de un asesino y había salvado a Adryan. Hasta había tenido contacto con… ella… Mathora. Se llama Mathora. Pero… ¿qué eres…? ¿Dónde estás? ¿Por qué ya no siento tu presencia dentro de mí?

Todos a mi alrededor se rieron, emocionados, y me sacaron de mis pensamientos. Sin embargo, el doctor interrumpió el momento.

—Si me permiten un segundo… —dijo poniéndose de pie y saliendo de la sala.

Mamá y papá volvieron a abrazar a Adryan.

El doctor atravesó un largo pasillo del hospital hasta encontrar un cuarto vacío en el que se encerró. Parecía que era la habitación de un paciente que acababa de irse a cirugía, así que eso le daría tiempo de hablar sin interrupciones.

Sacó su móvil y, con el corazón agitado y la respiración acelerada, marcó el número. El timbre sonaba y cada tono lo llenaba de más adrenalina.

Cuando la persona atendió la llamada, el doctor suspiró y dijo:

—Tenemos al sujeto cero.

Luego sonrió y colgó. No tenía nada más que decir.

Cuando volvió a la sala de conferencias, nos saludó con su mejor cara y una actitud más relajada.

—Discúlpenme, tenía algo que atender.

—No se preocupe, doctor —dijo mamá sonriendo.

—En fin, no los voy a retener más. Lo pensé a fondo y creo que lo mejor es coordinar otra consulta, yo les aviso cuándo, para examinar a Adryan a conciencia y tener una respuesta definitiva sobre su salud. ¿Están de acuerdo?

—Sí, cómo no, *doc*, nos vemos cuando usted diga. —Papá irradiaba buen humor.

—Entonces así quedamos —respondió el hombre.

Todos asentimos y luego nos despedimos de él.

Una vez en casa, dejé unas cosas en mi habitación y volví a bajar porque escuché música. Papá había sacado uno de los discos favoritos de Adryan y mamá preparaba los ingredientes para hacer unos *cupcakes*. Era increíble lo felices que se veían todos y, de hecho, papá se había escabullido a la cocina para bailar con mamá.

—¿Qué hacen? —les pregunté con una gran sonrisa.

—Dulces para celebrar juntos esta noche —respondió papá.

—No sabía que teníamos celebración…

—Pues sí, invita a quienes quieras, necesito que conozcan mi faceta de chef. Adryan está encantado, ¿no es así, hijo? —le preguntó, girándose para verlo.

Adryan asintió con la boca llena de migajas de chocolate.

—¡Otro de chocolate, papá! —le pidió.

Mamá y yo nos reímos. Sin embargo, en ese instante recordé a Rick y a Mike y mi sonrisa se borró. No los veía desde el incidente y, precisamente, había quedado de ir a la base de R en un rato. Nerviosa, suspiré y me acerqué a mis papás.

—Me tengo que ir, nos vemos en un rato —les avisé.

—Okey, cariño, no tardes —me pidió mamá.

Agarré con rapidez la bicicleta y salí de allí.

En el camino a casa de Rick me sumergí por completo en mis pensamientos. Tenía muchas dudas que aún no se resolvían. Por un lado, me sentía culpable y, por el otro, estaba agradecida de tener a Adryan. En realidad no sabía qué pensar.

Paré un momento a rehacer los lazos de mis zapatos y escuché un ruido leve. Sin embargo, no le presté atención. En ese instante no lo supe, pero había una persona encapuchada escondida tras unos árboles y estaba tomándome fotos con un teleobjetivo.

Al final seguí el camino y llegué a casa de Rick.

Cuando estaba bajando las escaleras hacia el sótano me topé con Rick, que me miró y suspiró. Se giró para cerciorarse de que Mike estuviera distraído y, al comprobar que sí, se acercó para que habláramos en voz baja.

—¿Cómo está? —susurré.

—Es increíble, K, está perfecto. Se c… curó de una manera sobrehumana, ¿estás segura de que no hiciste n… nada? —me preguntó, confundido.

—Todavía no sé qué cosas hago y qué cosas no, Rick —le recordé.

—Lo único negativo es que… Hmmm… Digamos que hubo un toque técnico en su cabeza —me confesó, lleno de nervios.

—¿Qué tuvo qué? —dije, alarmada, pero sin subir el tono de voz.

—¡Calma, calma! Tú misma vas a darte cuenta —me aseguró.

Rick empezó a bajar los escalones y decidí seguirlo, pero me quedé en el último viendo nerviosa a Mike. Mi corazón se hundió al verlo leyendo algunas anotaciones que tenía Rick sobre la mesa central. Estaba sano, salvo y vivo con su típico cabello color miel y sus ojos claros. Nada me hacía más feliz que saber que no lo había perdido.

En ese instante, Mike subió la mirada y se encontró con la mía. Los dos nos quedamos en silencio, como atontados. Se notaba que a él también le impresionaba verme después de haber arriesgado su vida por mí.

Rick hizo una mueca y puso los ojos en blanco frente al silencio incómodo que se estaba formando.

—Hola, K… —dijo Mike finalmente.

Al escucharlo, salí corriendo y me arrojé encima de él, abrazándolo y llorando. Era uno de los abrazos que más había esperado desde que todo pasó. Mike me devolvió el gesto y, cerrando los ojos, escondió su cara en mi cuello.

—Pensé que te había perdido —sollocé.

—Qué va… —respondió sin soltarme—. Les queda Mike para rato… sobre todo a ti.

Me separé del abrazo y lo miré, conmovida. El ver viva a una persona que pensabas haber perdido era algo indescriptible. Me daba la paz y la alegría que hacía mucho no sentía.

Enternecido por mi emoción, Mike me limpió las lágrimas con sus dedos.

—Aquí estoy, no llores —me pidió.

Yo volví a abrazarlo y eso solo hizo que Mike sonriera.

—Ah, claro, pero al tartamudo n… nadie lo abraza. ¡Les recuerdo que yo también fui vi… vilmente secuestrado! —exclamó Rick cruzándose de brazos.

Riéndonos de sus celos, Mike y yo nos miramos y luego nos abalanzamos sobre Rick para abrazarlo también.

Cuando nos separamos, Rick caminó lento hacia su cartelera, miró todo con detenimiento y suspiró. Una de las cosas que más lamentaba de todo lo que había ocurrido era la marca que había dejado en Rick. Quizá los tres hubiésemos terminado bien, sanos y salvos, pero él, en el proceso, había perdido a alguien importante y eso lo había quebrado por dentro. Y nadie, ni siquiera Mike y yo, podíamos remediarlo.

Empezó a quitar foto por foto con los ojos aguados y, cuando llegó a la de Clara, su mano se detuvo. La miró detenidamente y suspiró, dolido. Aún no era capaz de verla en fotos sin romperse por dentro.

Me acerqué a él y le agarré la mano, consolándolo.

—Ella está en paz, R… Gracias a ti —susurré.

—Eso espero, K… —dijo con el corazón roto.

Mike nos miró confundido y frunció el ceño.

—Chicos… Pero… ¿qué fue lo que pasó? ¿Cuándo me lo van a decir? —preguntó, desorientado.

Rick y yo intercambiamos miradas cómplices. Ya entendía de qué «toque técnico» me había hablado Rick. Parecía que Mike había perdido la memoria de manera selectiva. No recordaba nada de ese suceso en particular. Lo pensé por unos segundos y no le encontré explicación. ¿Cómo era que se había curado tan rápido, pero, a la vez, había perdido la memoria?

—Mike, ya te lo dije, el asesino se cayó por error y el go… golpe en la cabeza lo mató —repitió Rick fingiendo molestia.

—Pero… ¿qué hacía yo ahí? ¿Cómo es que se cayó y ya? ¿No era muy astuto acaso? Solo recuerdo haberme atravesado para que a Katie no le pasara nada, pero los demás momentos están borrosos en mi cabeza. No entiendo nada.

—Tú estabas buscándome —Rick suspiró—. Mike, es hora de superarlo, no puedo q… quedarme toda la vida sufriendo y recordando a ese asesino y a… Clara. Vamos a olvidarlo, ¿sí? —le pidió.

Entendiendo su dolor, Mike miró a Rick y asintió. Claramente prefería quedarse con un agujero en la memoria que hacer que su mejor amigo sufriera más.

—¿Saben qué deberíamos hacer? Salir —dijo Rick cambiando el tema—. Este mismo fin de sema… na. Como en los viejos tiempos.

—Le puedo pedir a mi papá una cabaña en Gine Springs —sugirió Mike, entusiasmado.

—¡La cabaña! —exclamó Rick—. K, ¿te acuerdas de cuando Mike creyó que ha… había pescado algo en el río y solo me estaba tirando del traje de baño con el azuelo?

—Lamentablemente aún no borro eso de mi cabeza —le confesé.

Los tres nos reímos al recordar esos momentos. En esa época todo era más simple, más normal, más sencillo. Sí que extrañaba esos momentos.

—Podemos invitar a Josh y a Yun, hay que admitir que mi hermano es el mejor conductor —alardeé

—Sí, me gusta la idea, extraño salir con Josh, siempre inventa las mejores cosas —dijo Mike con añoranza.

—¡Y a Ámbar! —bromeó Rick.

—¡No! —grité.

—Estás bien loco, hermano —le espetó Mike a R.

Los tres nos reímos nuevamente y sentí alivio porque pensé que, quizá, mi vida empezaría a volver a la normalidad. Horas después estaba sentada con mis papás, Adryan, Yun, Mike, Josh y Rick alrededor de mi mesa y cenando una lasaña que mis papás habían preparado para todos. Hacía mucho no comíamos juntos, pero era una tradición que queríamos recuperar.

De pronto, mi papá se interesó en Mike.

—¡Mike, ¿qué tal va ese baloncesto?!

Él levantó la barbilla, orgulloso de sí mismo.

—Uf, cada día mejor, señor John. Josh tiene pesadillas conmigo a diario, me tiene miedo.

—¡Ja! —respondió Josh—. Ya quisieras que yo soñara contigo, princesita.

Yun miró a mi hermano con el ceño fruncido.

—¿Josh soñar con amigo suyo? —preguntó enarcando una ceja.

—No, *baby*, contigo siempre —le respondió Josh, coqueto.

Papá se reía en silencio y negaba con la cabeza. A todos nos hacía gracia que Yun no entendiera mucho, pero que, igualmente, intentara conversar sobre algunas cosas.

—Papá, ¿sabías que Rick y Mike ya oficializaron su relación? —preguntó Josh con cara seria.

—Hacen *nice* novios —dijo Yun, sonriente.

—Si Yun los apoya, yo también —Adryan rio y pinchó un trozo gigante de lasaña en su plato.

—Él no es mi tipo, tengo gustos mucho más refi… fi… finados —se defendió Rick.

Al escucharlo, Mike le tiró un pedazo de comida que le cayó en la camisa e hizo que Rick se quejara por la mancha.

—¡Qué cochino eres, Mike Johnson!

Mi papá y Adryan soltaron una carcajada y yo no pude evitar unirme.

—¿Entonces se van este fin de semana a Gine Springs? —interrumpió mamá.

—Sí, ya hablé con mi papá. Aunque, pensándolo bien, en

vez de quedarnos en la cabaña sería mejor acampar en carpas y cazar nuestra comida, ¿verdad, Josh? —sugirió Mike con sarcasmo.

—El único que saldría con vida sería yo y, bueno, Yun, porque me encargaría de ayudarla a cazar, pero Rick moriría de hambre con lo malo que es para todo eso —se burló mi hermano.

—Yo también podría —dijo Mike arqueando una ceja.

—Qué va, tus manos solo sirven para el baloncesto —le refutó Josh riéndose.

—A mí no me inviten a dormir con bichos y animales raros. Yo duermo con aire acondicionado y al menos con un televisor. No me puedo separar de la tecnología —advirtió Rick.

Yun y yo escuchábamos atentas la conversación hasta que Adryan los interrumpió a todos.

—¿Por qué no puedo ir? —se quejó de nuevo.

—Mi amor, ya te dijimos que es un viaje de adolescentes —le explicó mamá.

—Bah, yo tengo más cerebro que estos tres juntos —dijo señalándonos a Josh, a Mike y a mí—. Si algo les pasa, solo podrán superarlo porque tienen a Rick con ellos.

El aludido sonrió, complacido, y chocó los cinco con Adryan.

Luego de un rato todos decidimos salir al patio a conversar. La luna estaba más bonita y llamativa que nunca. Mike y Josh conversaban efusivamente sobre el próximo partido que les tocaba. Mientras tanto, Yun y Rick se habían sentado en el porche para que él pudiese enseñarle una aplicación que podría ayudarla a traducir lo que quería decir al castellano. Ella estaba bastante entusiasmada al ver cómo funcionaba todo y al entender que ahora podría hablar con todos sin problema.

Aproveché ese instante para entrar de nuevo y subir a mi habitación. Mis papás se habían quedado arreglando todo en la cocina y el comedor con Adryan.

Cuando entré, me encontré con mi espejo, que seguía cubierto por la toalla. Con el corazón acelerado, decidí destaparlo y miré fijamente mi reflejo. Buscaba algo que me recordara a ella, pero no había ni rastro.

—¿Mathora —pronuncié su nombre con miedo—, estás ahí?

Nada pasó. Mi reflejo se veía tal y como debía verse. No había sonrisas macabras, ojos rojos, ni expresiones de superioridad. Solo estaba yo.

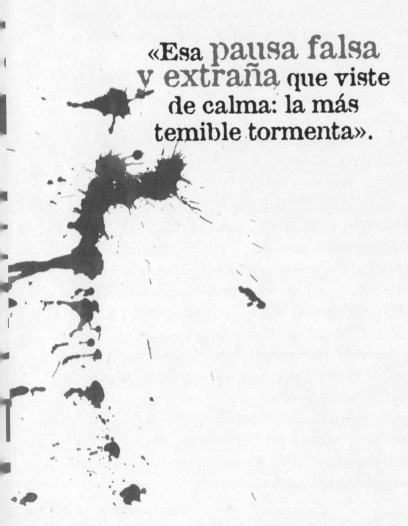

«Esa pausa falsa y extraña que viste de calma: la más temible tormenta».

CAPÍTULO 30

EL HOMBRE DE LA MÁSCARA

Aliviada, suspiré al ver que todo había terminado. Aunque una parte de mí temió. Era extraño pensar que, tras haber luchado tanto por deshacerme de su influencia, ahora pudiese sentirme desprotegida porque ella no estuviera conmigo. ¿A dónde había ido? ¿Por qué ya no sentía su presencia?

Sin embargo, no podía borrar lo que había hecho. Mis manos estaban manchadas de sangre y había marcado a mis dos mejores amigos, cambiando los paradigmas de su mente de una manera descomunal. La criatura hizo tantas cosas con mi cuerpo que ya no sabía quién era la culpable. A veces pensaba que era solo yo… y eso jamás podría superarlo.

En ese instante Adryan entró y me miró con el ceño fruncido.

—¿Qué haces, loca? —me preguntó.

—Estoy intentando… descifrar si está allí…

Mi hermano se puso serio y cerró la puerta.

—¿En serio? ¿Lograste algo? ¿Es una ella? No entiendo bien, Pupú —dijo soltando un montón de preguntas sin parar.

—Sí… Es una ella, pero creo que ya no está —suspiré y seguí mirando el espejo.

—¿Qué…?

—Y creo que los poderes tampoco, Adryan —confesé intentando entender si eso era algo malo o bueno para mí.

Mientras le explicaba cosas sobre la poca información que tenía y por qué sospechaba que ya no estaba, una persona apareció, asomándose con cuidado por el techo. Era el mismo acechador de antes con su cámara gigante. Estaba fotografiándonos a ambos mientras conversábamos.

Cuando escuché el sonido de un obturador interrumpí mi conversación con Adryan.

—Calla —le advertí—, escuché algo raro…

Me paré y me asomé por la ventana, pero no encontré rastro de nadie.

—Qué raro… Juré haber escuchado… Bueno, quizá es mi mente —dije, confundida.

—Pupú, necesitas un descanso, has pasado por muchas cosas —apuntó él con preocupación.

—Quizá tengas razón… —murmuré aún mirando hacia afuera.

Mi intuición me decía que no me equivocaba, pero había pasado por tanto que ya dudaba de si realmente era capaz de distinguir la fantasía de la realidad.

Josh y Mike caminaron hacia el lado derecho de la casa, dispuestos a molestarme y lanzar piedras contra mi ventana, pero cuando se acercaron vieron al acechador en el techo e intentando ocultarse. Tenía una cámara en mano y estaba vestido completamente de negro.

—¡Ey, tú! —gritó Josh, enfurecido—. ¿Qué mierda crees que haces?

Cuando el sujeto lo escuchó, se bajó de un salto y salió corriendo. De inmediato, Mike y Josh reaccionaron, persiguiéndolo a toda velocidad.

El hombre tenía una estrategia clara, así que cuando llegó a la calle, se subió a una moto sin placa y aceleró. Josh y Mike llegaron a la acera, pero ya era muy tarde.

—Mierda, mierda, mierda —gritó mi hermano, furioso.

—¿Quién era ese idiota?

—No lo sé, no entiendo nada, todo lo que está pasando está demasiado raro —dijo perdiendo los papeles—. ¿Ahora qué hace un tipo en la ventana de Katie? ¿Acaso el asesino ese no murió?

—Eso creo… —murmuró Mike no muy seguro debido a su falta de memoria.

Sin embargo, M había detallado algo en la mano del sujeto: tenía la cicatriz de una quemadura. Y ese era un detalle que el asesino de Kendall no poseía.

Mike le dio una palmada a Josh en la espalda, consolándolo.

—Tranquilo, Josh, mañana nos largamos por varios días. Ya verás que podrás olvidarte de todo —le recordó.

Josh asintió y respiró hondo, aún estaba molesto, pero le ayudaba pensar que pronto me llevaría lejos de Kendall.

Al día siguiente, Josh y yo estábamos bajando nuestras maletas por las escaleras con la ayuda de papá. La mía era la más pesada. Rick y Mike nos miraban con miedo desde el piso de abajo. Ya estaban listos y solo esperaban a que termináramos de meter todo en el baúl del carro de Josh.

—Yun quiere que pasemos por ella, aún no estaba lista cuando la llamé —le avisó Josh a Mike, que todavía batallaba con mi maleta.

De pronto mamá recibió una llamada y se apartó de la sala para tener privacidad.

—Katie, hija, ¿qué metiste acá? —preguntó papá sudando.

—Varias pijamas y *hoodies* para el frío —intenté explicarle.

Unos minutos después, mamá volvió y nos miró.

—El doctor quiere que pasemos por el hospital ahora —suspiró—. Necesitan chequear a Adryan, pero también a Katie. Creo que tendrán que salir más tarde de lo planeado.

—¿Qué? —respondió Josh soltando la maleta de golpe y dejándole todo el peso a papá—. ¿A Katie?

—¿A mí por qué?

—Eso fue lo que pidió el doctor. Katie, Adryan y nosotros dos —explicó encogiéndose de hombros.

—Bueno, muchachos, tampoco se alarmen, seguro es un chequeo de rutina. Es evidente que Adryan está súper bien. Debe ser que quieren verificar algo genético de los dos —dijo papá, intentando calmarnos.

Josh y yo nos miramos, poco convencidos con la explicación, y suspiramos.

Íbamos todos en la camioneta con el baúl repleto de equipaje. Josh, Mike y Rick estaban en la tercera fila, Adryan y yo nos habíamos subido a la segunda y papá iba manejando con mamá de copiloto.

Cuando llegamos a la entrada del hospital nos encontramos con que estaba repleto de guardias vestidos de blanco. Sus uniformes tenían un logo de color naranja en el pecho y el hombro. Además, iban armados con un equipamiento que jamás

habíamos visto. Josh, Rick y Mike miraron todo con desconfianza. Jamás habíamos visto el hospital rodeado de esa forma.

—¿Qué coño está pasando...? —murmuró Josh.

—Debe ser que algún ministro está dentro, ya sabes cómo
es todo con los políticos —dijo papá.

Luego se estacionó y le abrió la puerta a mamá. Adryan se
bajó, confiado, pero yo estaba muy nerviosa, no estaba segura
de querer entrar.

—Tranquila, K, todo va a estar bien —me aseguró Mike.

Suspiré y me bajé del auto.

Los cuatro entramos al consultorio del doctor Oliver directamente porque la enfermera nos había indicado que no era
necesario esperarlo. Era la primera vez que nos recibía allí y no
en la sala de conferencias. Detallé el lugar y me gustó la decoración: tenía un escritorio con una computadora, las sillas donde
se sentaban los pacientes, cuadros del cuerpo humano y algunos aparatos que desconocía.

El doctor nos sonrió, intentando iniciar con buen pie.

—¿Cómo están? Buenos días.

—¡Como nunca, *doc*! Solo me falta que usted me lo con-
firme y listo —dijo Adryan, entusiasmado.

—Esperemos que así sea —respondió el hombre.

—Doctor, ¿por qué estoy aquí? —pregunté, aún confundida.

—No te preocupes, Katie, es protocolo, ya lo entenderás.
Ahora, si me lo permiten, necesito que los dos me acompañen
—nos pidió señalándonos a Adryan y a mí.

—Pero deberíamos ir con ellos, no quiero dejarlos solos
—argumentó mamá, preocupada.

—El ala de exámenes está a reventar de pacientes. Me temo
que por salubridad y seguridad solo pueden ingresar las personas necesarias, están siendo semanas difíciles —explicó elegan-
temente el doctor con las manos en sus bolsillos.

Adryan y yo nos pusimos de pie y seguimos al doctor. Mamá se quedó callada, había sido imposible discutir.

Cuando llegamos frente a un ascensor, los tres nos detuvimos. Adryan estaba muy calmado, pero yo seguía sintiendo que algo no iba bien. Y mi intuición me decía que quizá debía haberme ido con Mike y Rick.

Al abrirse las puertas, vimos a alguien de espaldas. Era un sujeto muy alto, de tez oscura y contextura gruesa. Vestía un traje negro, guantes y llevaba un maletín negro. Parecía ejecutivo, pero uno muy extraño.

Dudosos, Adryan y yo entramos, pero el doctor se quedó en donde estaba.

—El ascensor solo admite tres personas, voy a esperar al siguiente. Vayan subiendo al piso cuatro —nos pidió.

Justo cuando iba a negarme, las puertas se cerraron. Adryan miró al hombre, intimidado, y luego a mí. Cuando el ascensor se movió, el maletín del hombre se abrió, dejando salir un humo blanco y denso que llenó rápidamente todo el espacio. Intenté contener la respiración, pero eso no funcionó, el humo colmó mis pulmones. Me estaba asfixiando. Miré a Adryan y noté que se estaba sosteniendo la garganta, ahogado y desesperado. Quería hacer algo, pero me sentía adormecida y, de un segundo a otro, todo se tornó negro.

«Me dio miedo cuando te vi, pero más miedo me dio lo que sentí dentro de ti».

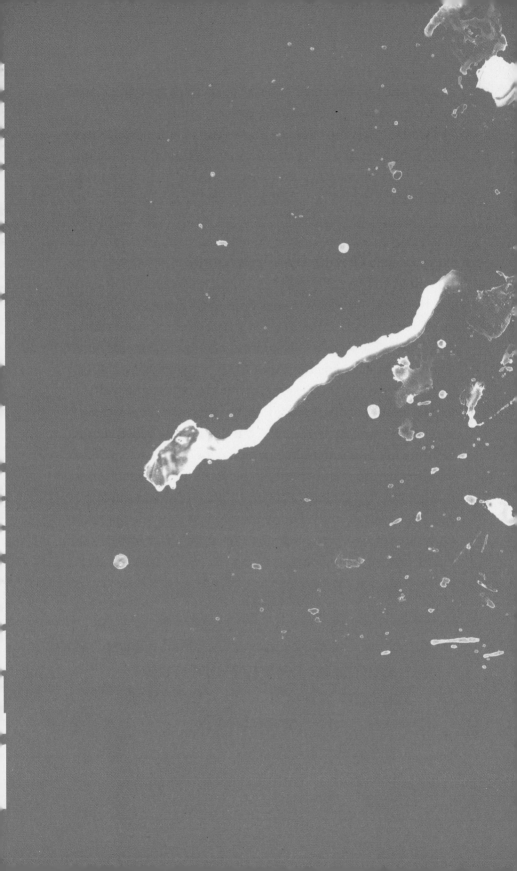

CUARENTENA

Un tiempo después, el doctor Oliver llegó al piso restringido, alisando tranquilamente su bata. Iba acompañado de al menos diez guardias que vestían el peculiar uniforme que habíamos visto a la entrada.

El hombre les hizo señas a tres de los guardias para que se quedaran frente a una puerta y ellos obedecieron. A los demás los distribuyó a lo largo del pasillo en puntos estratégicos.

De pronto, una enfermera llegó corriendo y le susurró algo en el oído:

—Señor, creo que tiene que bajar a ver esto…

El doctor Oliver la miró, molesto. Luego suspiró y la siguió.

De vuelta en el primer piso, se encontró con mi papá discutiendo con varios guardias. Estaba furioso y mamá solo intentaba agarrarlo del brazo para evitar que se les abalanzara.

—¿Cómo que no puedo? ¡Son mis hijos! ¡Yo puedo ver a mis hijos las veces que me dé la gana! ¡Tráiganlos inmediatamente! —les gritó.

Mi papá intentó pasar hacia el ascensor, pero al instante los guardias lo agarraron y lo tiraron hacia atrás. El doctor Oliver se acercó y suspiró, fastidiado.

—Señora Ana, señor John, vengan conmigo —les pidió.

Les lanzó una última mirada amenazadora a los guardias y decidió seguir al doctor.

Cuando todos entraron al consultorio, el hombre se sentó, pero papá se quedó parado, caminando de un lado a otro como una fiera enjaulada. Mamá solo lo miraba, impresionada, aunque en el fondo entendía su angustia.

—Doctor, han pasado horas, ¿dónde están mis hijos? ¡Tengo la paciencia en ceros! —le advirtió.

—Calma y paciencia… Todo a su tiempo —respondió.

—Al menos dígame qué están haciéndoles —le ordenó papá.

El doctor Oliver se quedó mudo, realmente no sabía qué responder y esa actitud lo estaba intimidando. Tras unos segundos, papá se enfureció más y, justo cuando iba a decir algo de nuevo, otro doctor completamente opuesto al nuestro entró.

Era más bajito, parecía de unos cincuenta años, tenía la parte superior de la cabeza calva, pero la compensaban largos mechones a los lados. Sonreía de oreja a oreja y daba la sensación de estar un poco mal de la cabeza. Su aspecto era desaliñado y, por debajo de la bata, se notaba que su camisa era de colores. Lo más desagradable de este sujeto era que llevaba las uñas negras y sucias. Mamá lo vio, sorprendida, y papá alzó una ceja.

Este doctor, al que llamaban Bosco, empezó a leer en voz alta de una libreta que llevaba en las manos:

—John, cuarenta y ocho años, perfecta salud, nunca ha padecido de nada grave, excepto la pequeña operación de vesícula hace algunos años. Señora Ana, perfecta salud, cuarenta años y lo único que sufre es de alergias al polvo. Lo siento, pero tienen que retirarse ya mismo —dijo, sonriente.

—¿Qué…? —respondió papá, atónito.

El doctor Oliver miraba el intercambio paralizado y sin saber qué decir.

—Es muy simple, hermosa pareja. Les explico: sus hijos son víctimas de una cepa de un virus extremadamente extraño que apenas está surgiendo en nuestro bello país. Tenemos que someterlos a una cuarentena radical y ustedes deben alejarse del perímetro lo antes posible.

—¿De qué está hablando? ¡Qué locura! Si eso fuera así, entonces debería examinarnos a nosotros también, ¿no? —inquirió papá, perdiendo la paciencia.

Bosco negó con la cabeza.

—Nada de eso, el virus no ataca a personas mayores de veinte años.

—¿Cómo sabe eso? —lo interrumpió papá, incrédulo.

—Lo sé porque soy el médico —respondió Bosco con una sonrisa desafiante.

Entendiendo su personalidad, papá bajó la guardia y dio un paso al frente, intentando tocarle el hombro a Bosco para persuadirlo.

—Pero, doctor… —empezó a decir, pero Bosco dio un salto y soltó un grito agudo.

—¡No me toque! ¡Qué peligro! —dijo, horrorizado—. Con cada segundo en que insisten, me retrasan. Y tengo que ir a examinar a sus hijos… Es más, ¿qué hacen aún aquí?

—Pero… —murmuró mamá.

—¡Es seguridad nacional! Caballeros, ¡llévense a la hermosa pareja! —Dos guardias entraron y, suavemente, agarraron a mis papás para intentar llevárselos—. Pronto tendrán noticias, sus hijos están en buenas manos. —Una vez que los dos estuvieron lejos de los consultorios, Bosco le tiró la libreta al doctor Oliver en el pecho—. Aún no has aprendido nada —le dijo con desprecio.

Bosco salió del consultorio y el otro aprovechó para echarles un ojo a las anotaciones de la libreta. Sin embargo, cuando miró la página abierta, solo encontró un dibujo de palitos. Negó con la cabeza y puso los ojos en blanco.

Mis papás salieron del hospital con la confusión más grande que habían sentido en sus vidas. Mike, Rick y Josh estaban conversando fuera del carro, pero cuando los vieron se acercaron rápidamente.

—¿Dónde están Katie y Adryan, mamá? —preguntó Josh.

—Se tienen que quedar, hijo.

—Nos acaban de decir que ambos tienen una cepa extraña de un virus; los tienen en cuarentena —explicó papá.

—¿Qué? ¡Entonces todos lo tenemos! —Josh se alteró—. ¿Qué clase de locura es esa?

Rick frunció el ceño, absolutamente nada le encajaba.

Josh intentó caminar hacia la entrada, pero unos guardias le cerraron el paso sin darle mayor importancia. Antes de que peleara con alguien, papá y mamá lo agarraron de los brazos, intentando calmarlo.

—¡Me tienen que examinar a mí también! —les gritó.

—No podemos dejar que ingrese, es seguridad nacional —repitieron los guardias como robots.

—Hijo, vendremos mañana, ¿sí? —habló mamá con suavidad—. Hoy no nos van a permitir verlos.

—Todo allá adentro está hecho un desastre —murmuró papá, frustrado.

Josh asintió, poco convencido, y miró mal a los guardias de la puerta.

El doctor Oliver subió hasta el piso restringido de nuevo. Entró a la habitación donde tenían a Adryan, que era extrañamente normal, y vio a dos enfermeros con él. Uno le estaba sacando sangre en silencio y el otro conectaba unos electrodos a sus sienes. Mi hermano estaba tenso y no confiaba en la situación. Sin embargo, cuando vio al doctor, sonrió.

—¡Ey, *doc*! ¿Dónde están mi hermano y mis papás? —preguntó, ansioso—. ¿Y qué hago aquí?

—No te preocupes, Adryan. Son exámenes que nos ayudarán a determinar tu estado —dijo el hombre sin mirarlo a la cara.

—¿Puedo ver a mi familia? Para estas cosas siempre prefiero estar acompañado —reveló.

—De momento no va a ser posible, Adryan —comentó el doctor, incómodo.

Mi hermano lo miró e hizo una mueca. Tampoco podía confiar en él, pues sabía que lo que sucedía se salía del campo de la medicina. Se sentía bien y sabía que estaba sano, así que concluyó que lo estaban usando.

—¿Al menos puedo llamarlos? —insistió y fingió una sonrisa.

—Luego te damos un móvil —respondió evadiendo por completo la petición y, antes de que Adryan siguiera insistiendo, el doctor Oliver salió de la habitación. Afuera aún estaban los guardias protegiendo la puerta—. No se despeguen de aquí —les ordenó—. Y, por favor, duérmanlo, no debería haber despertado tan pronto.

Luego de cruzar el pasillo, el doctor entró a otra habitación vacía y completamente blanca del techo al suelo. Allí estaba yo, amarrada a una camilla con barras de metal en las manos y los pies. Tenía un montón de cables y electrodos pegados a mi cabeza y una especie de máscara metalizada con una correa que me restringía el movimiento por la barbilla. Estaba inconsciente, pues aún no despertaba de los efectos del humo blanco del ascensor.

El doctor Oliver intercambió miradas con Bosco, que no dejaba de estudiarme, como esperando a que hiciera algún movimiento.

—Por fin tenemos a una viva; jamás pensé que la encontraríamos en un pueblucho como este.

—¿Qué es ella? —preguntó su colega, confundido.

—Es solo un recipiente, pero dentro tiene un Xilium, uno que estudiaremos y con el que la humanidad podrá tener una esperanza —dijo Bosco, que había perdido toda su sonrisa y ahora mostraba un semblante serio.

—¿Una esperanza? ¿Esperanza de qué?

—De evitar nuestro exterminio —respondió con la mirada perdida.

Al día siguiente, Josh seguía recostado en su cama. Eran apenas las 6:30 de la mañana y él no había pegado un ojo en toda la noche. Tenía un extraño y muy incómodo presentimiento sobre todo lo que estaba pasando y eso no lo dejaba tener ni un poquito de paz. Impaciente, agarró su móvil y buscó los contactos de Mike y Rick. Les marcó por videollamada y los dos contestaron en un instante.

—Estoy preocupado, muchachos —confesó Josh.

—Yo tampoco pegué n… ni un ojo —dijo Rick en medio de un bostezo.

—Vámonos de una vez a ese hospital. Nos tienen que dejar verlos, es ilegal hacer lo contrario.

—Tienes razón… —le contestó a Mike, pensativo—. Vámonos ya, los recojo en mi camioneta en cinco minutos.

—Entendido —dijeron ambos.

Josh colgó y salió disparado de su cuarto.

Cuando llegaron al hospital se dieron cuenta de que el lugar estaba aún más infestado de guardias que el día anterior. Ahora incluso había unos junto a la entrada del estacionamiento y todos portaban armas enormes y blancas. Josh y Mike se miraron. Ninguno entendía qué estaba pasando.

—Esto está muy raro… —susurró Rick en la parte de atrás de la camioneta.

—Vamos a bajarnos —propuso Josh mientras estacionaba la camioneta.

Los tres se bajaron del auto y caminaron hasta la entrada. Josh se acercó a los guardias y se cruzó de brazos.

—Vengo a ver a mis hermanos, necesito que me dejen entrar —exigió.

Los guardias ni siquiera se inmutaron. Habían ignorado por completo a Josh. Era como si no estuviera ahí. Justo cuando Josh iba a darles un empujón para intentar entrar, Mike notó que un hombre salía de una puerta trasera, también custodiada por guardias. Tenía una capucha negra y unos jeans del mismo color. Pero lo que llamó la atención de Mike es que el sujeto tenía la misma quemada que había visto en la mano del acechador.

Le dio un empujón a Rick, que inmediatamente entendió lo que quería decirle.

—¿Ese es el tipo del que me contaste?

—Sí, ¡Josh, nos vamos! —dijo cogiéndolo con brusquedad del brazo.

—¿Qué haces, idiota? —murmuró.

Mientras se alejaban un poco, Mike negó con la cabeza.

—El tipo que va hacia una moto es el mismo que estaba acechando a Katie el otro día. Tiene la misma quemadura y la moto es idéntica. Acaba de salir de la entrada restringida y los guardias se lo permitieron, él sabe algo, Josh —le explicó en un susurro.

Mi hermano asintió y le dio una palmada a Mike, orgulloso.

—¡Corran!

Los tres fueron de regreso al auto y, al notar que el acechador se subía a la moto y arrancaba, lo siguieron.

Después de unos minutos manejando, Mike y Rick no podían contener los nervios.

—¿Rick, esta no es la dirección de…? —comentó Mike con el ceño fruncido.

—Sí… —confirmó mirando alrededor.

—¿De qué? —preguntó Josh.

—Esta es la di… dirección en la que me tuvo secuestrado el asesino de Clara… —confesó Rick.

Efectivamente, el acechador se estacionó justo en la colina que llevaba a la construcción abandonada. Se bajó con su cámara y con unas bolsas de plástico para muestras y caminó hacia la entrada.

—¿Por qué justo en este lugar? —se lamentó Rick.

—Vamos a aprovechar que está solo y lo encaramos —propuso Josh viendo al tipo subir hacia la construcción.

—Estoy de acuerdo —murmuró Mike.

—¿Qué…? ¡No! Es un plan p… pésimo —intervino Rick, alarmado.

—No seas cobarde, *bro* —le dijo Josh.

—Chicos, se lo pi… pido, denme cinco mi… minutos para crear un plan mejor y les aseguro que…

Él no había terminado de hablar cuando los otros dos se bajaron del carro y lo dejaron solo.

Corrieron colina arriba y se saltaron todas las cintas amarillas con las que la policía había acordonado el lugar. Cuando llegaron al primer piso de la construcción, se escondieron tras uno de los muros y observaron al sujeto, que estaba agachado recogiendo unas muestras de un líquido viscoso que había quedado adherido al suelo. Mike empezó a tener leves destellos en su memoria sobre el lugar. Ahogó un pequeño grito y Josh lo miró.

—¿Qué te pasa? ¡Atento! —susurró. Mi hermano entonces corrió hacia el sujeto y se le plantó enfrente con los brazos cruzados. Mike lo siguió y lo respaldó. Ambos miraban de manera amenazante al acechador—. Dime qué hacías en la ventana de mi hermana y explícame qué mierda tiene esto que ver con ese hospital —preguntó alzando la voz.

El hombre se puso de pie lentamente. No los miró, sino que se llevó la mano con cuidado al bolsillo de su suéter y, sin darles tiempo a reaccionar, se giró y apuntó con una pistola a la frente de Josh.

Los dos se quedaron inmóviles, pues nunca se habían imaginado enfrentarse a un arma... y tampoco sabían defenderse de una.

—¿Tú crees que esto es un juego, niño? —preguntó el sujeto con odio y sin dejar de apuntarlo.

Mike temblaba en su lugar y Josh, lentamente, elevó sus manos en el aire.

«No me mientes, solo pretendo que te creo».

CAPÍTULO 32

LOS XILIUM

Mike y Josh estaban inmóviles y aterrados al ver cómo el hombre le quitaba el seguro a la pistola para disparar.

—Espere... Podemos hablarlo —dijo Josh con la voz temblorosa.

—Ya saben demasiado —respondió antes de disparar.

Ambos cerraron los ojos, esperando lo peor, pero en el último instante apareció Rick por la espalda del acechador y le asestó un golpe con un palo en la nuca. El hombre se desplomó inmediatamente, inconsciente. Rick se hizo con la pistola y miró con furia a ambos.

—Les dije que no se bajaran, idiotas —murmuró.

Josh y Mike asintieron, aún nerviosos, pero agradecidos de que Rick hubiese aparecido.

Yo seguía recostada en la camilla de la habitación del hospital, pero esta vez con más cables conectados a mi cuerpo. Me habían metido una especie de tubo que bajaba hasta mi garganta. Estaba medio adormecida y no lograba ubicarme del todo. Frente a mí vi a un doctor que no conocía: tenía la cabeza calva, pero mechones despeinados a los lados. Llevaba lentes y una camisa colorida debajo de su bata de doctor. Más adelante me lo presentarían como Bosco.

El hombre estaba concentrado y jugando con su encendedor metálico. Cerraba y abría la tapa y encendía y apagaba la mecha. Estaba embelesado, pero luego notó que me había despertado. A su lado tenía una pantalla enorme con una presentación extraña. La palabra «Xilium» estaba escrita en letras enormes. Fruncí el ceño y él sonrió.

—Por fin despiertas, muñequita. ¡Empecemos! —dijo poniéndose de pie de un salto.

Luego agarró un control y pasó foto a foto la presentación. La primera era sobre unos jeroglíficos egipcios de miles de años de antigüedad.

—Estos son unos de los primeros jeroglíficos sobre ellos. Sobre seres de luz enormes, omnipresentes y omnipotentes —explicó, emocionado.

Pasó la imagen y me mostró unas fotografías de la mitología griega. Representaban a seres gigantes de luz con una forma física que jamás había visto. El doctor sonrió, entusiasmado al ver mi expresión.

—Fascinantes, ¿cierto? Ellos inspiraron todo lo que ves. Los mismos seres de luz. —Miró fijamente la presentación.

Después le dio paso a la siguiente y me mostró unas imágenes sobre seres de luz, pero que esta vez pertenecían a los inicios de la fe cristiana.

—Aquí estamos en otra época, en los inicios del cristianismo. Hubo caos y choque de creencias y ¿por qué? También por los seres de luz. Todos comparten las mismas características.

De pronto me miró con unos ojos enloquecidos.

—Tengo horas y horas de historia, niña. Momentos claves de la humanidad que prueban que ellos no solo nos influenciaron en ese tiempo, sino que, en realidad, estoy seguro de que nos han llevado en la dirección que han querido a lo largo de las eras. Y actualmente quieren algo más que eso… Ya no quieren solo nuestro planeta. Ahora son más ambiciosos, también quieren cuerpos humanos. Para esa cosa solo eres un vehículo, una marioneta que puede usar a su antojo. ¿Sabes qué es lo más fascinante? Que sospecho que dentro de ti hay un Xilium particular, uno diferente al resto, querida niña. El primero que voy a observar de cerca. Existe una simbiosis perfecta entre la criatura y tú, ¿no?

En ese instante vino a mi mente el recuerdo de ese mundo sorprendente, aquel de hermosos colores y de donde presentí que venía Mathora. Sin embargo, interrumpí las imágenes con brusquedad, no era momento para desvariar, este doctor era una amenaza para mí.

Intenté hablar, pero no pude por el tubo que tenía en la boca, así que solo logré hacer un ruido que provocó risas en el hombre.

—¡Cierto! ¿Cómo vas a contarme así? —dijo, decepcionado consigo mismo.

De pronto se acercó a mí y me arrancó el tubo de la garganta de una forma brutal. Todo dentro de mí se revolvió y vomité en todo el suelo.

Bosco ni siquiera se inmutó. Cuando logré respirar, lo miré.

—¡No tengo nada de eso! ¡Ni siquiera te entiendo! —le grité con voz ronca.

—No grites, no grites, me atormentan los gritos —me pidió, irritado.

Intercambiamos miradas y se notaba que mi falta de respuestas no lo hacía feliz. De repente, sin decir nada, salió de la habitación y me dejó sola.

Caminó lentamente a través del pasillo del piso restringido y llegó hasta un salón de reuniones que, como indicaba la puerta, era de acceso restringido.

Había al menos cinco guardias monitoreando ese lugar. Bosco los miró con fastidio y se paró frente a ellos.

—Quítense de en medio —les ordenó.

Los hombres obedecieron y le dieron acceso al lugar. Dentro estaba el doctor Oliver y el sujeto de traje y guantes que nos había adormecido en el ascensor. El sujeto misterioso les daba la espalda a todos, mirando por la ventana.

El salón era grande, pero solo estaba amoblado con tres butacas semicirculares, una mesa y otras tres sillas ejecutivas. También había un librero lleno de papeles de investigaciones y una alfombra en el suelo.

Fuera de sus cabales, Bosco miró al doctor Oliver.

—¡No hemos encontrado ni una sola señal de que tenga al Xilium dentro de ella! —le reclamó.

—Eso fue lo que él me reportó, dijo que la había escuchado hablar sobre ella —dijo el aludido, intentando defenderse.

—Pues entonces hay que obligarla a que la saque —insistió.

—No es tan simple… —susurró Oliver, derrotado.

—Tenemos que tomar medidas extremas porque no podemos mantener el teatro del virus mucho más, los periodistas van a empezar a hacer preguntas. ¿Qué les diremos? ¿Vamos a alarmar a todo el país con algo que no existe? Y su familia seguirá montando escenas y llegará un momento en el que cada cosa que hayamos conseguido se va a ir directo a la mierda por tu estupidez, Oliver —espetó con asco.

—¿Y qué planteas?

Pensativo, Bosco dio unas vueltas alrededor del lugar, intentando encontrar alguna solución viable.

—Vamos a inyectarle una dosis grande de sulfato de magnesio al niño, unos 500 miligramos —propuso, entusiasmado.

—¿Estás loco? Lo vas a matar —exclamó el otro.

—Lo tengo claro. Es un daño menor. Pero debes mirar el gran panorama. Si nuestra teoría es cierta, las capacidades sobrehumanas de la criatura surgirán para proteger al niño. Estaremos creando emociones negativas, así que tendremos que confiar en el instinto de su hermanita —explicó Bosco con sadismo—. Por supuesto, duplicaremos la seguridad para contenerla.

—Y si no se manifiesta habrás matado a un niño inocente —le reclamó.

—Si no lo logramos, le inyectaremos el sulfato a ella. Quizá se manifieste si sabe que su huésped humana está en peligro. Y, bueno, si nada funciona… Se habrán muerto dos personas por tu estupidez, Olivercito —lo amenazó.

—Estás loco, Bosco.

Oliver negó con la cabeza y se cruzó de brazos. En ese instante, el sujeto de tez oscura se giró para observar a Bosco y allí, por primera vez, dio a conocer su rostro. Tenía una especie de máscara extraña y grande, de esas que utilizaban los investigadores en casos de riesgo biológico y contaminación con químicos peligrosos. El artefacto le tapaba la boca, la nariz y los ojos con una pantalla especial. Apenas se podía apreciar su frente. A pesar de su tez oscura, también se notaba que padecía de vitíligo, pues tenía algunas manchas más claras por toda la frente.

—Jefe supremo y majestuoso, ¿está de acuerdo con lo que quiero hacer?

El sujeto lo miró fijamente y asintió con la cabeza.

Mike y Josh estaban terminando de amarrar al acechador contra un muro con cuerdas y cinta. Una vez estuvieron seguros de que no iba a moverse de allí, ambos se pararon frente a él.

—¿Qué sabes de mis hermanos? —preguntó Josh, pero el acechador solo soltó una risa—. ¡Responde, idiota! —El sujeto suspiró y lo miró sin decir absolutamente nada—. ¡Dime qué mierda está pasando en ese hospital! —gritó de nuevo.

El hombre no dijo ni una palabra y sonrió, burlón. En ese instante, Rick los empujó hacia un lado y sin que nadie lo pudiera detener, le dio un puñetazo en la cara al acechador. Sin embargo, el sujeto no reaccionó y, en cambio, Rick se retorció del dolor, gritando.

—¡Ahhhhh! ¡Coño, en las películas no parecía tan doloroso! —se quejó sosteniéndose la mano contra el pecho.

El acechador miró a Rick con una ceja arqueada. Para él, ese golpe había sido una caricia.

—¡Mike, en las películas esto jamás falla, jamás! —se defendió.

Él le dio una palmadita en el hombro, consolándolo, y se le acercó al hombre con odio en la mirada.

—¿Vas a hablar o no? Porque si el puño no funciona, encontraré algo que sí te duela —lo amenazó en un tono bajo.

—¿Por qué coño no hablas? Estás cuidando tu seguridad, ¿no? ¿Es eso? —preguntó Rick, alterado.

El sujeto soltó una carcajada.

—Pobres niñitos, no tienen idea de quiénes somos, ni de qué podemos hacer. Se creen los gatos, pero son insignificantes ratones. Todos vamos a terminar muertos. Es más, por haberme dejado capturar, ya soy hombre muerto, da igual todo —dijo con contundencia.

La seguridad con la que habló los intrigó aún más, así que se miraron y luego Rick sonrió. Se le había ocurrido una idea.

Se llevó a ambos lejos del sujeto para que no los escuchara y, entonces, habló:

—Tengo una idea, pero voy a necesitar que te desvistas

—le indicó a Mike y después, mirando a Josh, dijo—: Y tú y yo haremos algo supremamente demente.

Josh sonrió y Mike frunció el ceño. Sin embargo, Rick solo tenía ojos para la moto del acechador que estaba fuera de la construcción.

—¿Quién se ofrece como voluntario para quitarle al tipo la ropa? —preguntó Rick, dudoso.

Josh y Mike hicieron una mueca y se quedaron en silencio.

Un rato más tarde, Rick y mi hermano estaban subidos en la moto, escondidos frente a la entrada del estacionamiento del hospital. Josh arreglaba su casco y Rick sufría un ataque de nervios.

—Fue tu idea —le recordó mi hermano aguantándose la risa.

—No nos q… q… quedaba otra opción. Tendré que superar mi mi… mi… miedo por estas cosas —respondió Rick mirando la moto con miedo y encajándose el casco en la cabeza.

—Bueno, a la cuenta de tres… ¡TRES! —gritó Josh sin darle tiempo a R de prepararse.

Entró a toda velocidad al estacionamiento, rozando varios carros sin llegar a rayarlos. Rick iba a estallar por la tensión, pero Josh sabía lo que tenía que hacer, así que manejó directo a la pared que estaba justo al lado de la puerta. Preciso cuando iban a estrellarse, los dos saltaron, abandonando la moto y rodando por el suelo.

Mike se asomó del otro lado de la pared. Vestía con la ropa del acechador, así que esperaba pasar desapercibido. Cuando los guardias corrieron hacia Rick y Josh para retenerlos, Mike entró corriendo al hospital. Él sabía que dentro habría muchísimos guardias, pero la chaqueta del acechador tenía el logo de la institución, así que esperaba que eso lo ayudara a llegar al piso restringido.

Bosco había regresado a mi habitación y, presionando un botón, acomodó mi camilla para que quedara casi vertical. Yo seguía amarrada con las cintas metalizadas y con el montón de cables conectados a mi cuerpo.

El hombre empujó la camilla y la dejó frente a un vidrio que, en realidad, sospechaba que era un espejo doble. Bosco presionó otro botón y, efectivamente, dejé de ver mi reflejo y, en cambio, vi a Adryan en esa otra habitación.

Mis nervios se activaron. Nada bueno podía estar pasando si me mostraban a Adryan. Lo confirmé cuando vi cómo Bosco cargaba una jeringa con un líquido extraño.

—¿Qué estás haciendo? —le pregunté luchando contra las cintas metálicas.

Bosco sonrió y salió de la habitación con la jeringa en la mano. Pasaron unos segundos y, a través del espejo, vi al hombre entrar a donde estaba Adryan e inyectarle el líquido en su vía intravenosa.

El desespero se apoderó de mí y forcejeé como loca. No hacía falta que nadie me dijera qué era ese líquido, sabía que sería como veneno para mi hermano. Miré la vía intravenosa y vi que el líquido avanzaba a lo largo del tubo y hacia el brazo de mi hermano, que seguía dormido. Después de soportar tanto, este iba a ser su fin. La impotencia me consumió y sentí que el odio más grande del universo me quemaba desde dentro.

«Ten cuidado de sentirte tan superior que seas tu propio verdugo y destructor».

CAPÍTULO 33
EL REGALO

¡Mathora, *ayúdame!*, la llamé, desesperadamente, dentro de mi cabeza.

Justo cuando el líquido iba a llegar a Adryan, mi corazón se aceleró y sentí un hormigueo en mi cuerpo. Todos los aparatos, el suelo, el espejo y las paredes temblaron y las luces parpadearon mientras el tiempo parecía detenerse.

Cerré los ojos voluntariamente y aparecí en el lugar donde solía ver a Mathora. Sin embargo, me sorprendí al notar que ya no era de un blanco prístino, sino que reflejaba una negrura absoluta. Cada pocos segundos, surgía una extraña iluminación parpadeante que hacía evidente que el color que de verdad bañaba el lugar no era negro, sino rojo.

Mientras avanzaba, noté que parecía estar pisando un infinito líquido oscuro. Sin embargo, cuando revisé mis plantas para descifrar qué era, descubrí que era sangre.

A pesar del grotesco escenario, me emocioné al ver a Mathora, que aún habitaba dentro de mí. Caminé hacia el fondo del lugar donde estaba ella, cubriéndose el rostro con el cabello. Llevaba un tiempo tarareando la melodía que siempre cantaba. Al acercarme, supe que algo no estaba bien. Pero la necesitaba. Solo Mathora podía salvar a Adryan una vez más.

Cuando estaba a punto de hablarle para pedirle ayuda, ella levantó su cara y, con ojos llenos de lágrimas de sangre y una cara repleta de odio, extendió su mano a mí, devolviéndome el gesto que tuve con ella cuando quería acabar con Cid.

—Sálvalo —dijo mientras se le marcaban líneas negras como cicatrices en su rostro.

Acepté su mano y volví a la realidad de golpe. Cuando abrí los ojos, toda mi energía y sentimientos reprimidos estallaron, creando una onda expansiva enorme que hizo que todo explotara: la pantalla de Bosco, las cintas metálicas que me retenían, los cables, la puerta, la lámpara y el vidrio. Todo se hizo añicos y yo había quedado suspendida en el aire.

Me rodeaban descargas eléctricas de color rojo que envolvían toda mi silueta, haciéndome lucir cargada de un tipo de energía grande y poderosa, una que parecía ir aumentando cada vez más. Los iris de mis ojos se tornaron rojos como si estuvieran repletos de sangre. Ese cambio era habitual cuando Mathora se apoderaba de mí, pero esta vez era distinto. Internamente vi cómo mis iris se reventaban dejando salir todo ese líquido rojo como un caudal, que ahora había pasado a cubrir toda la esclerótica de mis ojos. Mis iris se quedaron vacíos, colmados de blanco, con las pupilas rojas brillantes.

Las verdaderas cicatrices, esas mismas que había intentado simular con maquillaje, aparecieron por mi rostro y cubrieron cada centímetro de mi cuerpo, desde mis piernas, subiendo por mi abdomen, hasta mis brazos y mi pecho, alcanzando mi cara. Las cicatrices dibujaban un nuevo mapa en mi piel, dándome un nuevo y escalofriante aspecto.

Bosco entró inmediatamente a mi habitación, gritando y brincando de emoción. Estaba extasiado por lo que acababa de suceder.

—¡Está ahí! —chilló con fuerza—. ¡Sí está ahí!

Levité frente al hombre y, justo cuando iba a atacarlo, cuatro guardias se arrojaron contra mí. Sin pensarlo dos veces, con una onda de energía, cercené por la mitad a los dos que más se acercaron. El aire quedó lleno de diminutos rayos rojos que reflejaban el poder que ya no se escondía en mi interior. El lugar se convirtió en un mar de sangre que inundó todas las paredes y el piso. Todo estaba manchado, pero el campo de fuerza que me rodeaba evitó que la sangre me tocara. Las pequeñas gotas quedaban suspendidas en el aire por unos breves segundos y luego caían al suelo.

Los guardias que seguían vivos me miraron, sabían que era su turno. Me moví hacia ellos a una velocidad que no les permitió ni siquiera pensar en correr. Tensé mi brazo y, con un movimiento recto y decidido, decapité a uno de ellos. La cabeza cayó al suelo empapado de sangre, haciendo un sonido húmedo. El cuerpo del hombre se quedó unos segundos más de pie y luego se desplomó. En ese momento busqué al segundo guardia, pero ya había huido. La furia y el poder me embargaron, cegándome. Mi instinto de protección junto con esa sensación extraña me hacían sentir todopoderosa, como la protagonista de mi propia pesadilla.

Todo a mi alrededor se desplomaba: paredes, puertas, ventanas. Nada podía sobrevivir a mi presencia destructora. Enfermeras y doctores huían de mí, completamente aterrados. Yo era la clara definición de un monstruo, uno que iba avanzando por los pasillos buscando a su presa. Bosco huía y, de vez en cuando, se giraba para verme. El hombre no dejaba de reírse, se sentía extasiado por poder presenciar el poder de una Xilium.

El guardia que había huido iba corriendo junto a él, intentando cuidarlo, pero el doctor lo empujó hacia mí, instándolo a que me enfrentara.

—¡Mátala! —le ordenó con un grito.

El guardia avanzó hacia mí y descargó todo el cargador de su pistola, pero todas las balas quedaron suspendidas frente a mí gracias al campo de fuerza que me rodeaba. Presa del pánico, el hombre lloró. Yo lo miré y no dudé un segundo. Con un movimiento desaparecí. El guardia se giró, buscándome, pero, cuando me vio, era tarde. Mi mano ya atravesaba su pecho y sostenía su corazón, que daba sus últimos latidos, a través de su espalda. No sentí remordimiento alguno, pues una frialdad y una furia extremas eran las dueñas de todos mis instintos.

El hospital se convirtió en un infierno teñido de sangre. Bosco siguió enviando a todos los guardias posibles, pero sin importar cuántos vinieran, yo los mataba al instante sin esforzarme.

El doctor se escabulló por las puertas de la salida, pero no le di importancia. Decidí centrar mis poderes en los nuevos guardias que entraban mientras las enfermeras corrían, despavoridas y cubiertas de sangre por la cantidad de personas a las que había despedazado en mi camino.

Mike avanzaba por el largo pasillo del primer piso y vio que el personal del hospital huía hacia las salidas. Alarmado, subió al ascensor y marcó el piso cuatro.

Cuando llegó se encontró con un mar de sangre. Había restos de órganos en el suelo, vidrios rotos, puertas partidas en dos, cabezas y manchas rojas que adornaban las paredes y el techo.

El corazón de Mike se aceleró y se le revolvió el estómago. No entendía nada de lo que estaba pasando. ¿Habían asesinado a Katie? No, era demasiada sangre. Parecía una masacre. ¿Qué había sucedido?

Temblando, corrió por otro pasillo y se topó con Adryan, que seguía inconsciente en una habitación. Entró rápidamente y lo levantó del suelo. Alguien le había arrancado la vía del brazo y ahora el líquido empapaba la camilla.

Sosteniéndolo en brazos, Mike salió con Adryan y se alejó de ese lugar. Sin embargo, escuchó un tarareo que parecía provenir del fondo de aquel pasillo. Pensó que era la voz de Katie, así que siguió el sonido y, de camino, se tropezó con varios guardias que corrían como locos.

De repente vio algo que lo dejó paralizado. Las sombras de unos guardias se proyectaban en una pared y, por lo que alcanzaba a distinguir, algo estaba acabando con ellos. Los despedazaba, les arrancaba los brazos y cortaba a uno de ellos por la mitad sin siquiera tocarlo.

La culpable de todo eso era una esbelta sombra asesina. Mike solo podía temblar y sudar, pero, reaccionando, decidió ocultarse en una habitación con Adryan e intentar no revelar su ubicación con ningún ruido. Desde su escondite, Mike vio que la sombra entraba a una habitación, seguida de gritos y golpes contra las paredes. Era una matanza y él había quedado en medio. Desesperado, Mike asomó la cabeza y vio a uno de los guardias correr hacia ellos. Sin embargo, no los alcanzó porque, de pronto, su cuerpo estalló en pedazos y los bañó con su sangre.

Mike estaba en *shock*, no comprendía lo que estaba pasando, pero su instinto más básico lo llevó de vuelta al ascensor. Debía poner a salvo a Adryan para luego preocuparse por mí.

Vi el montón de restos sangrientos de los guardias y, molesta, salí de la habitación para buscar una placa específica. Cuando encontré la que decía «Oficina privada, doctor Oliver Brown», sonreí.

Desencajé la puerta con telequinesis y la tiré hacia un lado. Entré cubierta de sangre y lo encontré pegado a la pared, aterrorizado. El hombre levantó las manos, rindiéndose, y suplicó por su vida.

—¡No, no, Katie, no, yo no estaba de acuerdo, te lo juro!

Sin titubear, le arranqué la cabeza, creando otro mar de sangre en la habitación.

Volví al pasillo y fui hacia una de las oficinas restringidas, donde estaba segura de que podría encontrar a Bosco. Partí la puerta, pero no había nadie. Solo estaba el encendedor del hombre sobre el escritorio. Sabía que él estaba escondido en ese piso, así que, mirando fijamente el encendedor, le quité la tapa y dejé la llama encendida.

Antes de salir, cerré los ojos y, con mi mente, reventé varias tuberías de gas que recorrían las paredes. Sabía lo que tenía que hacer. Ya había confirmado mis sospechas. Era nociva para mi entorno, así que lo mejor era acabar conmigo misma y con esta pesadilla. *Mientras yo esté viva, ellos jamás dejarán a mi familia en paz. Me desharé de esta gente y también de la amenaza que habita dentro de mí*, pensé.

Ya en el pasillo, vi a Mike entregándole a Adryan a una enfermera que estaba dentro del ascensor. M me vio e intentó acercarse, pero la enfermera lo retuvo. Mike abrió los ojos como platos y me hizo señas para que corriera hacia él, pero yo me quedé inmóvil y negué con la cabeza. Cuando él notó que no tenía intención de salvarme, se congeló.

La enfermera lo agarró y logró meterlo al ascensor, que se cerró y acabó con la última mirada que habíamos compartido. De inmediato sentí que el fuego me abrasaba, consumiéndome por completo.

Mike bajó por el ascensor y vio que las luces parpadeaban y la estructura temblaba. Cuando las puertas se abrieron, corrió hacia la salida del hospital con Adryan en brazos y, en ese instante, todo el piso restringido explotó sin dejar rastro alguno de vida.

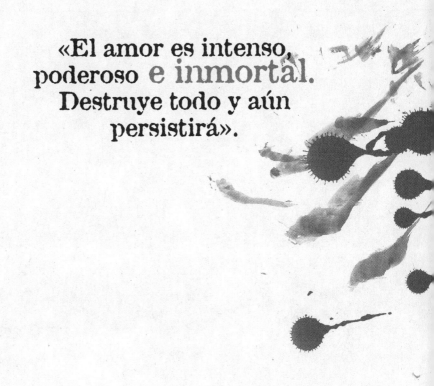

«El amor es intenso, poderoso e inmortal. Destruye todo y aún persistirá».

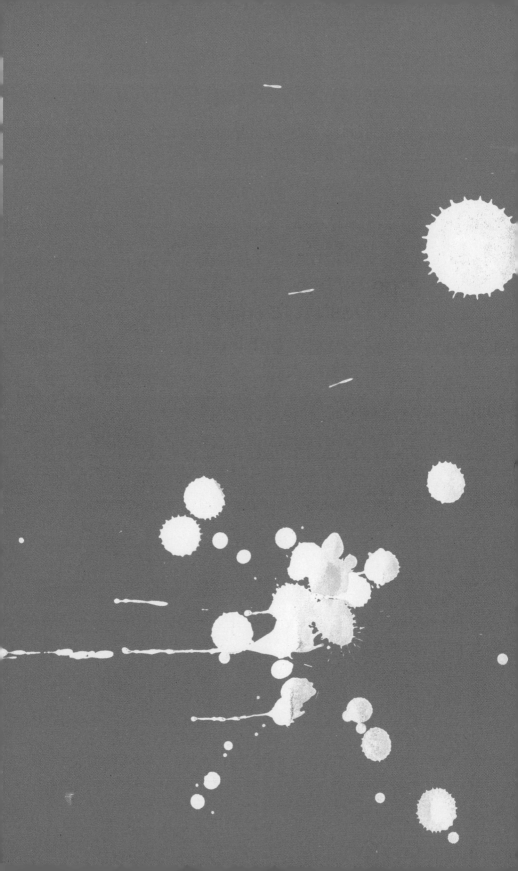

CAPÍTULO 34
ADIÓS

Unos días después, el cielo estaba nublado sobre el cementerio de la ciudad, que descansaba sobre una zona tranquila y cuyo césped estaba impecable. Toda mi familia se reunió alrededor de un hoyo perfectamente cavado. A los lados, junto a algunos arreglos de flores, habían dispuesto una de las mejores fotos que tenían de mí. Me veía radiante... muy diferente a mis últimos momentos. Iban a enterrar un ataúd que ni siquiera se había abierto para el velorio.

Mis papás no paraban de llorar. Estaban destrozados. Habían pasado de recuperar a uno de sus hijos a perder a otro. Sentían que el mundo se empeñaba en castigarlos.

Adryan estaba aislado, lejos del lugar de la ceremonia, llorando y viendo todo como si no perteneciera allí. Mike, parado a su lado, intentaba contener las lágrimas para no añadir más a la tristeza de mi hermanito.

Mientras tanto, Josh estaba de pie junto al ataúd. Se notaba ojeroso, cansado y abatido. La pérdida era un sentimiento que empezaba a romper a mi hermano. Le quedaba poca fe y esperanza.

Rick, por su parte, también estaba alejado de los dolientes. No lloraba, sus facciones se mantenían de piedra y parecía no sufrir. Sus ojos ni siquiera se notaban aguados.

Mike miró a Adryan y la depresión lo consumió de nuevo. Sabía que habría podido salvarme, pero no había sido lo suficientemente rápido y, por ello, se culpaba a diario.

A lo lejos, el detective Guzmán observaba todo, cabizbajo y con el ceño fruncido. Algo no le encajaba, las piezas no construían la respuesta que él necesitaba. Todo lo que mis amigos habían declarado podría ser creíble para alguien de mente simple y mundana, pero no para él. Guzmán sabía que había mucho más detrás de aquello.

De repente el hombre escuchó el pasto crujiendo a su espalda, como si algo o alguien caminara hacia él. Su corazón se aceleró y dejó de respirar por unos segundos. No le hizo falta girarse para entender qué estaba pasando.

Una mano delgada se posó sobre su hombro.

—Ya veo cómo resuelves los casos, ¿eh? Dejando a todos morir. Buena idea, ¿no? Así ya no hay a quién proteger —soltó con ironía.

Ofendido, Guzmán la miró fijamente.

—Dayane… —susurró.

Para todos, ese funeral supuso el fin, incluso para mí… pero para Mathora, era solo el principio.

«La vida no es eterna; eterno será el recuerdo que guardes de mí».

EPÍLOGO

Una chica baja, delgada, de cabello castaño, tez blanca y que usaba lentes caminaba vestida de ejecutiva a través de unas instalaciones de investigaciones clasificadas. Era una especie de hospital al que pocos tenían acceso.

Atravesó uno de los pasillos principales y llegó hasta la cafetería del primer piso. Allí se encontró con tres personas: dos investigadores y la mujer que servía los cafés.

Cuando se acercó, le entregó dos tazas sin que tuviera que decirle nada.

—Buenos días, Martha —saludó.

—Buenos días, Judith, voy apurada —le respondió agarrando los cafés con nerviosismo.

Con las tazas en la mano, se fue y, tras cruzar otro amplio y solitario pasillo, llegó a una zona con una reja gigante. Con dificultad sacó una tarjeta y la pasó por el sensor de seguridad. La reja se desbloqueó, el sensor cambió de rojo a verde y la mujer fue hacia la puerta, que estaba siendo custodiada por un guardaespaldas.

El hombre la dejó entrar hacia una especie de consultorio médico. Allí vio a un doctor desaliñado y parcialmente calvo.

Bosco Kuzman estaba parado frente a un espejo doble a través del cual observaba una habitación aledaña.

—Llegas cinco minutos tarde —recalcó, irritado.

—Disculpe, doctor, es que hoy… —se defendió la chica, pero el hombre la interrumpió.

—Shhh, calla, no te quiero oír —le espetó.

De inmediato la chica dejó los dos cafés sobre el escritorio y agarró una libreta para tomar notas. Luego se ubicó junto al doctor y, después de presionar un botón, el vidrio se aclaró y vio lo que sucedía en la otra habitación, que relucía por lo blanca que era. Tres hombres con trajes especiales cuidaban a alguien que estaba acostado en una camilla. Tenía los ojos cerrados, vestía solo una bata y le habían rapado el cabello.

—Sujeto cero. Son las 5:11 a.m. Peso: 112 libras. Edad: 16 años. No da señales de consciencia —le dictó Bosco a la chica.

En ese preciso instante abrí los ojos de golpe, pero ya no eran verdes. Se habían transformado por completo y brillaban con un rojo carmesí, creando una expresión aterradora.

Y sí, quizá era el fin para mí, pero ahora Mathora era libre.

Día 1
SUJETO CERO

__Primer test. 6:00 a. m. El sujeto fue sometido a una prueba de regeneración celular.

__Se mantuvo sentado frente a un escritorio y tarareó lo que parecía ser una canción de cuna, sumida en sus pensamientos.

__En cada esquina de la habitación había un guardia con armas de choques eléctricos.

__El doctor Bosco estaba en otra habitación, observando todo a través del espejo doble. Lo acompañaba su asistente Martha López.

__Se ordenó que pusieran a prueba al sujeto cero. Un guardia procedió a ubicar una maceta con una semilla en medio del escritorio.

—El sujeto cero los miraba, pero no decía nada. El doctor Bosco anunció por los parlantes: «Sujeto cero, iniciando prueba 332. Activa la regeneración celular».

—El sujeto lo miró con desprecio y no reaccionó.

—El doctor repitió: «Sujeto cero, activa la regeneración celular».

—Nada.

—El doctor volvió a insistir: «Sujeto cero, activa la regeneración celular, último aviso».

—El sujeto miró la maceta. Luego, nada.

—Tras tres intentos, el doctor Bosco dio la orden: «Seguridad, corrijan la acción».

—Dos hombres de seguridad se acercaron con las armas y le dieron dos choques eléctricos, uno en las costillas y otro en el cuello.

—El sujeto cero cayó de frente contra la mesa, babeando y sonriendo a la vez. Luego respiró hondo y abrió los ojos. Se repuso, pero no hizo nada diferente a mostrar una leve y perturbadora sonrisa en el rostro.

—Tras el castigo, el doctor repitió: «Sujeto cero, activa la regeneración celular».

—Nada.

—El doctor volvió a ordenar un incentivo: «Seguridad, corrijan la acción».

—Los guardias le propinaron varios choques eléctricos.

—El doctor Bosco insistió nuevamente: «Sujeto cero, activa la regeneración celular».

—El sujeto no se movió.

—De nuevo: «Seguridad, corrijan la acción».

—Los guardias le dieron varios electrochoques simultáneos.

—Sin esperar una reacción del sujeto, el doctor ordenó: «Corrijan más».

—Los dos hombres se acercaron de nuevo y, cuando parecía que le iban a dar otros electrochoques, se congelaron en su lugar. No podían moverse. El sujeto cero volvió a tararear la canción de cuna con la que nos torturaba día tras día.

—Uno de los guardias giró la cabeza para mirar al doctor y explicarle que no podía moverse, pero, de repente, la cabeza siguió girando y se despegó de su cuerpo. El hombre se desplomó, muerto.

—El otro guardia también murió cuando algo lo cercenó por la mitad. Los vidrios se llenaron de sangre.

—El sujeto cero estrelló contra el vidrio de seguridad al tercer guardia. Todas las alarmas se activaron.

—Martha gritó, viendo en *shock* todo lo que sucedía dentro de la habitación de pruebas. El doctor estaba anonadado.

—El tarareo paró y se escuchó al sujeto cero chasquear la lengua.

—No se podía ver hacia dentro por el vidrio cubierto de sangre, pero lentamente se empezaron a dibujar unas palabras sobre él:

«DÉJAME SALIR».

—Segundos después, el sujeto cero limpió con la mano el vidrio y, a través de esa sección, asomó sus ojos rojos, mirando con sadismo al doctor.

Cuando terminó de leer la bitácora, Dayane se despegó de la computadora de la policía estatal de Kendall tomando una bocanada de aire. Un *hacker* anónimo había enviado esa información sobre el caso que Guzmán ya daba por cerrado y ella, por supuesto, se había interesado. De pronto recibió una nueva notificación. Era del mismo usuario.

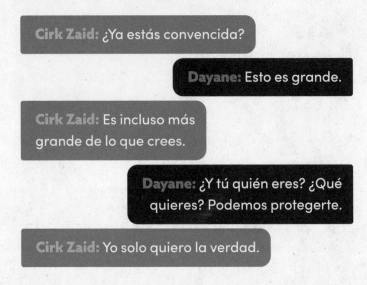

Cirk Zaid: ¿Ya estás convencida?

Dayane: Esto es grande.

Cirk Zaid: Es incluso más grande de lo que crees.

Dayane: ¿Y tú quién eres? ¿Qué quieres? Podemos protegerte.

Cirk Zaid: Yo solo quiero la verdad.

El *hacker* se desconectó y Dayane soltó un gruñido, frustrada. Alguien sabía más sobre todo este caso y ella solo tenía un jodido nombre de usuario: Cirk Zaid. Pero lo encontraría. Y descubriría la verdad.

AGRADECIMIENTOS

Ser agradecido es una virtud que nos permite reconocer a todos aquellos que, directa o indirectamente, ayudaron e influenciaron mi vida para que este libro hoy esté en tus manos y para que esta saga *Mátame* logre mover sentimientos e inspirar vidas.

Quiero dar las gracias a mi mamá, quien nunca perdió la fe en mí, ni siquiera en mis etapas más difíciles cuando tan solo era un niño inquieto que no entendía por qué tenía que estar una hora sentado en un salón de clases si había tantas otras cosas divertidas por hacer. Gracias, mamá, te amo. Has sido mi guía y mi motor en cada momento de mi vida. En los malos, para no perder la fe; y en los buenos, para mantener los pies en la tierra y jamás perder el norte.

Gracias a mi esposa, que escuchó primero que nadie esta gran historia, la hizo suya y me impulsó a plasmarla en estas hojas. Además de ser mi mayor inspiración para crearla, tu disciplina y tu talento son un ejemplo para mí. Gracias por tanto, amor, te amo.

Quiero agradecer a mi equipo, a todos aquellos que conforman Oso World, por todas las noches sin dormir en las que trabajaron duro por los sueños que tenemos. Y en especial, hablando de mi equipo, quiero dar las gracias a Ana Vallee, por ayudarme a cuidar siempre tantos detalles. Te agradezco por sentir mi proyecto tuyo y cuidarlo con tanto amor. Lo valoro enormemente.

Quiero dar las gracias a mi mánager, Carlos Mora. Hermano, gracias por llegar y poner toda tu energía para que hoy *Mátame* sea una realidad. Te valoro y te quiero muchísimo.

Además, les doy las gracias a todos mis familiares y amigos, quienes escucharon y leyeron esta historia, regalándome ese *feedback* que me dio nuevas perspectivas para pulir y mejorar la historia hasta convertirla en lo que es hoy.

Finalmente, quiero agradecer también a Editorial Planeta por creer en mi libro y en esta historia que con tanto mimo he creado. Gracias por darme un equipo de trabajo maravilloso. Le agradezco a Isa Cantos por sus correcciones y su efusividad; amo a las personas que hacen las cosas con pasión como tú. Gracias a Mariana Marzuck y Carolina Venegas por la confianza y la dedicación con que me recibieron cuando les presenté este libro sintiéndome lleno de dudas y miedos. Quiero que sepan que ustedes me ayudaron a entender que teníamos una gran historia que contar.

Gracias a ti, que lees este libro y das vida a esta historia. Espero que hayas disfrutado *Mátame*. Y no me puedo ir sin decirte que debes prepararte porque esta historia solo acaba de comenzar.